CHRYSALIDE

ISABELLE RONIN

ALWAYS Red

CHASING RED 2

Traduzione di Vanessa Valentinuzzi

MONDADORI

Questo libro è un'opera di fantasia. Personaggi e luoghi citati sono invenzioni dell'autrice e hanno lo scopo di conferire veridicità alla narrazione. Qualsiasi analogia con fatti, luoghi e persone, vive o scomparse, è assolutamente casuale.

librimondadori.it
mondichrysalide.it
anobii.com

ISBN 978-88-04-68910-2

Titolo dell'opera originale
Always Red
I edizione luglio 2018

ALWAYS RED

A Mama e Tatay. Per tutto.

1

VERONICA

Quella era la mia unica possibilità di sistemare le cose. Mi chiesi se sarei riuscita a coglierla.

Brividi di paura mi percorsero la schiena mentre scendevo dall'autobus. Restai a testa china davanti al palazzo di Caleb, indecisa se entrare. Era trascorsa qualche ora da quando lo avevo visto allontanarsi in auto dal parcheggio dopo la scazzottata all'università e meno di un giorno da quando avevo fatto le valigie e lo avevo lasciato.

Prima vivevamo insieme.

Ormai non più.

Sapevo che le cose belle non duravano. Ogni bel momento era sempre seguito da uno brutto. Ma forse in questo caso si sarebbe sistemato tutto.

L'ultima volta che ero entrata in quell'edificio avevo appena comprato un telefono nuovo e un regalo per Caleb. Lo aveva trovato? Se n'era sbarazzato?

Il battito del mio cuore accelerò; unii le mani e mi sforzai di non torcerle. Caleb era a casa? Mi avrebbe lasciata entrare? E se si fosse rifiutato di aprirmi? In quel caso non sapevo se l'avrei sopportato... "L'ho respinto io per prima. Con che diritto pretendo che lui si comporti diversamente?"

Le parole di Caleb mi rimbombavano ancora in testa: "Ti ho inseguita, ho lottato per te sin da quando ti ho conosciuta... Credevo che avresti fatto lo stesso per me, invece mi sbagliavo".

Serrai gli occhi. Era doloroso risentire la sua voce nella mente. Prima non ero pronta ad ascoltarlo, ma adesso sì. Beatrice-Rose affermava che si erano spinti ben oltre un semplice bacio.

Caleb mi aveva detto che non avevano fatto sesso. Ora che la rabbia non mi offuscava più la ragione, capivo che non mi aveva mai mentito. Semmai era stato fin troppo sincero. Avrebbe potuto raccontarmi una bugia su una questione tanto importante? No di certo. E poi lui era l'unica persona che non mi aveva mai abbandonata.

"Non posso lasciarti" aveva detto.

Mi voleva ancora? Con il mio comportamento lo avevo spinto a rinunciare a me?

La paura mi stava logorando, pronta ad aggrapparsi a ogni mia più piccola debolezza. Feci un respiro profondo per stemperare l'ansia.

Radunato tutto il mio coraggio, varcai il portone e misi piede nell'atrio. A quel punto però mi bloccai. Beatrice-Rose stava uscendo dall'ascensore con passo veloce e deciso. Perché era lì?

Il portiere non permetteva di salire a chiunque. Doveva avere chiamato Caleb per informarlo della visita. Quel pensiero mi indusse a indietreggiare per nascondermi alla vista di Beatrice-Rose.

E se tra loro c'era davvero qualcosa? Forse Caleb aveva rinunciato a combattere per me.

"No, no. Io gli credo. Voglio lottare per lui."

Poteva darsi che Beatrice-Rose stesse solo tentando di manipolarlo di nuovo, fingendosi sofferente e indifesa per ottenere ciò che voleva. Se ci avesse riprovato con Caleb, stavolta le avrei dato molto più di uno schiaffo.

"È stata colpa mia. Caleb non voleva baciarmi" mi aveva detto.

L'aveva baciata veramente? Dovevo saperlo, e l'unica persona a cui chiedere era Caleb. Avevo bisogno di parlargli.

Strinsi gli occhi mentre osservavo Beatrice-Rose salire su un taxi. Si era cambiata da quando l'avevo vista qualche ora prima: indossava un abito babydoll che le arrivava al ginocchio. I capelli biondi – con le extension che le rimbalzavano sulla schiena – erano tenuti indietro da una fascia rossa che lasciava scoperto il suo bellissimo viso. Ai piedi portava un paio di ballerine bianche senza tacco.

Sembrava innocente come una colomba. Nessuno avrebbe mai immaginato che dietro quella faccia d'angelo si nascondesse un serpente.

Pregai che Caleb non mi avesse ancora depennata dalla lista dei visitatori che potevano andare e venire liberamente e mi diressi con naturalezza verso gli ascensori, tentando di sottrarmi agli occhi di falco del portiere. Lui però mi vide. Mi bloccai, aspettandomi che chiamasse la sicurezza per farmi scortare fuori dall'edificio, invece mi sorrise. Tirai un sospiro di sollievo non appena le porte dell'ascensore si furono chiuse.

Mentre salivo, mi sudavano le mani per il nervosismo. Quando l'ascensore raggiunse il piano di Caleb, respirai profondamente per calmarmi e uscii.

Mi avvicinai all'appartamento, i passi attutiti dalla moquette. In corridoio c'era un tale silenzio che potevo sentire il cuore rimbombarmi nelle orecchie.

"Non odiarmi, ti prego."

Mi fermai davanti alla sua porta, mordendomi il labbro. Ero abituata a entrare senza bussare, ma sapevo di avere ormai perso quel privilegio.

Oddio. E se avessi perso anche lui?

Sollevai lentamente la mano stretta a pugno.

"Avanti, fallo!" ordinai a me stessa.

Chiusi gli occhi e bussai.

Niente.

Magari il portiere l'aveva avvertito che stavo salendo e Caleb non voleva farmi entrare. Doveva aprirmi. Doveva ascoltarmi. Doveva...

Riprovai. Quando non ottenni risposta, digitai il codice, scacciando il senso di colpa per quell'invasione nella sua privacy.

Oddio, e se lo aveva cambiato?

Tuttavia la porta si aprì facilmente.

Mi feci coraggio ed entrai. L'appartamento era buio e silenzioso. Andai verso il salotto e superai il divano su cui lui amava sedersi con i piedi appoggiati sul tavolino.

Immaginai di vederlo voltarsi a guardarmi. "Cosa c'è per cena, Red?"

Un battito di ciglia, e Caleb non c'era più. A terra giaceva ancora la coperta che mi aveva messo addosso la notte in cui l'avevo lasciato. Sembravano passati anni, ma incredibilmente era accaduto solo la sera precedente.

Non era più rientrato da allora? Dov'era?

Superai la cucina e feci un sorriso amaro quando mi ricordai di una volta in cui mi aveva preparato la cena. Gli avevo fatto indossare il grembiule, e lui aveva messo il broncio mentre friggeva le patatine.

"Sono pronte!" aveva strillato. "Le chiamerò le Meraviglie di Caleb!"

Poi era scoppiato a ridere. Sembrava così orgoglioso! Anche se erano bruciacchiate e salatissime, le avevo mangiate tutte.

"Mi manca. Dio, se mi manca."

Più tardi, quello stesso giorno, eravamo andati in terrazza a studiare, però lui si era annoiato subito. Aveva cominciato a giocherellare con i miei capelli, attorcigliandoseli intorno a un dito e facendomi il solletico sulla guancia. Siccome lo ignoravo, me li aveva tirati.

"Ahi. Maledizione, Caleb!" Gli avevo lanciato un'occhiataccia, malgrado non mi avesse fatto male.

Lui mi aveva rivolto un sorriso sfrontato. Prendendomi il viso tra le mani, mi aveva fatto voltare in modo che lo guardassi e aveva detto: "Se sbatti le palpebre, significa che mi vuoi".

"Un momento, aspetta!" Avevo cercato di liberarmi, ma lui aveva stretto la presa. Non ero riuscita a evitare di sbatterle.

"Lo sapevo che hai una cotta per me, Red" mi aveva preso in giro Caleb, afferrandomi per la vita e spostandomi sulle sue ginocchia. Si era allungato in avanti per avvicinare il mio libro. "Ecco, fingi che io sia la tua sedia preferita mentre leggi."

Avevo protestato, ma mi sentivo elettrizzata. Quando Caleb mi stringeva tra le braccia, faticavo a concentrarmi su qualsiasi cosa a parte il suo calore e il suo profumo che mi riempiva i sensi.

Mi aveva appoggiato il mento sulla spalla mentre mi annusava i capelli. "Ho incontrato una mia vecchia amica l'altro giorno. Le ho parlato di te, e ora vorrebbe conoscerti."

L'unica cosa che riuscivo a pensare era che si trattava di una donna. Notando che ero diventata silenziosa, lui aveva cambiato argomento.

Chiusi gli occhi per cercare di scacciare il ricordo. Doveva essere Beatrice-Rose l'amica a cui si riferiva. Quell'episodio risaliva ad alcune settimane prima che la incontrassi. Perciò probabilmente lei aveva cominciato a pianificare ogni cosa fin da allora.

Quando bussai alla porta della sua stanza senza ottenere risposta, già sapevo che Caleb non c'era. Percepivo sempre un'energia particolare se lui si trovava in casa. Invece in quel momento non sentivo nulla, solo un vuoto.

Uscii dall'appartamento e presi l'ascensore, ansiosa di arrivare in strada. Controllai velocemente il telefono e appurai che l'autobus sarebbe passato di lì a dieci minuti, e quello successivo due ore dopo. Ci volevano almeno venti minuti per raggiungere a piedi la fermata. Non ce l'avrei mai fatta. Magari se avessi fatto una corsa...

Quando scesi dall'ascensore, ricordai che Beatrice-Rose se n'era andata poco prima. Possibile che con lei ci fosse anche Caleb? Teneva l'auto in garage, perciò forse aveva usato l'uscita sul retro. L'avevo vista salire su un taxi, perciò doveva essere da sola. Scossi la testa per schiarirmi le idee.

"Devo trovarlo."

Corsi fuori e quasi inciampai. Dovevo assolutamente prendere quell'autobus. Sussultai quando una macchina dietro di me suonò il clacson. Mi voltai. Era Kara, che mi sorrise. Mi aveva mandato un SMS, e le avevo scritto che sarei andata a casa di Caleb. Mi avvicinai, stupita che fosse venuta a prendermi, e sentii le lacrime pungermi gli occhi.

«Non c'è» dissi, demoralizzata, mentre aprivo la portiera.

Lei sospirò. «Be', salta su, ragazza innamorata. La detective Kar è quello che fa per te.»

Ricambiai il sorriso. Adoravo la mia migliore amica.

2

VERONICA

Kara fece retromarcia così velocemente che dovetti aggrapparmi alla cintura di sicurezza. «Lo hai chiamato?» domandò.

«Non... non posso. E se non volesse parlarmi?»

Lei inchiodò, guardandomi come se il mio cervello si fosse sparpagliato sul pavimento dell'auto. «Cosa?»

«Non posso.»

«Fifona» bofonchiò. Mi porse la mano, il palmo rivolto verso l'alto. «Dammi il cellulare.»

«No, Kar. Tu non capisci... Non voglio saperlo.»

«Sapere cosa?»

«Che non mi vuole. E se non rispondesse? E se riagganciasse? Preferisco non sapere... So che è ridicolo. Credi che non me ne renda conto? Ma non riesco spiegarti quello che provo.» Ero così angosciata che mi sarei strappata i capelli.

«Ver, sei pazza, cazzo, ma per fortuna io non sono da meno. Va bene. Sono sicura che Caleb è da Cameron. Insomma, quei due sono praticamente sposati. Senza offesa...» aggiunse.

Non dissi niente. Ero un fascio di nervi. "E se non volesse vedermi?"

«Stai bene, tesoro?» mi chiese lei un istante dopo. Il cuore mi batteva fortissimo nel petto, le mani mi tremavano. Mi sfuggì un gemito.

Kara sospirò e mi strinse la mano. «Puoi farcela. Vuoi che lui torni da te, vero?»

La paura e il nervosismo mi chiusero la gola. Mi sentii soffocare. Annuii.

«Quanto?»

«Io... Tanto» singhiozzai. «Lo desidero moltissimo.»

Kara approvò con un cenno del capo. «Bene. Assicurati di dirglielo. Insomma, stiamo parlando di Lockhart. Quel ragazzo probabilmente si taglierebbe le palle per te se glielo chiedessi.»

Anche se avesse avuto ragione, sapevo che i sentimenti potevano cambiare in un batter d'occhio. Non ero una persona facile e tendevo a respingere chiunque provasse ad avvicinarsi; una parte di me aspettava solo che Caleb mi deludesse, come avevano fatto tutti gli altri nella mia vita. Era difficile liberarsi della diffidenza... ma per lui ci avrei provato.

«Okay, siamo arrivate» mi avvisò Kara mentre parcheggiava davanti alla casa di Cameron.

Un rivolo di sudore mi colò su un lato del viso; lo asciugai velocemente.

«Sei sicura di non voler fare un salto da me a cambiarti? Potrei truccarti.»

Scossi la testa. «Sono a posto, Kar. Grazie.»

Lei si strinse nelle spalle. «Pensavo solo che se avessi un aspetto tremendamente sexy non potrebbe respingerti. I ragazzi sono così, capisci? Pensano con il pisello. Non è colpa loro. Più munizioni hai, meglio è, no?»

"Oddio."

«Ver? Ver.» Mi schioccò le dita davanti al viso. «Sei sicura di poterlo affrontare?»

Annuii.

«Verrei con te, ma... Lo sai che in quella casa abita il diavolo.»

Le rivolsi un altro cenno d'assenso. Kara mi diede una pacca e mi spinse fuori dall'auto. Avevo le gambe molli mentre mi avvicinavo alla porta. Con mano tremante suonai il campanello.

Cameron venne ad aprire. Aveva l'aria stupita. «Ciao.»

«C-ciao. Sono...»

«Veronica. Caleb mi ha parlato molto di te. Non credo che ci siamo ancora presentati come si deve.» Mi rivolse un sorriso, tendendomi la mano. «Cameron.»

Gliela strinsi. «Lo so. Kar mi sta aspettando in macchina.»

I suoi occhi sfrecciarono oltre le mie spalle in cerca di lei.

Conoscevo quell'espressione, perché l'avevo vista anche nello sguardo di Caleb.

«Come sta?» Cameron sembrava combattuto. «Vuoi entrare?»

Scossi la testa. «Caleb è qui?»

Lui serrò le labbra. «Se n'è andato almeno un'ora fa.»

Ingoiai la delusione. «Ti ha detto dov'era diretto?»

«Al cottage della sua famiglia. È a circa cinque ore di auto da qui.» Mi scrutò con i suoi penetranti occhi azzurro ghiaccio. «Ci resterà per una settimana.»

«Una... settimana?»

Lui annuì, incrociando le braccia al petto mentre si appoggiava allo stipite. «Perché sei venuta?»

«Per riprendermelo.»

«Ti vuole bene come a nessun altro. Non l'avevo mai visto così prima d'ora.»

Mi si strinse il cuore.

«Ascolta» proseguì Cameron, socchiudendo gli occhi. «Le cose sono andate in questo modo: si è addormentato e ti ha sognata. Al risveglio, Beatrice-Rose era sopra di lui e lo baciava.»

Sussultai, in preda al panico. Era quello che Caleb aveva tentato di spiegarmi, ma mi ero rifiutata di ascoltarlo perché ero troppo testarda e impaurita per fidarmi di lui.

«Lui vede sempre il lato buono delle persone; è il suo punto debole. E Beatrice-Rose se n'è approfittata.» Si raddrizzò, infilandosi le mani in tasca. Il suo sguardo sfrecciò nuovamente dietro di me per un attimo. «Ma se ti ha detto che non è successo nulla, le cose stanno così. Se lo conosci come credo, sai che è fin troppo sincero.»

«Devo scusarmi con lui. Voglio... che torni da me.»

«Lui è convinto che tu lo detesti, e poi ti ha vista andare via con Damon. Forse avete entrambi bisogno di calmarvi.» Cameron sospirò. «Anche lei è passata di qui.»

Mi accigliai. «Chi?»

«Beatrice-Rose. È venuta a cercare Caleb.»

Sgranai gli occhi e lo fissai con aria interrogativa.

«No, non le ho detto dov'è» mi rassicurò lui.

Gli rivolsi un flebile sorriso.

«Ti prenderai cura di lei?» Lanciò un'altra occhiata a Kara.

Lo avrei fatto, come Cameron si era occupato di Caleb. Vedevo chiaramente quanto lui tenesse alla mia amica e quanto stesse soffrendo.

Lo capivo. Pur non conoscendo la situazione, compresi che i nostri demoni interiori ci avevano impedito di stare con le persone che desideravamo di più.

Era una sensazione terribilmente familiare.

Quando tornai in macchina, riferii a Kara ciò che mi aveva rivelato Cameron.

«Beatrice-Rose è come l'orribile spettro di *The Grudge*. Hai presente quella creatura che insegue la gente e in una scena dà la caccia alla protagonista di *Buffy l'ammazzavampiri*? Lo hai visto, il film? Insomma, la povera ragazza a un certo punto quasi muore carbonizzata. Beatrice-la-stronza è esattamente come quello spirito maligno.»

"Ti piacciono i film horror? Sono in cima alla nostra lista di cose da fare." Ripensai al bel viso sorridente di Caleb mentre lui mi faceva quelle domande. Scossi la testa per scacciare quel ricordo.

«Vuoi andare al cottage? Ti accompagno, però devi farti dare l'indirizzo da Cameron.»

Mi si riempirono gli occhi di lacrime. Non ero mai stata così emotiva. Ma se prima non avevo nessuno, adesso sapevo di poter contare su Kara.

E poi c'era Caleb... Malgrado lo avessi perso, lui mi aveva cambiata.

«Oh, Ver. Vieni qui» mi confortò Kara, attirandomi a sé.

«Se n'è andato. Mi ha lasciata.»

Mi accarezzò la schiena. «Be', gli hai fatto piuttosto male, tesoro. Sei stata una vera stronza» disse dopo un istante. «Lo hai accusato di averti tradita, ma il tradimento richiede che entrambi i partner siano consenzienti. Credimi, ne so qualcosa. Caleb si è comportato da buon amico, voleva solo aiutare Beatrice-Rose, anche se ha agito da stupido assecondandola. Però un altro al suo posto ci avrebbe dato dentro.»

Quasi mi strozzai mentre facevo una mezza risata. Si poteva sempre contare sui commenti schietti... e calzanti di Kara.

Poi lei divenne seria. «Sei mia amica, Veronica, e ti voglio bene. So che hai dei problemi per colpa di tuo padre e anche una valanga di altre preoccupazioni, ma se permetti alle emozioni di travolgerti, perderai Caleb. Vuoi rimanere aggrappata al passato o fidarti di lui? Hai presente quella frase: "Se ami qualcuno, lascialo andare..." e stronzate simili? 'Fanculo. Se amo qualcuno, io me lo tengo ben stretto, mi aggrappo a lui con le mani e con i piedi... dannazione, persino con i denti. Non me lo faccio scappare.»

Kara aveva ragione, ma ero cresciuta in una famiglia in cui fin da piccola avevo imparato che restare accanto a una persona e lottare per lei poteva essere controproducente. A volte era meglio lasciarla andare.

Tuttavia Caleb era diverso. Era sempre stato buono con me. Avevo dovuto perderlo per rendermene conto.

«È un ragazzo, Ver, e tu lo hai preso a calci nelle palle, in un certo senso. Perciò ha solo bisogno di sentirsi di nuovo uomo. Sai, schiarirsi le idee, bere, non lavarsi per giorni. Roba disgustosa da maschi. Però, se vuoi, possiamo comunque raggiungerlo.»

Scossi la testa. «No, Kar. Non penso che voglia vedermi. Aspetterò che torni. Perché tornerà, vero? *Deve.*»

«Certo, sciocchina. Sai una cosa? Hai bisogno di risollevarti il morale. Mando un messaggio a Beth e le chiedo se possiamo vederci alla caffetteria.»

«Kar, voglio andare a casa.»

Lei mi diede qualche pacca sulla spalla. «Be', peccato che io non sia d'accordo.»

Dieci minuti dopo, quando entrammo nel piccolo locale, un profumo fragrante di caffè e di pane appena sfornato mi riempì le narici. Quando mi brontolò lo stomaco, mi resi conto di avere fame. Il panino di Kara era ancora nella mia borsa.

Dentro c'era solo qualche cliente abituale, in gran parte studenti, dato che il posto si trovava vicino al college. Una donna anziana con un grosso cane stava tentando di sedersi a un tavolino, ma l'orlo dell'abito si era impigliato nella sedia. Indossava occhiali scuri e aveva un bastone per aiutarsi a mantenere l'equilibrio.

«Salve» la salutai a bassa voce. «Posso darle una mano? Il suo vestito si è impigliato.»

«Oh, grazie, signorina.»

«Si figuri. Il suo cane è bellissimo.» Mi accovacciai davanti a lui, grattandogli il mento.

«Sì, è splendida. Si chiama Catnip. Il nome lo ha scelto mia nipote.»

Ridacchiai. «Ciao, Catnip.»

Il cane uggiolò in modo amichevole, sbattendomi il naso contro il braccio.

«Beth non è ancora arrivata. Sistemiamoci qui» gridò Kara, che aveva scelto un tavolo accanto alla finestra con vista sull'aeroporto.

Stava calando il buio e le luci rosse e gialle della pista tremolavano come fiamme ardenti.

«Vado a prendere qualcosa da bere» proposi. «Frappè al cioccolato?»

«Sì. Con la panna mont... Stronza!»

Sollevai lo sguardo allarmata e mi voltai verso il punto che Kara stava fissando trucemente.

«C'è quella» ringhiò.

Beatrice-Rose e Justin, seduti a un tavolo in fondo alla caffetteria, parlavano a voce bassa con le teste vicine, come se stessero pianificando qualcosa di malvagio.

Quel giorno me la ritrovavo fra i piedi ovunque andassi.

«Sediamoci accanto a loro.»

«No, Kar!» Le mie proteste furono inutili, perché si era già incamminata. «Kara! Torna qui!»

Si accomodò a un tavolo dietro la signora anziana con il cane. Beatrice-Rose e Justin non l'avrebbero notata a meno che non si fossero voltati. Le lanciai un'occhiataccia mentre prendevo posto davanti a lei. Kara mi rivolse un sorriso radioso. Mio malgrado, ricambiai. Non riuscivo a sentire quello che si dicevano e dovetti sforzarmi per non ridere delle smorfie buffe della mia amica. Tuttavia, quando spostai lo sguardo su Beatrice-Rose, ebbi un tuffo al cuore.

Aveva l'indice infilato nell'anello del portachiavi che avevo comprato a Caleb. Lo stava facendo roteare intorno al dito.

Mi ribollì il sangue. Senza sapere quello che stavo facendo, mi alzai per dirigermi verso di lei.

«Dove diavolo l'hai preso, quello?» chiesi.

Beatrice-Rose per un istante parve impaurita, ma subito dopo mi rivolse un'espressione sprezzante. «Ciao, Veronica» mi salutò con un sorrisetto.

«Smettila di fingere. Non lo sopporto.» Guardai Justin, che si stava appoggiando allo schienale della sedia. Incrociò le braccia al petto e sorrise come se fosse pronto ad assistere a uno spettacolo. Quell'atteggiamento mi diede la nausea.

«Dove hai preso quel portachiavi?» insistetti.

«Questo?» Lei inarcò le sopracciglia con aria innocente. «Me l'ha regalato Justin.»

Lui sogghignò. «Sì, è la stronzata più a buon mercato che abbia mai comprato.»

«Non è vero.»

«Non so perché continui a lanciare accuse» ribatté lei. «Francamente, non sopporto più le tue insinuazioni. Ti inventi le cose. Ho cercato di essere paziente e comprensiva con te, Veronica, ma tu lo rendi così difficile! E adesso di cosa mi stai incolpando? Di furto?»

«Non è meno grave che baciare un ragazzo mentre dorme, senza il suo consenso» replicai, calma.

Lei impallidì.

«Poco fa ti ho vista a casa di Caleb» proseguii. «Che cosa ci facevi lì?»

Non sarei stata al suo gioco. Anche se era una bugiarda patentata e una grande attrice, cominciò ad arrossire e i suoi occhi si accesero di rabbia.

«Sei entrata nel suo appartamento e l'hai rubato?» Indicai il portachiavi. «Ti sei introdotta in un posto in cui sei ovviamente indesiderata?»

«Stronza!» gridò lei. Si alzò proprio mentre il cameriere le stava servendo il caffè e strillò inviperita quando il liquido si versò sul suo vestito.

Sentii Kara ridere dietro di me.

«Maledizione!» Beatrice-Rose mi incenerì con lo sguardo. Non appena la vidi sollevare una mano, indietreggiai, ma lei fece un balzo verso di me. «È me che ama!» proruppe. «Me!»

Quando mi si scagliò addosso, tentando di graffiarmi la faccia, d'istinto divaricai le gambe per non perdere l'equilibrio. Poi le diedi una spinta e lasciai che la gravità facesse il resto.

Beatrice-Rose cadde a terra lunga distesa, gli occhi sgranati per lo sgomento mentre cercava di tirarsi su. Catnip era accucciata accanto a lei, con gli affilati canini bene in mostra.

«Se questo cane mi attacca, denuncio te, strega, e anche questa caffetteria di merda! Allontana quella bestia da me, dannazione!» urlò.

Adesso che mostrava la sua vera natura, mi sembrava così diversa dal personaggio della ragazza dolce e vulnerabile che aveva interpretato la prima volta che ci eravamo incontrate.

«Sei patetica. Provo solo compassione per te» commentai.

Kara si mise al mio fianco, appoggiandomi una mano sulla spalla, e scrutò Beatrice-Rose dall'alto. «Wow. Ti stai proprio mettendo in imbarazzo da sola.»

La donna anziana diede uno strattone al guinzaglio per avvicinare a sé Catnip. Il cane si calmò, ma non distoglieva gli occhi da Beatrice-Rose.

Lei si alzò, sistemandosi i capelli che le erano caduti davanti al viso, con le extension un po' precarie. «Ti farò causa!» sbottò, rivolgendosi a me.

«Per cosa? Per avermi aggredita?» Feci un cenno del mento in direzione della piccola folla attorno a noi. «Ci sono almeno cinque testimoni che hanno visto tutto.»

Kara sbuffò. Beatrice-Rose la fissò a occhi socchiusi. Potevo quasi sentire i meccanismi della sua mente subdola che giravano mentre lei elaborava un piano.

«Sei un tipo volgare e dozzinale. Mi sono sempre chiesta cosa ci trovasse Cameron in te.»

«Oddio, Beatrice-Rose!» esclamò Kara sollevando le mani. «Stupiscimi almeno una volta! Di' qualcosa di intelligente. Oh, dimenticavo... prima domandami quanto me ne può fregare.» Inarcò un sopracciglio. «Esatto, un bel niente.»

Beatrice-Rose fece un sogghigno, poi voltò la testa di scatto verso Justin e gli rivolse un cenno. Lui si alzò e prese ad avanzare con aria minacciosa, avvicinandosi a Kara. Prima che la raggiungesse mi parai davanti alla mia amica. «Vuoi che te le dia nuovo? Sappi che stavolta mirerò più in basso.»

Lui diventò rosso. Capii che aveva intenzione di colpirmi ancora prima che alzasse il pugno. Tutt'a un tratto si immobilizzò. Avvertii una presenza dietro le spalle.

Theo con fare protettivo si frappose tra noi. Girai la testa e notai che c'era anche Beth, a offrirmi sostegno morale; mi fece l'occhiolino. Avevo il cuore gonfio di gioia. Erano entrambi lì per me, per supportarmi. Dovetti fare uno sforzo per trattenere le lacrime.

Theo non aprì bocca. Era abbastanza alto e forte da poter stendere Justin. Incrociò le braccia e lo gelò con lo sguardo.

Justin indietreggiò. «Non stavo facendo niente, amico.»

«Vattene» sussurrò Theo in tono minaccioso.

Justin sollevò le mani, afferrò la sua bibita e si allontanò.

Beatrice-Rose gli lanciò un'occhiata, poi tornò a guardare noi con odio. «Non è finita» avvisò prima di afferrare la borsa dalla sedia e filare via.

«Addio, stronza. Spero che il tuo dessert preferito sia la delusione, perché è quello che assaporerai per un bel po'» disse Kara in tono cantilenante.

Quando Beatrice-Rose sparì dalla vista, Kara e Beth allargarono le braccia per accogliermi. Trattenni le lacrime mentre mi stringevano. Theo si schiarì la voce e ci diede qualche pacca sulle spalle, imbarazzato.

Sospirai di felicità.

3

VERONICA

Era passata una settimana dall'ultima volta che avevo visto Caleb. Una settimana di tortura. Una settimana di messaggi non inviati, di telefonate non fatte e di notti quasi insonni. Mi appisolavo e mi risvegliavo in preda agli incubi.

Spesso sognavo che Caleb mi chiedeva di lottare per lui, di inseguirlo, ma ogni volta che ci provavo non riuscivo mai a raggiungerlo. Svaniva non appena mi avvicinavo.

Mi mancava.

Si dice che non sai quanto una persona sia importante per te finché non la perdi. Mia madre era morta, ma avevo sempre saputo di amarla. Invece Caleb... non mi ero resa conto di tenere a lui così tanto prima che sparisse dalla mia vita.

Da quando se n'era andato, Beth e Theo venivano a casa di Kara quasi ogni giorno. A volte si presentava anche Damon. Non avevo idea di come fosse entrato nel gruppo, ma ormai ne faceva parte. Il loro sostegno mi commuoveva. Non avevo mai avuto dei veri amici prima.

Quella settimana, all'officina, un giorno restai di stucco nel vedere Damon intento a lavorare.

Sollevai lo sguardo quando si avvicinò alla mia scrivania per consegnarmi le chiavi di un furgone che aveva terminato di riparare. Non mi fornì spiegazioni, mi fece solo l'occhiolino e si allontanò con aria da spaccone.

Chiesi informazioni a Kara.

«Sì, ci dà una mano» mi spiegò lei. «Dovevo avere una decina d'anni quando l'ho conosciuto. Lui era un po' più grande di me, un ragazzo francese che parlava inglese in modo impeccabile. Insomma, era come se si fosse allenato a ripetere ogni vocabolo del dizionario, capisci? E poi era così maledettamente carino. Ovviamente avevo una cotta per lui, a quei tempi. Come tutte.

«Sua madre ha origini canadesi, perciò quando il marito è morto si sono trasferiti qui dalla Francia per vivere con la sorella di Damon. Poi la madre è venuta a lavorare per noi in officina. Se lo portava dietro, oppure lui la raggiungeva dopo la scuola, perciò siamo cresciuti insieme. Mio padre l'ha praticamente adottato. Damon è un vagabondo: non si ferma mai in nessun posto, ma ritorna sempre qui.

«A proposito, Ver, lavora in un locale in centro dove ogni tanto faccio la cameriera. Avrei dovuto andarci questa settimana, ma c'è stato un imprevisto. Potresti sostituirmi?» Mi guardò, sbattendo le palpebre e sporgendo in fuori le labbra.

«Ehm, veramente...»

«Non devi preparare cocktail. Basta che prendi le ordinazioni di qualche stronzo, gli porti i drink, sparecchi e magari lavi i piatti. In cambio prometto di darti il mio primogenito. Ah, e sappi che le mance sono alte.»

Accettai.

L'ultima volta che ero stata in una discoteca era quando avevo conosciuto Caleb. Mentre mi guardavo intorno nel locale gremito, mi ritornò in mente quella sera: il modo in cui lui mi scrutava, come se fossi l'unica persona in sala, la sicurezza che mi aveva trasmesso cingendomi la vita con le braccia e la buffa espressione sbalordita sul suo volto nel sentirsi respinto.

Dovevo smettere di pensare a lui e concentrarmi sul lavoro. Avevo già servito ai tavoli in un ristorante e in un bar, ma quel posto era più affollato. Kara aveva ragione: le mance erano esagerate. Magari avrei potuto offrirmi di fare qualche turno, a patto che non interferisse con il mio lavoro all'officina e i corsi all'università.

Damon era sul palco, seduto su uno sgabello con la chitarra appoggiata sul ginocchio. Sembrava perfettamente a suo agio, come se si esibisse lì da una vita. Con un cappello nero, una camicia a scacchi blu scuro, i jeans e un paio di Converse sbiadite emanava il tipico fascino del musicista. Gli anelli e la collana con il crocifisso d'argento brillavano sotto i riflettori.

Davanti a lui erano sedute delle ragazze che ridacchiavano e bisbigliavano tra loro, fissandolo. Damon mi fece l'occhiolino e io alzai gli occhi al cielo, divertita.

Batté il piede e cominciò a suonare la chitarra e a cantare *Here Without You* dei 3 Doors Down.

Amavo quella canzone. La canticchiai sottovoce e mi girai per andare a prendere le ordinazioni di un gruppo di gente appena entrato. Erano almeno dieci e si erano già seduti.

Non appena vidi Caleb vacillai e, per un breve istante, mi si fermò il cuore. Lo scrutai, ammirando il suo aspetto: il bel viso, il modo in cui camminava, il portamento. Aveva lo sguardo cupo e la barba incolta. Indossava una camicia nera e una giacca di jeans sbiadita con le maniche arrotolate, che lasciavano scoperti gli avambracci muscolosi. Aveva uno zaino sulla spalla. Camminava disinvolto, con le lunghe gambe avvolte in un paio di jeans scuri, un paio di stivali neri ai piedi. Si passò una mano tra i capelli con aria annoiata.

Mentre lo fissavo, il tempo si fermò. Il cuore mi batteva forte, rimbombandomi nelle orecchie. Aspettai... "Guardami, ti prego."

E poi lo fece. Trattenni il respiro non appena i suoi occhi incontrarono i miei, ma ogni speranza andò in fumo quando notai la sua espressione impassibile.

Come se non mi avesse riconosciuta.

Come se io fossi un'estranea.

Mi aveva cancellata.

Mi sentivo come se qualcuno mi avesse strappato il cuore dal petto. Avevo il respiro affannoso e mi resi conto che stavo tremando. Mi sembrò che le gambe fossero sul punto di cedere, perciò mi appoggiai al tavolo.

«Tutto bene, tesoro?»

Annuii per rispondere a Crystal, una delle simpatiche cameriere del locale che avevo conosciuto quella sera.

«Sicura? C'è un gruppo numeroso al tavolo sei. Vuoi che ti sostituisca io?»

Osservai Caleb accomodarsi proprio a quel tavolo con la comitiva appena entrata. Feci cenno di no. «Sto bene, Crys. Grazie.»

«Okay. Fai un fischio se hai bisogno di qualcosa.»

Raddrizzai la schiena e le spalle, anche se le lacrime mi pungevano gli occhi. "Sono forte. Lo sono sempre stata. Posso farcela" mi dissi. «Buonasera, sono Veronica e stasera mi occuperò delle vostre ordinazioni. Cosa posso portarvi da bere?»

Una ragazza del gruppo si alzò per andare da un tipo seduto accanto a Caleb. Si chinò e gli sussurrò qualcosa, gettandosi i capelli biondi dietro una spalla mentre guardava Caleb come se fosse un dolcetto. Il ragazzo le sorrise e le lasciò il posto. Lei lo ringraziò con una strizzata d'occhio e spostò la sedia più vicino a Caleb prima di sedersi.

Lui si appoggiò allo schienale. Teneva le braccia sul tavolo e fissava l'orologio. Notai che le mani, avvolte in un paio di guanti da motociclista, erano chiuse a pugno. Aveva la mascella contratta. Mi resi conto che si sforzava di non guardarmi.

«Ecco, finalmente... Ehi, dolcezza, ma sei tu!»

Mi voltai nel sentire una voce odiosa che mi era familiare. Justin. Prima ero così concentrata su Caleb che non lo avevo neanche notato.

«Ehi, Caleb, c'è la tua ex!» urlò.

Sussultai quando Caleb spinse il tavolo con forza e si alzò in piedi. «Chiudi quella fogna» sibilò in tono di avvertimento.

Il resto del gruppo rimase in silenzio.

Caleb si girò e si diresse verso l'uscita.

«Scusatemi» dissi con voce strozzata, defilandomi.

Mi tremavano le gambe mentre mi toglievo il grembiule per andare nel retro. Con sollievo vi trovai Crystal. Le dissi che avevo bisogno di prendere una boccata d'aria e le chiesi se potesse sostituirmi. Mi rivolse uno sguardo comprensivo, assegnandomi un altro tavolo. Corsi verso l'uscita posteriore, coprendomi la bocca con entrambe le mani per non singhiozzare. Mi sedetti a terra e seppellii il viso tra le braccia. Quando udii la porta aprirsi, non smisi di piangere. Non potevo.

«Ehi, viso d'angelo. Coraggio, è tutto a posto.»

Percepii il braccio di Damon attorno alle spalle. Feci qualche respiro e mi calmai, asciugandomi le guance con il dorso della mano.

«Era in sala» riuscii a dire.

«Lo so. L'ho visto.»

«Mi ha guardata come se fossi un'estranea. Mi odia. Io...» Mi interruppi non appena notai una figura venirci incontro.

Proprio lì davanti a noi, nel parcheggio del locale, c'era Caleb. Ci fissò per un istante prima di andarsene.

Mi alzai e feci qualche passo verso di lui. «Caleb.»

Si fermò nell'oscurità, in attesa che io parlassi.

Aprii la bocca, ma non ne uscì nulla. Trattenni il fiato quando finalmente si girò a guardarmi.

«Ti diverti?» domandò con faccia inespressiva.

«No.» Avrei voluto correre da lui, pregarlo di fare la pace, ma era così freddo. Non mi aveva mai scrutata in quel modo. Rimasi paralizzata. Il discorso che avevo ripetuto all'infinito mi si sciolse sulla lingua. Non riuscii a spiccicare parola.

«Ci si vede, Veronica.»

Lo osservai montare sulla moto. Mandò su di giri il motore con rabbia, poi aspettò qualche istante. Alla fine si strofinò il viso con la mano, indossò il casco e partì.

Scoppiai a piangere.

Quando sentii bussare, afferrai la coperta e me la gettai addosso, fingendo di dormire. Come mi aspettavo, la porta si aprì.

«Lo so che sei ancora sveglia.»

Era Damon, con in mano due tazze fumanti.

«Ti ho portato della cioccolata calda. Kar mi ha detto che se non la bevi me la versa in gola.»

Sospirai. Spostai la coperta e mi misi seduta senza guardarlo.

Lui entrò nella stanza e mi porse la tazza. «Tieni.» Si sedette sul pavimento, appoggiandosi al letto.

«Grazie.» Bevvi un sorso di cioccolata bollente.

«Come ci riesci?»

Scrollai le spalle. «Mi piace bella calda» risposi.

Damon rabbrividì. «Oh, allora deve piacerti anche sentire la lingua che ti brucia. Hai presente quella sensazione dolorosa, come una serie di punture di spillo?»

«Non proprio» precisai. «Ma vale la pena soffrire un po'.»

Lui annuì. Il silenzio calò nella stanza, tuttavia eravamo a nostro agio.

«Però solo se una cosa è molto buona, giusto?» chiese lui alla fine.

Inspirai profondamente. Sapevo dove voleva arrivare. Mi ero sforzata di non pensare a quello che era successo quella sera, perché se lo avessi fatto...

«Viso d'angelo.» Damon puntò su di me i suoi grandi occhi azzurri dall'espressione seria. «Mi dispiace per l'episodio di prima.»

Ogni volta che mi tornava in mente la freddezza di Caleb avevo voglia di piangere e di gridare.

«Non devi sentirti in colpa. Ascolta, non sei da biasimare per il modo in cui l'hai lasciato. Lockhart aveva passato la notte da un'amica che aveva bisogno di lui, ma tu eri a casa ad aspettarlo. So cos'hai pensato. Capisco perché hai reagito male.» Sospirò prima di aggiungere: «Non puoi ignorare i tuoi sentimenti e tenerti tutto dentro solo per paura di perderlo. Lascia che ti dica una cosa...». Soffiò sulla tazza, poi bevve un piccolo sorso. «Se ti comportassi così, presto te la prenderesti con lui e questo distruggerebbe il vostro rapporto.»

Damon chinò la testa. Quando riprese a parlare, la sua voce era più roca.

«Tutti hanno delle debolezze.» Mi scrutò in volto. «Non è mai un bene essere troppo severi con se stessi. E sai qual è la cosa più importante?»

Scossi il capo.

Damon mi rivolse un flebile sorriso. «Sapersi rialzare dopo una caduta, darsi da fare e trovare il coraggio di continuare a combattere malgrado tutto, anche se si è stati feriti. Ammettere i propri errori per poterli correggere. Sei d'accordo?»

Annuii.

Lui si alzò e mi infilò una ciocca di capelli dietro l'orecchio. «Viso d'angelo, so che ti senti in colpa perché l'hai fatto soffrire. Va bene, ma non devi arrenderti. Non dimenticare i bei momenti che avete condiviso solo perché qualcuno ha cercato di allontanarvi. Caleb sta male e magari stasera si è fatto un'idea sbagliata su me e te. Se vuoi gli parlo io, ma è di te che ha bisogno. Vai da lui.»

Lo seguii con lo sguardo mentre si dirigeva verso la porta.

«Buonanotte, viso d'angelo. Sogni d'oro» disse dolcemente prima di uscire.

4

VERONICA

Appoggiai il braccio sulla fronte, riparandomi dal sole. Spesse nuvole bianche fluttuavano dentro e fuori dalla mia visuale. Sentivo l'odore dell'erba verde, la terra fresca sotto il corpo.

Sospirai e chiusi gli occhi. Era un momento perfetto per un riposino. Avrei dovuto sentirmi felice. Dopotutto, era una bella giornata.

Invece soffrivo.

Percepii qualcosa accanto a me, ma non mi spostai.

«Ehi, Red. Come mai sei così seria?»

Spalancai gli occhi. Mi voltai con il cuore che batteva all'impazzata. «Caleb?»

Lui era sdraiato vicino a me sul prato. Mi fissava con una luce birichina e familiare nello sguardo limpido. I capelli ramati e folti risplendevano sotto il sole. Si alzò il vento, e una ciocca gli cadde davanti al viso. Sorrise. «Ciao, Red.»

Trattenni il fiato. «Sei qui» dissi con voce strozzata.

«Non sono mai andato via.» Mi prese la mano, premendomela sulla sua guancia. «Ti aspettavo.» Avvicinò la faccia alla mia e iniziò a leccarmela.

Ma che diavolo stava facendo?

Woof! Woof! Woof!

«Burp! Quante volte te lo devo ripetere? Non si sveglia la gente. Specialmente le belle ragazze a cui non sei ancora stato presentato.»

Damon?

Avvertii un peso considerevole sopra di me. Quando aprii gli occhi, un labrador biondo dall'aria buffa mi guardava felice, leccandomi il viso con la lingua rosa.

Woof!

«Okay, adesso basta!» lo rimproverò Damon in tono mortificato. Il labrador balzò giù.

Mi pulii la sua bava dal viso e mi misi seduta.

«Scusa. Lui è Burp, il cane di mia madre.» Damon sembrava dispiaciuto. Teneva il labrador ai piedi del mio letto mentre lui guaiva e mi rivolgeva uno sguardo triste. «Sa aprire le porte e ama svegliare le persone al mattino. È la sua specialità.» Si strinse nelle spalle con un'espressione di scuse. «Ha appena dato la sveglia anche a Kar.»

"Oh oh." Sentii un rumore di pentole e un'imprecazione provenienti dalla cucina. A quanto pareva Kara non aveva gradito il buongiorno di Burp. Damon trasalì: pareva leggermente intimorito.

«Meglio che vada da lei prima che esploda.» Tirò il cane verso la porta. «Mia madre ha preparato le brioche e mi ha chiesto di portarne qualcuna a te e Kar. Mi dispiace molto per Burp.»

Mi passai la mano tra i capelli e incappai in un nodo. «Grazie, Damon. Piacere di averti conosciuto, Burp. Non riesco a credere che tu lo abbia chiamato "rutto".»

Il labrador abbaiò gioioso sentendo il suo nome.

«Ero tentato di scegliere Fart, "scorreggia".»

Ridacchiai. «Sul serio? Perché non mi sorprende più di tanto?»

Damon si strofinò la punta del naso con il pollice, facendo un sorriso radioso. «Come stai?»

«Bene, grazie. Davvero.»

Lui annuì. «Chiamami se hai bisogno di qualcosa. Andiamo, Burp.»

Il cane si buttò a terra di peso, rifiutandosi di muoversi. Damon scosse la testa mentre lo trascinava fuori dalla stanza.

Una volta che furono usciti, mi lasciai ricadere sul letto con un sospiro. Mi sentivo in colpa per aver coinvolto Damon nei miei casini. Lui si stava comportando da buon amico.

Avevo sognato di nuovo Caleb. Era stato come ricevere un'altra coltellata nel petto.

"Oggi gli parlerò. Più facile a dirsi che a farsi" riflettei, il cuore che mi si stringeva al ricordo degli occhi gelidi di Caleb. Mi costrinsi a smettere di pensarci, mi alzai e seguii il profumo di caffè e di brioche proveniente dalla cucina. Di solito al mattino ero affamata, ma quel giorno avevo lo stomaco chiuso.

In cucina trovai Kara intenta a versarsi del caffè.

«Buongiorno» la salutai, dirigendomi verso un armadietto per prendere una tazza.

Appena sveglia di solito era di cattivo umore e silenziosa; rispondeva a monosillabi finché non aveva assunto un po' di caffeina. Dopo aver preso la sua dose, diventava un turbine di energia.

Grugnì con aria sonnolenta e irritata, in piedi davanti al lavandino. Fissava fuori dalla finestra, sorseggiando il caffè.

«Ho conosciuto Burp» dissi.

«Ah.»

Versai dell'acqua calda nella tazza e vi immersi una bustina di tè verde. «Come sono entrati quei due?»

«Uhm.»

Attesi. Normalmente le ci volevano almeno un paio di tazze per svegliarsi. Sorrisi mentre la osservavo sbattere le palpebre: la patina di sonno che le velava lo sguardo spariva a mano a mano che la caffeina faceva effetto. Dedussi che quella doveva essere la seconda tazza. «Damon sa dove tengo la chiave di riserva dell'appartamento» rispose.

«Ah sì?»

«Già.»

«Perché?»

Probabilmente non avrei dovuto chiederglielo. Non erano affari miei, però avevo bisogno di distrarmi dal pensiero di Caleb, altrimenti sarei impazzita.

Mi sventolò una brioche davanti alla faccia. «Questa è uno dei motivi.» Diede un morso e mugolò di piacere. «Oddio. I croissant di Antoinette mi provocano un orgasmo alimentare ogni volta. Assaggiane uno.»

Scossi la testa. «Non ho fame.»

Lei strinse gli occhi. «Tu sei sempre affamata il mattino. Oh, no, non dirmi che hai avuto un incubo su Beatrice-Rose.»

"Magari. Almeno non sentirei questo enorme vuoto nel petto" pensai, ma non lo dissi.

«Lo sai, Ver? Beatrice-Rose puzza di gabinetto» scherzò Kara. «Come un water quando non si tira lo sciacquone.»

Mi scappò una risatina.

«Sono dell'idea che tu e Caleb dovreste fare dei figli... Però adesso hai altro di cui preoccuparti. Nel pomeriggio hai un esame, giusto? Hai studiato?»

«Devo ancora ripassare.»

«Il professor Layton non assegna né crediti extra né progetti. Non puoi fallire l'esame, perché determina il cinquanta per cento del voto finale» mi rimproverò Kara.

La guardai mangiare un'altra brioche, prendere dei Pop-Tarts dall'armadietto e infilarli nel microonde.

«Ehi, se molli l'università, magari potrai lavorare come spogliarellista. Non è male, si guadagnano un sacco di soldi. Mi propongo come tua pappona. Sessanta quaranta ti sta bene? Ti aiuterò a scegliere un nome. Mmh, vediamo...»

Quando il microonde segnalò che mancavano due secondi al termine del programma, Kara lo aprì. I *bip* la mandavano fuori di testa.

«Che te ne pare di Lolita? Le spogliarelliste non hanno cognomi, vero? E Felicia?» Visto che non rispondevo, si diresse verso di me e mi prese una mano. «Ver» disse, gli occhi colmi di comprensione.

Mi venne nuovamente da piangere. «Se deciderò di fare la spogliarellista, sarai tu a gestire il mio lavoro. Te lo prometto.» Le rivolsi un sorriso rassicurante. «Adesso devo studiare. Ci vediamo più tardi, okay?» Le strinsi la mano e tornai nella mia stanza.

Mi costrinsi a ripassare per un paio d'ore, senza memorizzare nulla. Poi feci una doccia veloce, mi asciugai i capelli e mi truccai con calma: cipria, mascara, lucidalabbra e... controllatina. Una canottiera rossa, i miei jeans preferiti che mi fasciavano il sedere e... controllatina.

Avevo intenzione di passare da Caleb. Supponevo che, dal momento che era tornato in città, avrebbe ripreso a seguire i corsi. Lo avrei aspettato davanti al suo appartamento. Lanciai un'occhiata all'orologio: erano quasi le dieci. Le sue lezioni finivano verso mezzogiorno. Se fossi uscita subito, sarei arrivata prima di lui.

Magari non provava più gli stessi sentimenti per me, ma avrei comunque cercato di fare pace. E se non mi avesse rivoluta, almeno avrei saputo di aver tentato, di avergli dimostrato quanto desiderassi che facesse di nuovo parte della mia vita e che ero disposta a lottare per lui. Anche se forse era troppo tardi.

Perché per Caleb ne valeva la pena.

Arrivai a casa sua sconvolta. Bussai e non mi stupii di non ottenere risposta. Non osavo entrare dopo l'esperienza della sera precedente. Caleb si era dimostrato così freddo, malgrado non fosse il tipo da nascondere le proprie emozioni.

"E se davvero non provasse più nulla per me?"

No, no. Non poteva essere vero. Dovevo credere che non fosse così.

Mi appoggiai alla parete accanto alla porta, scivolai a terra e mi sedetti sulla moquette ad aspettare.

Passò un'ora, poi due, tre, quattro.

Lui non tornava.

Sentii le lacrime pungermi gli occhi. Avvicinai le gambe al petto e sprofondai il viso tra le braccia.

Perché non lo chiamavo e basta? Oppure potevo mandargli un messaggio... Ma ogni volta che componevo il suo numero o cominciavo a scrivergli un SMS mi bloccavo.

Volevo parlargli di persona, fargli capire quanto lui contasse per me, guardarlo in faccia. Avevo visto così tante volte mia madre piangere al telefono, pregando mio padre di tornare, che avevo perso il conto.

A un tratto sollevai lo sguardo e vidi lampeggiare la luce sulla pulsantiera dell'ascensore.

Trattenni il fiato. Il cuore mi martellava nel petto mentre fissavo le porte. Alla fine si aprirono.

Caleb era appoggiato alla parete della cabina, gli occhi sollevati verso il soffitto. Sembrava stanco e sconfitto. Mi sentii triste. Avrei voluto corrergli incontro, abbracciarlo e non lasciarlo mai più.

In quel momento raddrizzò la schiena e uscì.

Quando mi vide, vacillò.

Attesi le sue reazioni. "Ti prego."

Mi rivolse uno sguardo intenso mentre avanzava verso la porta.

Non riuscivo a muovermi. Caleb si fermò a poca distanza da me. Ci fissammo.

«Red.»

Scoppiai a piangere. Lui di colpo prese a scuotermi.

«Signorina, sta bene?»

Sgranai gli occhi e vidi il viso gentile di Paul che mi scrutava.

Un altro sogno. Quello era l'inferno.

«Cosa ci fa in corridoio, signorina?» chiese il portiere.

Cercai di dominare i nervi. Non potevo rispondere che non vivevo più lì se non volevo essere cacciata. Ero certa che Caleb non gli avesse ancora detto che me n'ero andata.

«Oh, stavo aspettando Caleb.»

Mi guardò come se dalla mia testa sprizzasse fuori birra, ma non commentò. Lo sentii borbottare mentre tornava verso l'ascensore. Prima che salisse, mi parve di sentire la parola "svitata".

In preda all'imbarazzo mi tirai su. Erano quasi le tre: se non mi fossi data una mossa avrei perso l'esame.

Dov'era Caleb?

Quando arrivai davanti all'edificio in cui si teneva l'esame, ansimavo e sbuffavo. Mancavano cinque minuti all'inizio della prova. Feci per entrare, ma mi bloccai all'istante nel vedere Caleb.

Non poteva trattarsi di un altro sogno, giusto?

Indossava la maglia rossa della squadra di basket. Anche se era un po' distante, notai il sudore che gli brillava sul viso e sulle braccia muscolose. Era fermo davanti a una fontanella, il braccio sulla bocca come se se la stesse asciugando.

Lo fissai. Lui fissò me.

Il tempo si fermò.

E poi lo vidi.

Il dolore nei suoi occhi.

"Oh, Caleb. Mi dispiace così tanto."

«Tra dieci secondi chiudo la porta, signorina Strafford. Entra o no?» chiese il professor Layton con voce tonante.

Caleb lasciò cadere le braccia lungo i fianchi e s'incamminò verso di me.

Restai immobile, trattenendo il fiato.

E poi... mi oltrepassò.

Quando uscii dall'aula, mi sentivo stordita. Non avevo idea se avessi superato o no l'esame, anche perché durante quelle tre ore avevo faticato a non piangere.

Caleb era ancora all'università?

Dovevo controllare. Feci un respiro profondo per tranquillizzarmi e mi diressi in palestra. Ormai fuori era buio e nei corridoi c'era un silenzio di tomba. Faceva freddo, la temperatura esterna doveva essersi abbassata.

Ero talmente persa nei miei pensieri che non mi accorsi dei due ragazzi che camminavano dietro di me fin quando non mi furono quasi addosso. Allora mi fermai, mi guardai alle spalle e lanciai loro un'occhiataccia. «Cosa volete?» chiesi.

Si bloccarono, stupiti. Uno era alto e di corporatura media; l'altro invece era basso ma grosso e parecchio muscoloso. Non sarei mai riuscita a scappare. Affondai la mano in tasca e strinsi il coltello.

Il tizio basso mi consegnò un foglietto. «Quanto vuoi? Chiamami stasera, dolcezza.»

Poi se ne andarono.

Che diavolo stava succedendo?

Li scrutai con sospetto. Quando furono spariti, aprii il biglietto: c'erano scarabocchiati su un nome e un numero di telefono. Lo accartocciai e lo gettai nella spazzatura.

Mi sentii scoraggiata entrando nella palestra buia e deserta. Forse Caleb era tornato a casa. L'avrei raggiunto, anche se erano le sette di sera passate. Tanto sapevo che di solito andava a letto tardi. Mentre mi trascinavo faticosamente alla fermata dell'autobus, si alzò il vento. Tre tizi fumavano sotto la pensilina, nonostante fosse vietato. Mi tenni alla larga.

«Ehi, tesoro. Ho sentito che ti piace farlo in modo violento» disse uno dei tre.

Aggrottai le sopracciglia. Di certo non stava parlando con me.

«Quanto vuoi per una notte? Mi piace la tua foto, anche se avrei preferito vederti nuda.»

"Cosa?" Prima che avessi il tempo di capire cosa stesse succedendo arrivò l'autobus e salii. Ci avrei impiegato un'ora per andare da Caleb. "Non importa. Non sopporto l'idea che soffra."

Il timore che non provasse più nulla per me era svanito non appena avevo visto il dolore nei suoi occhi.

Quando entrai nel palazzo, Paul scosse la testa. «Non è ancora rientrato, signorina.»

«Grazie, Paul» dissi, delusa.

Lui annuì con sguardo comprensivo. Scoraggiata, mi chiesi se dovessi aspettarlo nel suo appartamento, ma avevo paura che si sarebbe arrabbiato.

Davanti alla porta, fui indecisa se digitare il codice che sbloccava la serratura o attenderlo in corridoio. Scivolai contro la parete e mi sedetti di nuovo sul pavimento.

A un certo punto sentii arrivare l'ascensore e prese a battermi forte il cuore.

Restai delusa nel vedere una bella donna uscire e incamminarsi verso di me. Indossava un vestito color pesca e un cappotto dall'aria costosa. I tacchi alti non emisero neanche un rumore mentre camminava come una regina sulla moquette. Aveva luminosi capelli ramati raccolti in uno chignon.

Poteva essere l'inquilina dell'appartamento di fronte? Quando si avvicinò, mi resi conto che aveva un aspetto familiare. Caleb mi aveva mostrato una sua foto sul telefono, una volta. Era sua madre.

Rammentai che Caleb aveva accennato al fatto di volermi portare a cena fuori con lei. Naturalmente ormai non l'avremmo più fatto, e dubitavo che sua madre avrebbe apprezzato sapere che lo aspettavo lì davanti, come una stalker.

In preda all'ansia, mi alzai, pregando silenziosamente che lei non si fermasse a chiedermi spiegazioni. Chinai la testa e mi avviai verso l'ascensore.

"Ignorami, ti prego."

Fui accontentata. Non appena le porte dell'ascensore si chiusero, rilassai le spalle. Sussultai quando il telefono squillò per segnalare un messaggio in arrivo.

Damon: Il tuo ragazzo è al locale. Vieni a riprendertelo.

Chiamai subito Kara.

«Kar? Ho bisogno del tuo aiuto.»

5

VERONICA

Affidarsi alle cure di Kara era come prepararsi per una battaglia. Le sue armi erano disposte ordinatamente sul piano del bagno: palette di ombretti con i loro pennelli, rossetti, flaconi di fondotinta e cipria erano allineati come soldati.

«Adesso siediti, Ver, e lascia che se ne occupi la Maestra» disse con sicurezza, tirandosi su le maniche ed esaminandomi il viso. «Chiudi gli occhi e permettimi di renderti più bella di quella stronza di Cenerentola la sera del ballo. Quando avrò finito, Lockhart si metterà in ginocchio e infilerà una scarpetta di vetro sul tuo delizioso piedino. Non ti sembra già di sentirlo implorare?» Fece una risatina. «A me sì.»

Mi fidavo di Kara, ma non appena percepii le sue dita picchiettarmi sulle guance per applicarmi diverse sostanze sul viso e poi i pennelli sfiorarmi la pelle avvertii un brivido di paura. «Kar, ti prego. Basta il rossetto rosso.»

Lei sghignazzò e per tirarmi su di morale fece partire *Telephone* di Lady Gaga sull'iPhone. «Oh, per favore. Sono cintura nera di make-up, Ver. Dopo che ti sarai vista, bacerai la terra su cui cammino.» Iniziò a ballare, sollevando le braccia e muovendole al ritmo della musica. «Tra poco scoprirai cosa dirò a quello stronzo di Cameron quando la smetterà di fare il bell'addormentato e si deciderà a darmi la caccia. Aspetta di sentirlo nella canzone, ecco...»

Cantò a squarciagola la strofa in cui si diceva che lui continuava a chiamare ma che lei era occupata. Alla fine appoggiò le mani sullo schienale della mia sedia.

«Okay, pronta? Tre, due, uno!»

Mi fece ruotare in modo che mi vedessi allo specchio. Restai sbalordita. Ero bella. Mi *sentivo* bella.

«Allora?» domandò Kara, con le sopracciglia inarcate.

«Hai fatto un miracolo» sussurrai. «Costruirò un altare per venerarti.»

«Sì, lo so, sono Catwoman e la mia frusta sono i prodotti di bellezza non testati sugli animali, baby. Adesso infila le chiappe in quel vestito rosso e andiamo a riprenderci il tuo uomo.»

«Grazie.» La abbracciai.

«Non dimenticare quel trucchetto che ti ho insegnato. Morditi il labbro, sbatti lentamente le palpebre come nei film e gettati i capelli dietro una spalla, capito?»

«Sì, Maestra.»

«Bene. Muoviamoci.»

Il locale era buio, la musica mi pulsava nelle orecchie. Nell'aria aleggiava un odore di cibo speziato e cocktail dolci. Indossavo il mio abito rosso attillato, i tacchi alti e il rossetto rosso che avevo la sera in cui io e Caleb c'eravamo conosciuti. La sera in cui lui mi aveva salvata.

Stanotte, invece, sarei stata io a salvare entrambi, se me lo avesse permesso.

Mi si fermò il cuore non appena lo vidi seduto con lo stesso gruppo della sera prima. Aveva accanto una ragazza che gli mise la mano sulla spalla.

"Non toccarlo!"

Caleb indossava una giacca di pelle nera sbottonata sopra una maglia con il collo a V e un paio di jeans. Fissava il drink sul tavolo davanti a lui come se contenesse le risposte a tutte le sue domande. Non aveva affatto l'aria di divertirsi; sembrava addirittura che non prestasse attenzione alla gente che lo circondava. Forse stava pensando di andarsene.

"Non farlo. Non ancora. Non senza di me."

Quando la bionda si chinò su di lui con fare seducente, fui assalita dalla gelosia.

Caleb non mi aveva ancora visto.

Ero agitata. Non mi piaceva trovarmi al centro dell'attenzione e di solito giravo al largo dalla gente che non conoscevo bene, tuttavia mi bastò guardare un istante Caleb per capire che stavolta non mi sarei fatta da parte.

Mi ricordai del giorno in cui eravamo andati in campagna a mangiare la zuppa, la pizza e il gelato e ci eravamo baciati al chiaro di luna. Mi aveva detto che ero bella.

"Ho pensato che sarebbe stato divertente comportarci da stupidi, stasera. Magari fingere di essere qualcun altro... Puoi essere mia. Se vuoi."

Sì, volevo essere sua.

Nel locale misero una nuova canzone, *Blind Heart* dei Cazzette.

Raggiunsi a fatica il centro della pista, sollevai le braccia sensualmente e chiusi gli occhi. Immaginai lo sguardo di Caleb posarsi su di me.

Mi isolai completamente e cominciai a muovere i fianchi. Respirai a fondo e aprii gli occhi, puntandoli nella sua direzione.

Caleb era l'unico ragazzo che avesse mai fatto breccia nel mio cuore. Il mio battito accelerò mentre lui alzava lentamente lo sguardo fino a incontrare il mio.

Raddrizzò la schiena, girandosi sulla sedia per osservarmi meglio.

Feci scivolare una mano lungo il collo, scuotendo i capelli mentre continuavo a muovere le spalle e i fianchi al ritmo della musica, con tutta la sensualità di cui ero capace.

La bionda tentò di attirare di nuovo l'attenzione di Caleb.

Avanzai verso di lui, senza smettere di fissarlo. Gettai i capelli dietro la spalla, sorridendogli in modo provocante.

Mi avvicinai, come la prima volta che ci eravamo incontrati, cingendogli il collo con le braccia. I suoi occhi – limpidi e verdi proprio come nei miei sogni – mi scrutarono intensamente. Era talmente bello che guardarlo mi faceva male al cuore. Si alzò in piedi, avvolgendomi i fianchi con un braccio.

Ci guardammo per un elettrizzante momento. Sentivo il suo corpo muscoloso contro il mio, il suo profumo virile.

«Ehi, tesoro» mormorai, emozionata «lui è con me.»

Caleb mi studiò con aria cupa.

«Ma dove sei stato?» chiesi, come aveva fatto lui quando ci eravamo conosciuti.

Se ne ricordava?

Gli sfiorai l'orecchio con il labbro e lo sentii rabbrividire. «È tutta la vita che ti cerco» sussurrai.

Adesso toccava a lui.

Trattenni il fiato. Quello che stava per dire avrebbe stabilito se mi avrebbe perdonata. Se mi avrebbe voluta ancora o no.

Con un lieve sorriso bisbigliò: «Ti stavo aspettando».

Scoppiai a piangere. «Caleb...»

Lui mi prese il viso tra le mani, asciugandomi le lacrime con i pollici mentre sorrideva. «Mi ricordo di averti detto le stesse cose al nostro primo incontro.»

«Sì» confermai con voce strozzata.

«Pancake?» propose piano, con gli occhi colmi di un'emozione così intensa e sincera che mi riempì di nostalgia.

«Pancake» risposi.

6

VERONICA

Andammo in spiaggia. A mezzanotte passata era deserta, come se stesse aspettando solo noi.

Ci sdraiammo sulla stessa coperta che avevamo usato la prima volta che Caleb mi aveva portata lì. Sembrava trascorso così tanto tempo... Allora mi avrebbe preso la mano, intrecciando le dita alle mie.

Adesso però non lo fece.

Mi girai su un fianco per guardarlo. Teneva gli occhi chiusi. La brezza gli soffiò una ciocca ramata sulla fronte. Desideravo tanto spostargliela.

«Mi manchi, Caleb.»

Non reagì, ma sapevo che mi aveva sentito perché lo vidi trattenere il fiato per un instante.

Lo avevo ferito e probabilmente era ancora arrabbiato con me. Doveva odiarmi, ma preferivo quello a un atteggiamento freddo.

Era arrivato il momento di confessargli quello che provavo davvero.

Trassi un respiro profondo per farmi coraggio. «Nella vita mi è sempre toccato faticare per ottenere ciò che desideravo, per raggiungere certi traguardi. Ho dovuto essere molto più forte della maggior parte delle persone.»

Mi sdraiai a pancia in su e guardai il cielo di velluto scuro, la grande mezzaluna e le stelle che brillavano come diamanti.

Era uno spettacolo talmente bello e pacifico, con in sottofondo il suono delle onde che si frangevano sulla riva. Dentro di me però si agitava una tempesta.

«La gente è egoista» continuai. «Vuole sempre qualcosa da te e una volta che l'ha ottenuto sparisce. Perciò non volevo lasciare entrare nessuno nella mia vita. Ma poi ho incontrato te. Mi hai fatto provare dei sentimenti, desiderare ciò a cui non mi ero mai nemmeno permessa di pensare. E mi sono spaventata. Non volevo fidarmi di te. Ogni volta che diventavamo troppo intimi, prendevo le distanze.»

«Perché?» chiese Caleb in tono calmo e sommesso.

«Perché illudersi fa male. Mi pareva impossibile che uno come te s'interessasse a una ragazza dal cuore spezzato che possiede solo una valigia piena di storie tristi. Mi sono costruita intorno un muro impenetrabile, eppure ho percepito il tuo calore che si faceva strada attraverso le crepe. Come sei riuscito a conquistarmi?» Mi interruppi per un attimo. «Nessuno aveva mai fatto una fatica simile prima.» Sentii una lacrima rigarmi la guancia.

Mi misi a sedere e avvicinai le gambe al petto, posando la testa sulle braccia incrociate. Caleb si tirò su e si avvicinò.

«Non mi fidavo dei tuoi sentimenti» ammisi. «Ero sempre lì ad aspettare il momento in cui mi avresti deluso, come tutti gli altri. Ho l'impressione che in me ci sia qualcosa di sbagliato, una specie di lacuna, per cui inevitabilmente un giorno ti annoierai e mi lascerai.» Singhiozzai. «Per tutta la vita mio padre mi ha ripetuto che ero io la causa delle brutte cose che...» Deglutii. Non volevo parlare di lui. Non sapevo neanche perché lo avessi menzionato.

«Vorrei che lui fosse qui, così potrei fargli del male» disse Caleb. «Più di quanto lui ne abbia fatto a te.»

Percepii la collera nella sua voce. Lo sentii respirare lentamente per cercare di calmarsi. Quando riprese a parlare, aveva un tono più pacato.

«Red, lo sai come mi sono sentito quando mi hai lasciato?»

Sollevai la testa e lo guardai negli occhi. Mi venne un nodo in gola nello scorgervi un'emozione intensa e una grande tenerezza.

«Mi hai distrutto. Sono pieno di rabbia, ma ogni volta che ti vedo svanisce. In fondo non c'è amore senza sofferenza, giusto? Perché, Red, quando mi fai a pezzi, poi rinasco e divento una persona migliore.» Caleb mi accarezzò la guancia con il pollice. «Quindi distruggimi pure.»

Singhiozzai e mi morsi il labbro per impedirmi di scoppiare a piangere. Quando lui aprì le braccia, mi abbandonai contro il suo petto, lasciando sgorgare le lacrime. Mi stringeva così forte che riuscivo a malapena a respirare.

«Scusa se ti ho fatto soffrire. Non pensavo davvero nessuna delle brutte cose che ti ho detto. Volevo solo proteggermi. Sono stata un'egoista e una vigliacca. Avevo paura di restare ferita, ma ho finito con il fare del male a entrambi. Non avevo abbastanza fiducia in te.» Gli stavo inzuppando la maglia di lacrime. «Mi dispiace, Caleb.»

«Va bene, Red. Se potessi rivivere quella notte, non ti lascerei mai. Scusa se sono andato via.»

«Ti sei comportato da buon amico, e lei...»

«Ssh. Voglio spiegarti.» Lo sentii sospirare mentre mi accarezzava la schiena. «A grandi linee sai già cos'è successo, ma non sono riuscito a raccontarti tutto. Mi ero addormentato e sognavo che ti stavo baciando, ma poi ho aperto gli occhi e sopra di me c'era Beatrice-Rose. Si era tolta la maglietta. L'ho respinta. È solo un'amica, e io non voglio nessun'altra a parte te, Red.»

Mi baciò i capelli. Appoggiai la guancia sulla sua spalla, incoraggiandolo silenziosamente a proseguire.

«Quindi me ne sono andato per tornare a casa da te. Do grande importanza alla fiducia, perché è stata la diffidenza a logorare il rapporto dei miei genitori. Non volevo che accadesse la stessa cosa anche a noi. Per questo ti ho chiesto se ti fidavi di me. La tua risposta significava molto, ed è stata una delusione.»

«Caleb...»

«Ssh. Ascolta, piccola.» Aspettò che mi rilassassi prima di continuare. «Ho permesso al dolore e all'orgoglio di avere la meglio. Ho sprecato così tanto tempo! Non avrei mai dovuto lasciare la città, ma volevo che capissi quanto contavo per te, che valeva la pena di lottare. Non sai quante volte ho provato l'impulso di correre qui e pregarti di tornare da me. Ho rischiato di impazzire. Voglio tutto di te, lo sai. Sei la persona più importante della mia vita. Guardami» mi implorò.

Sollevai la testa e nei suoi occhi verdi colsi tutta la sua disperazione e il suo desiderio.

«Red, dopo che te ne sei andata... Non mi ero mai sentito così vuoto, così perso, come se mi avessi tagliato un pezzo di cuore e l'avessi portato via con te. Mi sei mancata talmente tanto che faticavo a respirare. Il tuo corpo contro il mio. I tuoi sospiri e il battito veloce del tuo cuore quando ti tocco. La tua mano nella mia. Quella vulnerabilità nello sguardo che nascondi a tutti tranne che a me. Come posso non amarti?»

Trattenni il fiato e aspettai che continuasse. Avevo paura e al tempo stesso non vedevo l'ora di sentire il resto.

«Mi hai catturato subito. Corpo, mente e anima: prendi tutto di me. Sono tuo.»

«Caleb.»

«Se devo scegliere una prigione» aggiunse, la voce roca per l'emozione «scelgo te. Sono un recluso volontario condannato ad amarti tutta la vita.» Mi prese il viso tra le mani e i suoi occhi sinceri scrutarono i miei. «Ti amo» sussurrò.

Ebbi la sensazione che in quel momento qualcosa fosse tornato al suo posto, come l'ultimo pezzo di un puzzle.

«Anch'io ti amo, Caleb.»

Lui reclamò le mie labbra e mi baciò al chiaro di luna.

7

CALEB

Restammo svegli tutta la notte.

La tenevo fra le braccia, ed era tutto ciò di cui avevo bisogno in quel momento. La sua assenza mi aveva scavato una voragine nel petto. Quando la strinsi a me, quell'enorme buco si riempì così in fretta che mi parve non fosse mai esistito.

Seduti sulla sabbia, guardammo il sole sorgere. Le cedetti la mia giacca e le gettai sulle spalle anche la coperta. Poi andammo a mettere le scarpe nel portabagagli della macchina e camminammo lungo la riva. La cinsi con un braccio mentre lei si appoggiava al mio fianco.

Quando mi guardò, ebbi un tuffo al cuore.

Dio, quanto mi era mancata!

«Non farlo» disse in tono imbarazzato.

«Cosa?»

«Fissarmi.»

Le scoccai un sorriso. «Non posso evitarlo.»

Si guardò i piedi e si sistemò una ciocca di capelli dietro l'orecchio, avvampando.

La mia Red, che arrossiva sempre.

Sapevo che era ancora preoccupata per quanto era accaduto fra noi, ma io l'avevo perdonata ben prima che me lo chiedesse. La stavo solo aspettando.

Mi fermai, la feci voltare verso di me e le sollevai il mento in modo che mi guardasse. «Credo che ti fisserò molto a lungo.»

Mi avvicinai per baciarle le labbra; erano così morbide e calde. Mi mise le mani sul petto e la sentii sospirare. Sorrisi senza staccare la bocca dalla sua.

«Ti sono mancato, eh?»

«Sì. E mi manchi ancora» rispose piano, con uno sguardo triste.

Volevo cancellare quella malinconia. «Magari potresti farmi un altro balletto» scherzai.

Lei rise e mi diede uno schiaffo sul braccio. «Sì, quando tu ti metterai lo smoking.»

«Ahi.» Mi massaggiai il punto in cui mi aveva colpito. Ci era andata pesante. «Che ne pensi di un perizoma? O ancora meglio...»

Mi fulminò con lo sguardo, si gettò i capelli dietro la spalla e riprese a camminare.

Sorrisi, fissandole la schiena per qualche istante prima di raggiungerla di corsa. «Dove hai imparato a ballare così?» domandai.

«Mia madre lavorava in una sala da ballo, e ho preso qualche lezione gratis. Volevo frequentare una scuola di danza, ma non potevo permettermelo. Comunque ormai non importa. Adesso ho altri progetti.» Chiuse gli occhi mentre inspirava l'aria fresca. «Mia madre sarebbe molto felice di sapere che vado al college» disse con la voce velata di tristezza.

«Se mai avremo bisogno di denaro, potrei fare lo spogliarellista, ma dovrai insegnarmi quel movimento sexy che fai con i fianchi» la presi in giro.

Rise spensierata, e tutto tornò di nuovo a posto.

Il sole stava sorgendo e il cielo all'orizzonte esplodeva di colori: rosso, arancione e oro. Un enorme uccello bianco planò sopra il pelo dell'acqua e si gettò in picchiata per procurarsi la colazione. Il rumore rilassante delle onde che si frangevano sulla riva ci accompagnava mentre passeggiavamo.

«Tra un paio di settimane ci saranno gli esami finali, Caleb.»

Sapevo che era preoccupata perché avevo perso una settimana di lezioni. «Sono a buon punto con lo studio e comunque, anche se dovessi fallire nelle prove, ho voti abbastanza alti.» Ridacchiai quando mi lanciò un'occhiataccia. «Ma non fallirò» aggiunsi.

«Hai intenzione di laurearti quest'anno, vero?»

«Sì, così poi potrò cominciare a lavorare e a mettere da parte i soldi per il nostro matrimonio, per una casa e per i bambini.»

Attesi la sua reazione. Non disse nulla, ma non sembrava scioccata come l'ultima volta che avevo menzionato l'argomento. Facevamo progressi.

«A me manca ancora un anno.»

«Aspetterò.» Felice, le sollevai la mano e gliela baciai. «Tornerai a casa, adesso, Red?»

Lei si morse il labbro. Sembrava sul punto di piangere. «Pensavo che non mi avresti più chiamata così.»

«Sarai sempre Red per me.»

Mi strinse la mano. «Sono venuta a cercarti a casa, ieri.»

Mi emozionai. «Davvero?»

Lei annuì. «Ho visto tua madre.»

Il mio cuore perse un battito.

«Ero in corridoio ad aspettarti, davanti alla porta...»

«Come una stalker.» La attirai a me e le strofinai il naso sul collo. «La mia stalker.»

«Non montarti la testa» disse ridendo. «Lei ovviamente non sa chi sono, ma non è una buona idea che torni a casa tua. Immagino che non sarebbe contenta di sapere che conviviamo.»

Aveva ragione. Mia madre l'avrebbe adorata, non avevo dubbi. Però ci sarebbe rimasta male se avesse scoperto che vivevo con una ragazza che non le avevo neanche presentato. Erano le due donne più importanti della mia vita e ci tenevo che avessero buoni rapporti. Dovevo fare le cose per bene. Avrei sistemato la situazione al più presto. E allora Red sarebbe potuta tornare ad abitare da me.

Ufficialmente, in veste di mia fidanzata.

Avevo altri piani, ma supponevo che non fosse pronta a sentirli.

«Allora esci a cena con me e mia madre» le proposi.

Lei sgranò gli occhi. «Io...»

«La chiamo e organizzo per questo fine settimana, se sei libera. Dài, Red, fallo per me. Ti prego.» Sorrisi, ostentando sfacciatamente le mie fossette, per le quali ero certo che avesse un debole.

«Okay.»

Lo sapevo. Le fossette erano infallibili.

«Quando ero al cottage, ho telefonato a mia madre e le ho

parlato di te... di noi. Anche se non le ho raccontato tutto, si è fatta un'idea.»

Mi strinse la mano e mi guardò preoccupata.

«Per esempio, sa che sei ossessionata da me e che...»

«Caleb!»

«Sto scherzando.» Risi quando mi diede un altro schiaffo sul braccio. «Le ho confidato di aver trovato la ragazza giusta, e lei ha detto che non vede l'ora di conoscerti.»

Mi appoggiò la testa sulla spalla.

«Ti amo» sussurrai.

Il suo sguardo si offuscò e la sentii irrigidirsi per un istante. Poi si rilassò, mi posò la guancia sul petto e ascoltò il battito del mio cuore, stringendomi fra le braccia. "Le azioni valgono più delle parole" pensai con un sorriso.

Chiusi gli occhi, appoggiandole il mento sulla testa. Aveva già fatto quel gesto, ma non ne avevo mai colto il vero significato.

Adesso sapevo cosa voleva dire.

8

CALEB

«Vuoi andare a fare colazione?» le domandai, aprendole la portiera dell'auto.

Restammo a fissarci per qualche istante. Red indossava ancora la mia giacca ed era avvolta nella coperta. Le cinsi la vita con un braccio per attirarla a me.

Il vento le scompigliò i lunghi capelli scuri, e qualche ciocca coprì il suo bel viso. Trattenni il fiato e gliele sistemai dietro l'orecchio, accarezzandole la guancia con il dorso della mano. Lei chiuse gli occhi, accoccolandosi contro il mio corpo.

"Vorrei mangiare te a colazione, a pranzo e a cena" avrei voluto dirle. Saggiamente tenni la bocca chiusa. Ci eravamo appena rimessi insieme e non volevo spaventarla.

Quando riaprì gli occhi e mi guardò, il desiderio che provavo per lei mi annodò lo stomaco.

«Che ore sono?» chiese con voce strozzata, come se sentisse la stessa cosa per me. O forse ero solo talmente disperato da immaginarlo.

Feci un respiro profondo per calmarmi e guardai l'orologio. «È ora che Red faccia colazione con Caleb.»

Si morse il labbro per nascondere un sorriso, ma non ci riuscì. La sera prima si era messa un seducente rossetto rosso, eppure ora, al naturale, se possibile la sua bocca era ancora più invitante. «Oggi c'è un ripasso in vista degli esami a cui non posso mancare.»

Dal tono di voce capii che era dispiaciuta e ne fui felice. Sapevo che voleva passare del tempo con me. Eravamo stati lontani per una settimana, ma sembravano anni.

Rabbrividì quando il vento riprese a soffiare.

«Entra» dissi, ricordando le buone maniere. Chiusi la portiera, poi girai in fretta intorno alla macchina e salii a mia volta. «A che ora hai lezione?» Accesi il riscaldamento al massimo.

Lei si sfilò la mia giacca e me la porse. «Mettila. Fa freddo.» Poi si strinse addosso la coperta, strofinandosi e soffiando sulle mani per riscaldarsi. «Alle dieci.»

Lanciai la giacca sul sedile posteriore. «Abbiamo tempo. Vieni qui, Red.»

La coperta le cadde dalle spalle mentre la attiravo a me. Le strofinai il naso sul collo, scaldandola con il mio respiro mentre le accarezzavo la schiena.

«Va meglio?»

«Non smettere.» Inclinò leggermente il collo per facilitarmi il compito.

«Hai ancora freddo?» sussurrai, dandole un bacio sulla spalla.

«Sì.»

«Allora lascia che ti scaldi.»

Tirai indietro il sedile. Lei sussultò quando la sollevai per sistemarla a cavalcioni sulle mie gambe.

Sgranò gli occhi per lo stupore... e anche per qualcos'altro.

Per il desiderio. Aveva le pupille dilatate.

Iniziai ad accarezzarla con il dorso della mano, con un tocco seducente che alimentò la sua passione. «Sei così bella.»

Le percorsi le labbra con un dito. Le dischiuse, lasciando uscire il suo respiro caldo.

«Voglio morderti» dissi con voce roca. «Non...» Le baciai un angolo della bocca. «Mi...» Poi l'altro. «Basti mai.»

«Caleb...»

Quando premette il corpo contro il mio, persi il controllo.

Le infilai le mani tra i capelli, la bocca sulla sua. Famelico, la divorai, prendendo tutto ciò che mi dava, finché i suoi gemiti mi riempirono le orecchie, incendiandomi.

La desideravo troppo. Ero talmente affamato del suo sapore, del suo tocco, del suo odore che non potevo preoccuparmi di essere delicato.

Avevo bisogno di lei. Disperatamente.

Riuscivo a pensare solo che volevo di più.

Red mi consumava. Ogni mio pensiero, sentimento, respiro le apparteneva.

Affondandomi le unghie nella schiena, mi strinse le gambe attorno ai fianchi, mentre le baciavo il collo e la pelle morbida sopra il seno.

«Caleb.»

Il battito del mio cuore mi rimbombò nelle orecchie quando lei si appoggiò al volante. Chiuse gli occhi mentre le mie mani la accarezzavano con venerazione. Avrei voluto strapparle i vestiti.

Reclamò di nuovo la mia bocca, senza inibizioni, selvaggia e sexy. Percorsi con le dita le sue gambe nude. Desideravo toccarla in punti dove non mi ero mai avventurato prima, ma non in auto.

Quando mi leccò il collo, non capii più niente. Dovevamo fermarci, oppure l'avrei presa lì. E non era così che avevo immaginato la nostra prima volta.

Le misi una mano dietro la nuca e accostai la fronte alla sua mentre i nostri respiri si calmavano. Red aveva gli occhi chiusi, le spalle e il petto che si sollevavano e si abbassavano.

Il suo petto... il suo...

"Non pensarci. Non guardarlo nemmeno" mi rimproverai.

«Pancake?»

Quando aprì gli occhi, mi sfuggì un gemito. Era ancora eccitata; vedevo il desiderio ardere nel suo sguardo. Deglutì prima di annuire.

«Pancake» disse sorridendo.

9

CALEB

«Bene.» Sospirai, aprendo il finestrino per schiarirmi le idee. L'auto era impregnata del profumo inebriante di Red.

Mi ubriacava.

"Pensa a qualcos'altro" mi imposi. «Sei mai stata da Anna?» chiesi.

«La pasticceria?»

«Esatto.»

Lei si illuminò. «La adoro.»

Se l'avessi saputo, ce l'avrei portata già da un pezzo. «Allora andiamoci.»

Quando mi sorrise, il cuore prese a martellarmi contro il petto.

«Mangiamo qualcosa e poi ti accompagno da Kara. Ho lezione all'una, quindi dovrei anche riuscire a tornare a casa per una doccia. Ma forse...» Mi interruppi e aspettai che mi guardasse. «Ti andrebbe di farla con me.»

Voleva essere una provocazione.

Mi aspettavo che lei ridesse o che mi lanciasse un'occhiataccia come l'ultima volta che gliel'avevo chiesto, invece si limitò a guardare fuori dal finestrino con un misterioso sorrisetto sulle labbra invitanti.

"Significa che vuole..." Mi schiarii la voce e aprii la bocca per dire qualcosa di divertente, però non ne uscì nulla.

«Allora abbiamo tempo per fare colazione» osservò Red.

Speravo che avrebbe detto qualcos'altro.

"Concentrati sulla strada" pensai. «Accendo la radio?»

Mi resi conto di essere nervoso.

Notai che Red scrutava le mie mani sul volante. Poi fece un respiro profondo e vi posò sopra la sua.

Bastò quel gesto per farmi sentire il re del mondo.

Jack Dawson non era niente al mio confronto.

Mi voltai a guardarla. Fissava davanti a sé ed era arrossita.

In quel momento compresi che sarei morto per quella ragazza.

Era quella giusta, non mi sbagliavo.

«Caleb, credo che abbiamo appena superato la pasticceria.»

Come poteva aspettarsi che mi ricordassi dov'era Anna, quando il mio cuore era sul punto di scoppiare?

Non riuscivo a rammentare neanche il mio nome.

«Hai cambiato idea?» domandò.

«Mai. Avevo già deciso molto tempo fa. Forse sin dalla prima volta che ti ho vista.»

Red mi strinse la mano.

Al semaforo feci inversione e parcheggiai dietro la pasticceria, poi rimasi lì a fissare il vuoto.

«Ricordo la prima volta che ti ho visto» disse lei. «Non è stato in quella discoteca, ma all'università.»

Non riuscivo a rammentare nulla della mia vita prima del nostro incontro.

«Cosa facevo?»

Lei accennò un sorriso. «Flirtavi con tre ragazze.»

«Gelosa?»

«No.»

«Perché ti sei imbronciata, allora?»

Scostò la mano e incrociò le braccia al petto. «Non sono imbronciata.»

«Sì, invece.»

«No.»

«Sì, tu...»

«Oh, sei così infantile!» Red scese dall'auto e si diresse verso l'entrata della pasticceria. La seguii come un cucciolo, sogghignando tra me e me.

Il locale era piccolo e accogliente. Aveva un aspetto retrò, con specchi antichi e foto in bianco e nero appesi alle pareti di cemento grigio. I tavoli e le sedie marroni sembravano vecchi, anche se non lo erano. Su una grande lavagna sopra il bancone del bar il menu era scritto con gessetti di diversi colori.

Red andò dritto verso la vetrina in cui erano esposti graziosi pasticcini e pagnotte. «Sono così belli!» Si illuminò, il naso quasi appiccicato al vetro mentre li fissava a bocca aperta. Era adorabile, sembrava una bambina in un negozio di caramelle.

Dopo avere ordinato, scelse un tavolo accanto a una finestra che dava su un'incantevole strada costeggiata da alti alberi frondosi e splendide aiuole di fiori.

Mi sedetti davanti a lei. Si prese il mento fra le mani, con gli occhi che brillavano di eccitazione. «Un giorno avrò un locale tutto mio, proprio come questo. Ma sarà all'interno di una piccola libreria dove la gente possa leggere mentre beve un caffè.»

Mi chinai, appoggiai le braccia sul tavolo, sfiorandole i gomiti, e le intrappolai le gambe tra le mie.

Stava condividendo i suoi sogni con me. Non l'aveva mai fatto.

«Sarò il tuo primo e più affezionato cliente. Preparerai anche i pancake?»

«Soprattutto quelli» sussurrò Red, sorridendo.

Ricambiai il sorriso, tracciandole con un dito piccoli cerchi sul braccio.

Continuò a parlare, e il suono della sua voce era come il richiamo di una sirena per le mie orecchie. Mi pareva di non sentirlo da così tanto tempo... Le sue labbra si muovevano, i suoi occhi scuri splendevano. Era bellissima.

Mi diede un calcio sotto il tavolo. «Caleb? Mi stai ascoltando?»

«Hai detto che mi ami.»

Si morse il labbro, e capii che stava tentando di trattenere una risata.

«Non sapevo che ti piacessero le brioche. Ero sicuro che avresti preso i dolcetti alla cannella» commentai dopo che la cameriera ci ebbe portato le ordinazioni. Presi il coltello e spalmai una noce di burro sui pancake.

«Di solito sì, ma Damon ci sta portando spesso dei deliziosi croissant preparati da sua madre. Temo che per farmi dare la ricetta dovrò ricorrere all'intimidazione.»

Versai accidentalmente troppo sciroppo sui pancake. "Fantastico" pensai. Appoggiai con cautela la bottiglia sul tavolo e guardai il piatto.

«Caleb?» chiese Red allarmata. «Che cosa succede?»

Sollevai gli occhi. «Cos'è lui per te?»

Lei si accigliò. «Chi?»

Serrai la mascella. «Damon.»

Mi rivolse uno sguardo comprensivo. «Oh, Caleb.» Scosse la testa e fece un sorrisetto. «Sei geloso?»

«Certo che lo sono, maledizione.» Sospirai. La gelosia era un sentimento meschino, ma sfuggiva al mio controllo.

«Damon è solo un amico. Quella sera, quando ci hai visto al locale, mi stava confortando. Non mi sentivo bene.»

«Certo non posso dirti di chi essere amica...»

«Ovviamente no.»

«Però ti prego di capirmi se mi fa impazzire vedere che un altro ragazzo ti tocca. E sappi che quando spaccherò la faccia al tuo amico, se si spingerà troppo oltre, sarà per dei validissimi motivi.»

Red mi lanciò un'occhiataccia. «Ti ho già spiegato...»

«Sì, lo so, ma sei sicura che lui voglia solo la tua amicizia? Possibile che si materializzi ogni volta che hai bisogno di una spalla su cui piangere? E io? Sono più di un amico. Puoi piangere sulla mia, di spalla. È sempre disponibile per te. È proprietà di Red. Vuoi che me lo faccia tatuare?»

Trascinò la sedia accanto alla mia e si accoccolò contro il mio fianco.

Oh, quella ragazza!

Il mio cuore era suo. Completamente.

«Adesso lo so» mi disse. «Ma in quel momento pensavo che mi odiassi.»

«Non potrei mai.» Appoggiai la testa alla sua. «Io ti amo» dissi.

E aspettai.

«Capisco che non sei abituata a sentirlo, ma dico sul serio» aggiunsi.

«Ti amo» sussurrò Red un momento dopo.

Adesso ero suo.

Lo sapevo io e lo sapeva anche lei.

10

VERONICA

«Com'è vivere con Kar?» mi chiese Caleb, guidando nel traffico dell'ora di punta del mattino.

«Mi piace molto.»

«Non troppo, spero. Voglio che torni a casa.»

Serrai le labbra per soffocare un sorriso. Tutto questo mi era mancato. Mi era mancato *lui*, e non avevo capito quanto finché non era uscito dalla mia vita. Adesso che la sua mano era di nuovo nella mia non volevo più lasciarla. Mi accarezzò distrattamente il palmo con il pollice, senza rendersene conto.

La notte prima, mentre camminavamo sulla spiaggia, mi aveva annusato i capelli, mi aveva baciato la spalla e accarezzato il braccio. Quei piccoli gesti dolci mi commuovevano quasi fino alle lacrime. Prima li avevo dati per scontati, ora invece significavano tutto per me. Apprezzavo ognuno di essi.

Feci un sospiro per allentare la pressione che sentivo dentro. «Caleb?»

«Sì, amore?»

I vezzeggiativi che usava mi facevano palpitare il cuore.

La brezza che entrava dal finestrino aperto gli spostava i capelli ramati all'indietro, mettendo in risalto il suo splendido viso. Aveva la mascella squadrata, gli zigomi così marcati che mi veniva voglia di seguirne il profilo con le dita.

«Cosa c'è?»

Sbattei le palpebre. «Eh?»

Mi scoccò un sorriso furbo. «Mi vuoi dire a cosa stai pensando, Red?» domandò con voce bassa. «Oppure hai intenzione di fissarmi tutto il giorno?»
"Beccata. Maledizione."
Avrei desiderato restare in macchina con lui, in quella bolla dove c'eravamo solo noi due. Ma prima o poi bisognava fare i conti con la realtà.
Non sapevo esattamente cosa dirgli. Di sicuro avrei dovuto raccontargli che Beatrice-Rose si era intrufolata nel suo appartamento. Caleb aveva il diritto di esserne informato. Da che parte cominciare? Erano accadute così tante cose!
«Allora?» insistette lui dopo aver parcheggiato la macchina davanti a casa di Kara. «So mantenere un segreto» aggiunse in tono scherzoso. Sollevò la mia mano, piegandomi tutte le dita tranne l'indice con cui si tracciò lentamente una X sul petto. I suoi occhi verdi avevano un'espressione intensa mentre mi scrutava. «Te lo giuro» sussurrò portandosi il mio dito sulle labbra e baciandolo. «Sulla mia vita.»
Trattenni il respiro.
«Red, vuoi condividere il tuo segreto con me?»
Quale segreto? Ero terribilmente confusa.
Lui guardò fuori dal finestrino. «Non voglio che si ripeta quello che ci è capitato.» Si girò di nuovo verso di me, con l'aria seria. «È stato un inferno senza di te.»
Rimasi senza fiato. «Sì, anche per me.»
«Allora dimmi cosa ti preoccupa.»
Non ero abituata a confidare a qualcuno le mie angosce e i miei problemi. Di solito mi tenevo tutto dentro. Ma lui era Caleb. La lontananza mi aveva fatto capire quanto contasse per me. In passato avevo avuto paura di concedergli troppo. Temevo che se gli avessi dato tutta me stessa mi avrebbe distrutta e mi sarei ritrovata svuotata, come mia madre.
Da Caleb però avevo imparato a non chiedere niente in cambio.
E ora sapevo di appartenergli.
«Oltre a me e a tua madre c'è qualcun altro che conosce il codice per entrare nel tuo appartamento?»
«No» rispose. «Solo voi due. Perché?»
«La sera in cui sono venuta a casa tua ho visto Beatrice-Rose uscire dall'ascensore.»

Caleb imprecò a bassa voce. «È vero, lo conosce anche lei. Gliel'ho dato tanto tempo fa. Me n'ero completamente dimenticato. Maledizione, lo cambierò appena torno a casa. Inoltre Beatrice-Rose è in confidenza con il portiere. Dovrò parlare anche con lui.» Si passò una mano tra i capelli con aria frustrata, poi si fece cupo in viso. «Ti ha infastidita di nuovo?»

Mi morsi il labbro.

Avrei dovuto dirgli tutto?

Ero così abituata a combattere da sola le mie battaglie che per me era difficile appoggiarmi a qualcun altro.

Inoltre, non volevo piangermi addosso. "Lui è Caleb" ricordai a me stessa. "Piccoli passi, Veronica. Piccoli passi." Risposi: «Non quel giorno. Ma tu sei già passato da casa?».

«Sì.»

«Mancava niente?»

«Mi pare di no.» Caleb strinse gli occhi. «Che cosa mi stai nascondendo?»

Mi conosceva bene.

Aprii la portiera della macchina. «Andiamo dentro.»

«Posso vedere la tua camera?» mi domandò Caleb non appena fummo davanti all'appartamento di Kara, togliendosi le scarpe per lasciarle accanto alla porta.

Il cuore prese a battermi forte. «Certo.»

Gli feci strada fino alla mia stanza. Entrai senza guardarmi alle spalle e mi diressi verso l'armadio per prendere dei vestiti puliti da indossare dopo la doccia.

«Mi manca vedere le tue cose in giro. Mi manca il profumo del cibo che cucini. Mi manca il burro di arachidi nel frigorifero. Le casa è diversa quando non ci sei. Sembra vuota.»

Mi girai. Caleb era sdraiato sul letto, le braccia dietro la testa, le caviglie incrociate, e mi stava osservando.

«Vieni qui accanto a me?»

Lo desideravo così tanto, ma non potevo. «Devo prepararmi, Caleb.»

«C'è tempo. Non preoccuparti, voglio solo stringerti e farti qualche domanda.»

«Del tipo?»

Lui si girò su un fianco. «Facciamo a modo mio, ti va?»

«Cosa intendi?»

«So che vuoi parlarmi di qualcosa, quindi giochiamo a Venti confessioni.»

«Eh?»

«È un gioco in cui si confessano i propri segreti.»

Lo guardai sospettosa. Lui mi sorrise.

«E se non avessi niente da confessare?» chiesi.

Caleb mi fissò, incredulo.

«Che ne pensi di alternare confessioni e domande?» suggerii.

«Va bene. Sdraiati accanto a me» cercò di convincermi, battendo la mano sul letto. «Giuro che non mordo. Per favore.» Fece un sogghigno, mostrandomi le fossette.

«D'accordo.»

Mi stesi vicino a lui, dandogli la schiena. Mi cinse la vita con un braccio e mi sistemò la testa sotto il suo mento.

«Mi fai stare davvero bene.» Mi annusò i capelli, poi li baciò. «Prima le signore.»

«No, inizia tu.»

Non esitò. «Quella notte al locale, quando ti ho vista assieme a Damon, pensavo che avessi voltato pagina e mi avessi dimenticato.» La sua voce era flebile e roca.

«No, Caleb.»

«Credevo che vi foste messi insieme. Ho aspettato che venissi a dirmi che era ancora... era ancora me che volevi.»

«Era così. Solo te.»

Lo sentii rilassarsi. «Avevo il dubbio che fosse lui a impedirti di tornare da me. Ho avuto la forte tentazione di investirlo.»

Mi sfuggì una risata strozzata. «No, Caleb. Le cose non stanno così fra me e Damon. Ieri notte è stato lui a mandarmi un messaggio per dirmi dov'eri. Mi ha scritto: "Il tuo ragazzo è al locale. Vieni a riprendertelo".»

«Davvero? Be' allora forse alla prossima occasione gli metterò sotto solo un dito del piede. Adesso tocca a te» mi sussurrò all'orecchio.

«Io...» Mi schiarii la voce. «Quando mi hai chiamata con il mio nome... mi ha fatto male.»

Caleb mi strinse più forte.

«Lo so che è ridicolo. È il mio nome, ma tu mi avevi sempre chiamata Red. Mi hai ferita.» Feci un respiro profondo. «È il tuo turno.»

«Non essere triste, piccola.»
«Non lo sono più.»
«Sarai sempre Red per me.» Caleb si interruppe. «Ho una domanda. Quante volte sei venuta a cercarmi mentre ero via?»
Scossi la testa. «Questo non te lo dico.»
«Ammettilo. Sei pazza di me.»
«Sembri sicuro del fatto tuo.»
«Lo sono. Probabilmente hai già costruito un altare per adorarmi. È così? Hai delle foto di me nudo o roba simile?»
Risi. «Sì, nei tuoi sogni.»
«Più di una volta?»
Annuii.
«Ne ero sicuro. Se vuoi, posso darti una ciocca dei miei capelli da aggiungere alla tua collezione.» Siccome non replicai, mi prese delicatamente per la spalla in modo da farmi girare e potermi guardare negli occhi. «Che problema c'è, Red? So che qualcosa ti turba.»
«Ti avevo comprato un regalo.»
La sua preoccupazione sparì mentre mi faceva un bel sorriso.
Ero furiosa per il comportamento di Beatrice-Rose. «L'avevo preso la sera in cui hai accompagnato la tua amica a casa. E te l'ho lasciato sul comodino, accanto al letto.»
Lui aggrottò le sopracciglia. «Non c'era niente.»
«Infatti.»
«Non capisco.»
«Ricordi quando ti ho detto che ho visto Beatrice-Rose uscire dall'ascensore del tuo palazzo?»
Caleb annuì.
«L'altro giorno io e Kara avevamo appuntamento con alcuni amici in una caffetteria e abbiamo incontrato lei e Justin. Beatrice-Rose aveva con sé lo stesso oggetto che ti avevo comprato...»
Lo sguardo di Caleb si indurì.
«Non pensarci. Non era un regalo costoso. Te ne prenderò un altro.»
«No» sentenziò lui in un tono che non ammetteva repliche. «Un conto è entrare in casa mia, ma rubare, soprattutto il tuo regalo, è stata un'azione imperdonabile. Non chiedermi di lasciar correre perché non lo farò.»

«Caleb.»
«È la prima volta che mi prendi qualcosa, Red. Pensi davvero che possa comportarmi come se niente fosse?»
«Ma così fai il suo gioco, non capisci? Lei cerca il confronto, perché è un modo per tenersi in contatto con te. Non le importa se sei arrabbiato o pieno di rancore. Vuole ristabilire un legame con te. Ne è ossessionata. Caleb, ti prego, non affrontarla.»
Lui serrò la mascella. «Non ti prometto niente.»
«Dimmi solo che ci rifletterai. È importante per me.»
Caleb mi rivolse un impercettibile cenno d'assenso.
Ecco cosa succedeva quando mi aprivo con lui. E se si era infuriato per una faccenda del genere, sarebbe andato fuori di testa nel caso in cui gli avessi riferito quello che era accaduto alla caffetteria.
Presi il suo viso tra le mani, avvertendo la pelle ruvida per il velo di barba, e gli posai un bacio delicato sulle labbra. «Non arrabbiarti.»
«Non ce l'ho con te.»
«Lo so, ma adesso calmati.» Lo baciai ancora.
Non reagì. Era di pessimo umore per la storia del regalo, perciò continuai a baciarlo sulla bocca, sulle guance, sul naso finché il suo corpo si rilassò e lui iniziò a ricambiare.
«Okay. Adesso devo farmi una doccia» dissi, alzandomi. «Se vuoi un caffè, dovrebbe esserne rimasto un po' in cucina.»
«Non ancora.» Caleb mi afferrò per la vita, trascinandomi di nuovo sul letto, sopra di sé. «Lo sai che si deve sempre finire ciò che si è cominciato?»
«Caleb» lo ammonii.
«Red.»
Gli brillavano gli occhi. Riconobbi quello scintillio e balzai velocemente giù dal letto, senza dargli il tempo di sfoderare tutto il suo fascino. Non potevo proprio permettermi di arrivare tardi a lezione quel giorno.
Evitando il suo sguardo, afferrai i vestiti puliti e corsi alla porta. Potevo sentire il suo sguardo su di me, immaginare il sorriso malizioso sul suo bel volto. Mentre uscivo, mi parve di sentirlo dire: "Fifona".
Mi feci una doccia veloce. Asciugai i capelli con il phon per una decina di minuti, ma erano ancora umidi, perciò li raccolsi

in uno chignon. Mi infilai i jeans e un top bianco con il colletto di pizzo e mi misi un po' di cipria e un velo di lucidalabbra.

Anche se mi sentivo ancora stanca dopo la notte in bianco, almeno la doccia mi aveva rinfrescato. Quando entrai in camera, trovai Caleb addormentato sul mio letto.

Era sdraiato a pancia in giù, le braccia piegate sotto la testa. Sembrava così sereno mentre dormiva.

Gli diedi un bacio sulla testa, accarezzandola teneramente. Presi la sveglia che tenevo sul comodino e la programmai in modo da lasciargli il tempo di tornare a casa e prepararsi per la lezione. Gli scrissi un bigliettino, poi andai a prendere l'autobus per l'università.

Quando uscii dall'aula magna, mi faceva male il polso dopo aver preso appunti per tre ore, ma mi sentivo preparata ad affrontare gli esami.

Chissà cosa stava facendo Caleb in quel momento...

Sorrisi mentre cercavo il cellulare nella borsa, chiedendomi se mi avesse mandato un messaggio. Non vedevo l'ora di rivederlo.

Stavo per controllare gli SMS quando sentii un trambusto provenire da un'aula poco distante. Non appena udii qualcuno urlare il nome di Caleb, un'ondata di adrenalina mi spinse a correre in quella direzione.

Rimasi scioccata nel vedere Caleb avvolgere la mano intorno alla gola di Justin e spingerlo verso la parete. Un forte tonfo risuonò nel corridoio.

Caleb aveva un'espressione furibonda, gli occhi verdi offuscati dalla collera, mentre sollevava di peso Justin, che non riusciva a respirare e aveva la faccia bluastra.

«Se solo ti sento pronunciare il suo nome, sei morto, bastardo» disse Caleb, con voce bassa e minacciosa.

11

CALEB

"Fammi dimenticare tutto, Caleb." Red aveva gli occhi chiusi e le labbra seducenti leggermente aperte. "Voglio che mi strappi..."

Il trillo acuto della sveglia mi svegliò. Spensi la suoneria, un po' frastornato.

Era un sogno, mi resi conto mentre sprofondavo nel letto coprendomi gli occhi con un braccio. Un bellissimo sogno.

Sorrisi. Potevo trasformarlo in realtà. Bastava solo che trovassi Red.

Dov'era? Ricordai che doveva farsi la doccia.

Un attimo: quanto tempo avevo dormito?

Mi misi seduto, guardandomi intorno nella piccola stanza ordinata. Notai diversi volumi impilati con cura sul tavolo, sul pavimento e persino sul davanzale. Sapevo quanto Red amasse i libri. Nella nostra casa ci sarebbe stata una biblioteca, oltre a una grande cucina dotata di tutti gli elettrodomestici più moderni.

Sollevai lo sguardo quando sentii bussare bruscamente alla porta.

«Red?»

«Continua a sognare, ragazzone. Sono Kara.»

«Oh. Kara, ehi.»

La porta si aprì leggermente. «Sei nudo?»

Risi. «Solo nei miei sogni» mormorai.

«Eh?»

«Niente. Sono vestito. Tranquilla, entra.»

Kara spalancò la porta. «Allora niente sesso di riconciliazione per te.»
Scossi la testa.
Mi lanciò un'occhiata comprensiva. «Ma dài. E io che ti credevo un maestro.»
Risi di nuovo. «Lei dov'è?»
«All'università. Credo che tu ti sia addormentato. Mi ha mandato un messaggio per dirmi di sfamarti.» Kara se ne andò.
Alzandomi, notai un bigliettino di Red accanto alla sveglia; lo lessi sorridendo, poi lo piegai con cura e lo riposi nel portafoglio prima di seguire Kara in cucina.
Quando entrai, stava mettendo sul tavolo due scatole di cereali accanto a un cartone di latte. «Ecco qui. Mi ha raccomandato di prepararti una colazione sana. I cereali sono salutari, contengono fibre.»
Parlava seriamente? Poi la vidi fare un sorrisetto.
«Adoro i Lucky Charms» dissi. «Grazie.»
«Siediti. Odio cucinare, quindi per me questo è il massimo. Vuoi una brioche?»
«Assolutamente no» ringhiai.
«Okay, ma non scaldarti.»
«Scusa.» Versai i cereali nella ciotola e aggiunsi il latte. «Le brioche non mi piacciono per niente.»
«Be', questo l'avevo capito. Mi raccomando, dille che ti ho sfamato.»
«Certo.» Con la massima disinvoltura possibile le chiesi: «Senti, cos'è questa storia di Damon?».
Kara si sedette davanti a me e fece un sorrisetto. «Che intendi dire?»
Aveva capito bene a cosa alludevo, solo che le piaceva torturare le persone. «Kar...» la avvisai.
«Datti una calmata.» Non avevo ancora toccato la mia colazione quando lei mi rubò la ciotola e cominciò a mangiare. «Sono solo amici.»
Mi rabbuiai. «Ci ha provato con la mia ragazza?»
Kara inarcò un sopracciglio. «La tua ragazza? Quindi suppongo che abbiate sistemato le cose, giusto?»
Annuii. «Come se lei non te l'avesse detto. So che voi ragazze parlate.»

Kara alzò gli occhi al cielo. «Noi ragazze non abbiamo ancora avuto tempo di farlo. Apprenderò i dettagli sordidi più tardi.»

«Bene.» La cosa non mi infastidiva. Anzi, ero felice che Red parlasse di me. Giocai la mia carta. «So che vi raccontate tutto...»

«Ah-ah.»

«Credevo che quella fosse la mia colazione.» Mi ripresi la ciotola. «Come stavo dicendo...»

«Vuoi che spifferi i fatti suoi?»

Ero troppo prevedibile. «Sei molto carina oggi, Kar. Quella camicetta ti sta benissimo.» In base alla mia esperienza, con le ragazze i complimenti aprivano tutte le porte.

«Lo so. In effetti me ne servirebbe un'altra. Magari fucsia.»

Non mi presi neanche il disturbo di fare un sorrisetto. «Se vuoterai il sacco, te ne comprerò due.»

«Affare fatto! Cosa vuoi sapere?»

«Quante volte è venuta a cercarmi a casa mentre ero via?»

Quando Kara ebbe terminato, avevo gran parte delle informazioni che volevo. Certo, in cambio le avevo promesso una gift card di Stella McCartney oltre alle due camicette.

«Un'ultima cosa. Damon sa che lei sta con me?»

Lei alzò gli occhi al cielo. «Tu cosa pensi?» Mi rubò di nuovo la ciotola. «Ti sei mangiato tutti i marshmallow.»

«Digli che lo uccido se la tocca. Se ha in mente di fare un'altra mossa...»

«Ma smettila. Non ci ha mai provato con lei. Damon non è quel genere di ragazzo.»

«Tu però riferiscigliela.»

«Perché sei così ossessionato da lui?»

«Perché Red non frequenta nessun ragazzo, eccetto me, ovviamente, e lui.»

Kara si morse il labbro.

La guardai storto. «Cosa c'è?»

«Immagino che tu non sappia nulla di Theo.»

Mi raddrizzai sulla sedia. «Theo?» domandai in tono sommesso.

Lei minimizzò con un cenno della mano. «È solo un amico. E poi piace a Beth. Comunque devi piantarla di marcare il territorio. Ver ti ha detto che quella stronza di Beatrice-Rose si è intrufolata nel tuo appartamento e ti ha rubato il portachiavi?»

Volevo sapere di più su quel Theo, ma la storia del portachiavi mi distrasse. «Ecco cos'era il regalo di Red. Lo rivoglio.»

«Be', ce l'ha Beatrice la stronza. Come intendi muoverti?»

Avvertii uno spasmo alla mascella. «Red vuole che me ne stia tranquillo.»

«E tu obbedisci a ogni suo ordine?»

Feci una risata nasale.

«Ti ha parlato anche di Justin?»

Ripresi la mia ciotola e ci versai altri cereali. «So solo che era con Beatrice-Rose alla caffetteria.»

Lei si accigliò.

«Che problema c'è, Kar?»

«Quel coglione aveva intenzione di colpirla, Caleb.»

Posai lentamente il cucchiaio. «Ripeti?»

«Justin voleva darle un pugno, cazzo.»

Odiavo perdere il controllo. Per esperienza sapevo che non era mai un bene lasciare che la rabbia prendesse il sopravvento. Ma non potevo accettare che un ragazzo – per di più uno che consideravo mio amico – avesse minacciato di fare del male a Red, specialmente quando non ero lì a proteggerla.

Arrivato al campus, ero pronto a spaccare la faccia a Justin.

«Ehi, amico!» esclamò Amos affiancandosi a me. «Rallenta, okay? Devo dirti una cosa importante.»

"Non ora." Rimasi in silenzio. Temevo che se avessi aperto la bocca avrei urlato come un pazzo.

«Caleb, ascolta. Si tratta della tua ragazza.»

Mi fermai di colpo e gli lanciai uno sguardo truce. «Cos'hai da dirmi sulla mia ragazza?»

Amos mi passò un foglio accartocciato. «L'ho trovato nello spogliatoio ieri dopo l'allenamento.»

Era una foto di Red che ballava nel locale la sera in cui l'avevo conosciuta. Aveva i capelli sciolti e il vestito rosso che le fasciava il corpo. Sotto l'immagine c'era una lista di prestazioni sessuali. Poi un messaggio: "Puoi trovarmi nell'edificio E". E la firma: Veronica Strafford.

Mi fischiarono le orecchie mentre il sangue mi andava alla testa. «Questa è l'unica copia?»

Amos si strinse nelle spalle. «Non lo so, Caleb, ma ne dubito.»

Feci un respiro profondo, tentando di calmarmi. Non funzionò. «Dov'è Justin?»

«Justin? Wow, amico, aspetta. Non so se sia lui il responsabile.»

Lo afferrai per il collo della maglietta. «DOV'È?» gridai. Ero sicuro che Justin fosse coinvolto in quella faccenda. Lo sapevo e basta. Alle mie spalle sentii la voce di Cameron. Mi girai a guardarlo. Aveva un'espressione interrogativa, ma non mi fece domande.

Amos sollevò le mani. «Se lo affronti adesso, verrai sospeso. Stiamo per laurearci, Caleb.»

Gli lanciai un'occhiataccia. «Non mi importa. Nessuno deve farle del male.» Accartocciai il foglio nel pugno. «Dimmi dov'è Justin.»

«Nella sala polivalente» intervenne Cameron. «Andiamo.»

Non ricordo neanche come raggiunsi l'aula. Non appena vidi Justin, gli andai dritto addosso. Niente avrebbe potuto fermarmi.

Lui sgranò gli occhi impaurito e indietreggiò, come se non volesse farmi infuriare ulteriormente. Però era troppo tardi.

Avrei voluto ammazzarlo.

Si guardò alle spalle, in cerca di una via di fuga, ma trovò solo la parete. «Amico, è stata lei a provarci con me...»

Udii uno scricchiolio quando il mio pugno entrò in collisione con la sua faccia. Justin barcollò, inciampando nei suoi stessi piedi, e cadde. Gli saltai addosso prima che potesse risollevarsi. Intorno a me udii delle grida, ma non me ne curai.

Aveva fatto del male alla mia ragazza. Doveva pagarla.

Era a terra, con il naso sanguinante e un occhio semichiuso. Però non avevo ancora finito. Lo tirai su prendendolo per la maglia e lo spinsi contro il muro. Gli afferrai la gola con una mano e strinsi. Sarebbe stato così facile rompergli la trachea.

«Se solo ti sento pronunciare il suo nome, sei morto, bastardo.» Lo scossi. «Mi hai capito?»

Mi irrigidii quando qualcuno mi sfiorò la schiena.

«Caleb.»

Era lei. La mia Red.

Allentai un po' la presa. Lo stronzo cominciò a respirare affannosamente e a tossire.

«Ti prego, lascialo andare.» Red si avvicinò a me, appoggiandomi una mano sul braccio. «Caleb.»

Nessuno poteva costringermi a fare qualcosa che non volevo, tranne lei.

Lo mollai.

«Stai sanguinando!» gridò Red, allarmata.

Era seduta accanto a me in macchina. Avrei dovuto sentirmi sollevato di essere lì con lei, ma non ero riuscito ad andarmene da quel maledetto posto velocemente come avrei voluto.

Mentre pestavo Justin a sangue, qualcuno aveva avvisato l'allenatore, che ci aveva spediti dal preside della facoltà. Sarei rimasto nel suo ufficio molto più a lungo se non fosse stato per una telefonata di mia madre.

Cercai di sfilare la mano da quella di Red, ma lei mantenne la presa. «Fermo.»

Sentii un tessuto morbido sulle nocche.

«Caleb?»

Feci un respiro profondo, un po' più sereno all'idea di essere di nuovo con lei e di poterla difendere.

«Sto bene, Red.»

«Cos'è successo?»

Se solo ci fosse stato un modo per proteggerla, senza doverla informare dell'accaduto... Ma nasconderle la verità avrebbe solo peggiorato la situazione.

Anche se Red era una delle persone più forti che conoscessi, sapevo quali erano i suoi punti vulnerabili. Mi faceva rabbia il fatto di non essere riuscito a impedire che la ferissero.

«Red, ascolta. Non devi preoccuparti, mi assicurerò che quei volantini vengano distrutti. Fidati di me.»

«Di che volantini parli?»

Digrignai i denti. «Qualcuno ha visto Justin affiggere nello spogliatoio una tua foto scattata nel locale in cui ci siamo conosciuti.» Chiusi le mani a pugno. «Sotto c'erano delle scritte.»

«Vai avanti.»

Chinai la testa, contraendo la mascella.

«Forza, Caleb.»

Sentendo il suo tono, la fissai. Red aveva uno sguardo duro.

«C'era una lista di... cose orrende che tu faresti in cambio di denaro.»

Quando vidi la sua espressione scioccata, provai l'impulso di mettermi a gridare. Poi in lei il turbamento lasciò il posto al dolore, e mi venne di nuovo voglia di spaccare la faccia a Justin. Provai ad abbracciarla, ma lei mi allontanò.

«Non toccarmi.» Red serrò i pugni e li appoggiò in grembo, cercando di fermare il tremore alle mani.

«Non chiuderti in te stessa.» La presi per le spalle in modo che si girasse verso di me. «Non escludermi. Io sono qui.» Le presi il viso tra le mani e la baciai sulle labbra. «Mi dispiace che sia successo. Mi dispiace tanto, tesoro.»

Lei annuì.

«Ascolta» continuai. «C'era soltanto un volantino nello spogliatoio. Da quanto ne so, non lo ha visto nessuno a parte qualche ragazzo della squadra.»

Red scosse la testa. «Dei ragazzi mi hanno seguita e uno mi ha dato il suo numero di telefono. Adesso capisco il motivo.»

«Chi erano?» Lottai per tenere a bada la rabbia. «Ti hanno fatto del male?»

«No, non mi hanno fatto nulla. Hanno solo detto certe cose. Non ricordo nemmeno le loro facce, Caleb, ma non importa. Justin non può cavarsela così.» I suoi occhi ardevano di rabbia.

"Questa sì che è la mia ragazza" pensai.

«Cosa devo fare? Presentare un reclamo in facoltà...» All'improvviso sgranò gli occhi. «Caleb! Che cos'ha detto il preside? Sei stato sospeso?» Percepii la preoccupazione nel suo tono di voce. Era in pensiero per me.

«No.» Probabilmente sarebbe successo se non fosse intervenuta mia madre, che era un membro del consiglio di facoltà. Detestavo dover ricorrere al suo aiuto per tirarmi fuori da situazioni scomode, ma ero disposto a giocare sporco per il bene di Red. «Invece quel bastardo è stato sospeso e cacciato dalla squadra» aggiunsi. Personalmente ritenevo che bisognasse cancellarlo dalla faccia della terra, ma sapevo bene quanto contasse la squadra di basket per Justin. Lo faceva sentire importante. Gli mancava ancora un anno alla laurea, e dover rinunciare a giocare non sarebbe stato facile per lui. «Non è la prima volta che si comporta così.»

«Cosa intendi?»

«Quando la sua ragazza lo ha mollato, ha inviato a tutti via mail una sua foto nuda.»

«Davvero? E come ha potuto passarla liscia dopo un gesto simile?»

«Ha negato. Ma anche se non è stato possibile stabilire chi fosse l'autore della mail, sapevano tutti che era lui. Stavolta però una matricola l'ha visto attaccare il volantino nello spogliatoio.»

Red restò in silenzio.

«Non preoccuparti, non ti succederà nulla. Te lo prometto.»

Lei scosse la testa. «Non è questo il problema. Non mi va che tu ti senta in dovere di proteggermi costantemente.»

«È il mio compito.»

«Caleb...»

Parcheggiai davanti all'appartamento di Kara e mi voltai a guardarla. «Voglio che tu dorma da me.» Non appena aprì la bocca per protestare, la interruppi. «Ti prego, ho bisogno di sapere che sei al sicuro. Solo per stanotte. Per favore.»

Red annuì. «Okay.»

«Verrò a prenderti fra un paio d'ore. Ho detto a Matthew di mandare un messaggio a tutti i giocatori della nostra squadra per convocarli a casa sua. Devo accertarmi che non ci siano in giro altri volantini.»

«Devi farlo proprio stasera?»

Le presi il viso tra le mani, accarezzandole la guancia morbida con il pollice. «Sì. Justin non ti farà ancora del male. Glielo impedirò.»

VERONICA

«La verità è che...» Esitai, chiudendo gli occhi. «Mi sono spaventata nel vederlo così.»

Kara, dopo avermi sistemato sulle gambe una ciotola di popcorn ed M&M's, si sedette accanto a me sul divano con un'espressione accigliata. Poi afferrò il telecomando e iniziò a fare zapping.

Controllai per l'ennesima volta l'orologio. Caleb se n'era andato da un pezzo. Come mai ci stava mettendo tanto?

«Così come?» mi chiese Kara.

«Era irriconoscibile, sembrava un'altra persona. Mi ha ricordato...»

«Chi ti ha ricordato?» Kara sbuffò. «Perché non mi spieghi tutto, così la smetterò di ripetere quello che dici come un maledetto pappagallo?»

«Mio padre» risposi dopo un istante.

«Oh.» Kara mi prese la mano, rivolgendomi uno sguardo mesto. Gliela strinsi, poi la lasciai andare e mi avvolsi le braccia attorno alla vita. D'un tratto sentivo freddo. «Sapevo che mi stava solo proteggendo. Caleb non mi farebbe mai del male.»

«Ver.» Kara spense il televisore. «Lockhart si taglierebbe le mani piuttosto che torcerti un capello.»

Annuii. «È solo che...»

Il telefono di Kara squillò. Lei lanciò uno sguardo allo schermo e strabuzzò gli occhi, incredula.

«Chi è?» domandai.

«Cameron.»

La vidi fissare il display. «Hai intenzione di rispondere?»

«No.» Poi però lo fece e si avvicinò il cellulare all'orecchio. «Pronto.»

La mia amica ascoltò quello che aveva da dire il suo interlocutore. Quando la vidi impallidire, mi allarmai.

Si alzò dal divano, sussurrando al telefono. Per discrezione restai dov'ero. Se lo desiderava, mi avrebbe riferito lei quella conversazione.

Tornò qualche minuto più tardi, con gli occhi nocciola pieni di preoccupazione. «Ver» disse cautamente.

«Kar, così mi spaventi. Cosa c'è?»

Lei fece un respiro profondo. «Caleb è in prigione.»

12

VERONICA

Quattro ore prima...

«Verrò a prenderti fra un paio d'ore. Ho detto a Matthew di mandare un messaggio a tutti i giocatori della nostra squadra per convocarli a casa sua. Devo accertarmi che non ci siano in giro altri volantini.»

Cercai di scacciare l'ansia che mi opprimeva. Avevo un brutto presentimento. «Devi farlo proprio stasera?»

«Sì. Justin non ti farà ancora del male. Glielo impedirò» promise Caleb, guardandomi intensamente mentre mi teneva il viso tra le mani.

Chiusi gli occhi, combattuta fra l'impulso di allontanarmi e il piacere che mi dava il suo tocco. Il ricordo di Caleb accecato dall'ira non se ne voleva andare dalla mia testa.

Annuii e scesi dalla macchina. Arrivata alla porta dell'appartamento di Kara mi voltai. Caleb stava aspettando che entrassi per ripartire. Attraverso i finestrini oscurati non riuscivo a vederlo, ma sapevo che mi guardava. Lo salutai con la mano ed entrai. Una volta in casa, fui sopraffatta dallo sfinimento. Avevo passato la notte in bianco; magari mi sarei fatta un sonnellino.

Kara non era ancora tornata. Controllai l'orologio: la sua lezione sarebbe finita di lì a un'ora. Prima di preparare la cena potevo riposarmi mezz'ora...

Avevo sempre odiato il buio.

Portava sventure e dolore. Specialmente se eri una bambina cattiva.

Cercavo di comportarmi bene, di seguire le regole, perché se non l'avessi fatto il mostro sarebbe tornato. Il mostro che assomigliava tanto a mio padre.

Però ormai era sparito da tanto tempo. Forse potevo tornare a giocare nel bosco e anche farmi degli amici. Una delle regole di mio padre consisteva nel divieto di parlare con adulti ficcanaso o con gli assistenti sociali e di raccontare ad anima viva cosa succedeva in casa nostra. "Fai la brava, altrimenti..." era il suo avvertimento.

Visto che il mostro non si vedeva da un pezzo, quel giorno ero andata nel bosco e avevo incontrato un ragazzo con gli occhi verdi che mi aveva dato un panino al burro di arachidi. Mentre lo addentavo, avevo provato un misto di paura ed eccitazione, perché sapevo che il mostro detestava il burro di arachidi. Ma ormai lui era sparito, perciò potevo mangiare quello che volevo.

Poi avevamo mescolato un po' di terra con l'acqua per dipingerci il viso. Sembravamo Batman e Batgirl. Avevamo giocato tutto il pomeriggio. Quando era sceso il buio, lo avevo salutato. Lui aveva detto che sarebbe tornato il giorno seguente e che avremmo giocato ancora.

Ero corsa a casa, elettrizzata al pensiero di raccontare tutto a mia madre. Magari l'indomani avremmo potuto raccogliere dei fiori in giardino. La mamma aveva dei bei vasi in cui sistemarli. Avevo aperto la porta a zanzariera, stringendo nella mano il mio mezzo panino. Non lo avrei mangiato. Volevo conservarlo come prova del fatto che il ragazzo dagli occhi verdi non fosse solo un sogno. Finalmente avevo un amico, ed ero felice. Molto felice.

"Ciao, Veronica."

La paura mi aveva invaso il corpo, e il sandwich mi era sfuggito di mano.

Il mostro era tornato. Assomigliava a mio padre, però sapevo che non era lui. Il papà non aveva quegli occhi che ti guardavano come se volessero farti del male. Il papà era buono e non aveva mai ferito né me né la mamma.

"Cos'è questo?" Il mostro aveva sollevato il mezzo panino dal pavimento per annusarlo. "Dove l'hai preso?"

Quando mi aveva afferrato per il braccio, avevo gridato di dolore. Le lacrime mi pungevano gli occhi, ma le avevo ricacciate in gola. Il mostro le detestava. Se avessi pianto, mi avrebbe colpita più forte.

"Sei stata una bambina cattiva. Sai cosa succede a quelle come te?"

Lo avevo fissato, impietrita dal terrore. Volevo scappare, ma il mio corpo non si muoveva.

"Dom! Lasciala stare!"

Era mia madre. Il mostro mi aveva spinta via e si era scagliato su di lei. Impotente, lo avevo osservato trascinarla per i capelli in cucina.

"No, ti prego!" urlava lei.

Con un secco movimento del braccio il mostro aveva fatto volare via dal tavolo il vaso, che si era infranto sul pavimento. I fiori che io e mia madre avevamo raccolto in giardino erano andati distrutti.

Il mostro teneva ancora mia madre per i capelli mentre apriva gli armadietti, afferrando ogni cosa che io e lei avevamo sistemato con cura e gettandola a terra.

"Dov'è? Ti avevo detto di non comprarlo. Le regole sono semplici, Tanya, ma tu non riesci proprio a rispettarle, vero? Inutile pezzo di merda che non sei altro."

"Come osi proprio tu parlare di regole? Ti ho visto ieri con la tua donna."

Il mostro si era infuriato ancora di più e le aveva dato una spinta, facendola cadere sulle schegge di vetro. Lei aveva gridato di dolore. Poi, guardandomi impaurita, aveva detto a fior di labbra: "Nasconditi!".

Ero corsa in lavanderia, rifugiandomi nel mobiletto sotto il lavabo, con le mani premute sulle orecchie per non sentire nulla.

Tuttavia avevo udito mia madre strillare, e dentro la mia testa lo stavo facendo anch'io: "No, no, no. Ti prego. Non mangerò mai più il burro di arachidi. Mai più...".

Poi mia madre si era zittita.

"Non lo mangerò mai più. Lo giuro. Non fare del male alla mamma."

Avevo strabuzzato gli occhi terrorizzata osservando lo sportello che si apriva. Il mostro aveva un sorriso da folle mentre diceva: "Eccoti".

«Veronica! Svegliati!»

Aprii gli occhi, ansimando. Kara era inginocchiata davanti a me, il volto tirato mentre mi scuoteva.

«Oddio. Ma cosa stavi sognando?»

Sentii la bile risalirmi in gola. Saltai giù dal letto e corsi in bagno. Mi inginocchiai davanti al water e vomitai. Chiusi gli occhi. "No. Non voglio ricordare. Non posso ricordare..."

Mi tirai su e mi sciacquai bocca e viso, costringendomi a non pensarci. L'incubo stava già svanendo.

«Se non sapessi che non avete ancora fatto sesso, direi che sei incinta.»

Kara stava cercando di risollevarmi lo spirito. Le rivolsi uno sguardo di gratitudine. Lei mi scrutò in viso. Distolsi gli occhi, sperando che non facesse domande a cui non ero pronta a rispondere.

«Non sapevo se saresti tornata, perciò ho preso un po' di *chow mein* e di involtini primavera vegetariani. Ce n'è abbastanza per tutt'e due» disse lei. «Ti aspetto in cucina.»

Annuii. Quando se ne andò, chiusi la porta del bagno, ci appoggiai la schiena contro e scivolai a terra, portando le ginocchia al petto e seppellendo il viso tra le mani.

Gli incubi erano tornati.

Non volevo essere di nuovo la ragazzina indifesa e spaventata che aveva paura del buio. Ormai ero cresciuta.

Mi rilassai, facendo dei respiri profondi. Sapevo che a scatenare quell'incubo era stata la scena alla quale avevo assistito al campus. Mi ero spaventata nel vedere Caleb, sopraffatto dalla rabbia, che picchiava selvaggiamente Justin. Quando aveva fatto a pugni con Damon, non era stato così violento...

"Non preoccuparti, non ti succederà nulla. Te lo prometto."

Oh, Caleb.

Mi faceva sentire al sicuro, amata. Non aveva mai smesso di volermi bene, neanche dopo che lo avevo respinto.

Per un istante al campus avevo pensato che avrebbe ucciso Justin e avevo gridato il suo nome. A quel punto era tornato in sé. Sapevo che lo aveva fatto per me. Caleb non ci provava gusto a infliggere dolore, voleva solo proteggermi. Perché mi amava. Non era come il mostro della mia infanzia. Non era come mio padre.

Mi alzai dal pavimento e mi guardai allo specchio. Ero pallida e avevo occhiaie scure. Mi lavai velocemente i denti e mi risciacquai il viso.

Avevo proprio voglia di mangiare un maledetto panino al burro di arachidi.

13

CALEB

La pazienza non era mai stata una delle mie migliori qualità. In piedi, davanti alla finestra, giocherellavo con le chiavi dell'auto nella tasca dei jeans. Volevo tornare da Red. Preferibilmente all'istante.

Ero appena arrivato a casa di Matthew. Prima, Cameron e alcuni ragazzi della squadra mi avevano accompagnato al campus per cercare e distruggere quei maledetti volantini. Grazie a Dio li avevamo tolti di mezzo tutti. Se Justin avesse tentato nuovamente di danneggiare la mia Red, avrebbe fatto meglio a pregare di avere salva la pelle. La prossima volta non mi sarei limitato a lasciargli un livido sulla gola.

Controllai l'orologio e mi accorsi che erano passate quasi due ore da quando avevo lasciato Red. «Devo andare» dissi.

Levi cercò di sollevare il mento dal petto per guardarmi. Era completamente ubriaco. Lui e un altro paio di ragazzi erano rimasti a casa di Matthew per accertarsi che quei dannati volantini non fossero anche online e avevano finito per scolarsi due bottiglie di scotch.

Matthew era sdraiato sul divano, gli occhi puntati sullo schermo del televisore. Stava guardando *The Avengers*. «Fammi un favore, amico. Portati via questo sacco di merda» mi pregò, lanciando un'occhiata disgustata a Levi.

Tenni a bada l'impazienza. Sarei voluto andare subito a prendere Red a casa di Kara. Quando eravamo in macchina, a un certo punto negli occhi di Red avevo colto un'emozione che non ero riuscito a decifrare. Mi sentivo un po' in ansia e desideravo assicurarmi che fosse tutto a posto. Ci eravamo appena rimessi insieme: non volevo perderla di nuovo. Se fosse successo, non so cos'avrei fatto.

In quel momento notai un furgone giallo che passava davanti a casa di Matthew. Era identico a quello di Justin.

«Justin sapeva che ci saremmo riuniti qui?» domandai.

«No» rispose Matthew. «Cosa te lo fa pensare?»

Il furgone giallo sparì e mi costrinsi a calmarmi. «Okay. Muoviamoci, Levi.»

«Cos'hai detto?» Fece un singhiozzo.

Scossi la testa e lo tirai su di peso dalla poltrona. «Se mi vomiti in macchina ti mollo sul ciglio della strada» lo avvisai.

«Mi sembra giusto» farfugliò Levi. «Perché mi stai stringendo tra le braccia? Ci siamo sposati o roba del genere?» Arricciò le labbra, avvicinando pericolosamente la testa alla mia.

Lo allontanai ridendo. «Stammi alla larga e andrà tutto bene.»

«Fammi male, padrone. Frustami. Lo sai che mi piace.»

Prima di aprire la porta e uscire fuori sentii la risata fragorosa di Matthew.

«Sali in macchina, amico. Sul serio, devo andare a prendere la mia ragazza.» Aprii la portiera del passeggero e lo spinsi dentro, richiudendola con un forte colpo. Mentre mi stavo mettendo la cintura, un'auto della polizia si accostò, le luci rosse e blu che lampeggiavano.

Attesi che i poliziotti si avvicinassero, poi abbassai il finestrino.

«Buon pomeriggio, agenti.»

Annuirono entrambi. Uno di loro sembrava Braccio di Ferro, l'altro era smilzo come un palo.

Braccio di Ferro scrutò Levi con sospetto.

«Quella è casa sua?» chiese lo Smilzo, con un'espressione amichevole e aperta.

«No, signore. È di un mio amico.»

«E voi cosa ci facevate lì?» volle sapere Braccio di Ferro. Interpretavano le parti del poliziotto buono e di quello cattivo. Lui era senza dubbio il cattivo. Strinse gli occhi, studiandomi in volto.

«Una semplice visita» replicai.

«Ehi, avete delle ciambelle in testa?» se ne uscì Levi.

Sospirai.
«A quanto pare il suo amico è ubriaco.»
«Lo sto riaccompagnando a casa.»
«Ma davvero?» domandò Braccio di Ferro in tono di sfida.
Annuii.
«Patente e libretto.»
«Perché?» intervenne Levi.
«Zitto. Lascia che me ne occupi io.»
«Vi comprerò diecimila scatole di ciambelle se ci lasciate in pace» biascicò lui.

Gli lanciai un'occhiata di avvertimento, scuotendo lievemente la testa. Quando fui certo che avesse recepito il messaggio, mi voltai di nuovo verso gli agenti. «Dovete scusarlo. C'è un motivo per cui ci avete fermato?» domandai.

«Abbiamo ricevuto una segnalazione per disturbo della quiete pubblica» rispose lo Smilzo.

«E una denuncia per spaccio di droghe» aggiunse Braccio di Ferro.

Serrai la mascella. "Justin."

Levi sbuffò rumorosamente. «Mi servirebbe un po' di droga, adesso.»

Strinsi forte gli occhi. Maledetto Levi.

Braccio di Ferro indietreggiò, lo sguardo duro. «Dobbiamo perquisire l'auto. Scenda dal veicolo, signore.»

Non ci voleva proprio. «Ho il diritto di rifiutarmi» ribattei.

Braccio di Ferro fece un sorrisetto «Sembra proprio che lei abbia qualcosa da nascondere.»

«Accomodatevi. Perquisitela pure» concessi, scendendo dall'auto.

Levi ci impiegò un po', ma alla fine riuscì a raggiungermi. Ci chiesero di indietreggiare e attendere qualche minuto. Levi si stravaccò a terra. Mentre li guardavo perquisire la macchina, sentivo un nodo allo stomaco.

Ero sicuro che avrebbero trovato qualcosa e, nel momento in cui avvenne, ebbi la certezza che fosse qualcosa di brutto.

Molto brutto.

Braccio di Ferro si avvicinò. «Mi può spiegare cos'è questo?» Mi sventolò davanti un sacchetto pieno di polvere bianca.

Maledizione.

14

VERONICA

Qualche minuto dopo aver chiamato Kara, Cameron passò a prenderci. Gliene fui riconoscente. Gli chiedemmo cosa fosse successo, ma ci disse solo che Caleb stava bene e che ci avrebbe spiegato tutto più tardi.

Kara lo assillò senza sosta per estorcergli altri dettagli, ma lui non cedette nemmeno di fronte ai suoi insulti. Anzi, sorrideva. Avrei prestato maggiore attenzione al loro scambio di battute se non fossi stata così preoccupata per le sorti di Caleb.

Quando Kara notò che mi stavo torcendo le mani, cercò di rallegrare l'atmosfera. «Sai, Caleb potrebbe portarti in qualche ristorante esotico a mangiare i germogli di alfa-alfa.»

«Cosa?» domandai sovrappensiero.

«Gli ho dato delle informazioni false stamattina, quando mi ha chiesto di raccontargli un po' di fatti tuoi. Fa' finta che sia tutto vero finché non otterrò la mia ricompensa, okay?»

Annuii distrattamente.

«Una gift card di Stella McCourtney?» mormorò Cameron, ridacchiando.

«Stella McCartney. Non ne azzecchi mai una, eh?» Kara gli lanciò un'occhiata truce, incrociando le braccia e girandosi per guardare fuori dal finestrino.

«Una cosa giusta l'ho fatta» replicò lui un istante dopo, in tono solenne. Lo vidi soffermarsi con lo sguardo su Kara più a lungo del necessario.

A quel punto smisi di ascoltare. Ci impiegammo parecchio, ma finalmente raggiungemmo la stazione di polizia. Con lo stomaco contratto, entrai insieme a Kara e Cameron. La mia amica mi strinse la mano non appena vedemmo l'agente in piedi dietro una scrivania disordinata.

«Siete sicure di non voler aspettare in macchina? Posso occuparmi io di pagare la cauzione» si offrì Cameron.

Kara lo gelò con lo sguardo. «Vorresti insinuare che, siccome siamo ragazze, non siamo in grado di gestire una situazione del genere? Che siamo deboli?»

Cameron sospirò. «Nient'affatto. Se preferite, venite pure.»

«Io faccio quel cazzo che mi pare.»

«Attenta, raggio di sole. Le tue parole potrebbero ferirmi» la avvertì Cameron.

«Allora spero che sanguinerai a morte.»

Lui ammutolì. Gli lanciai un'occhiata di scuse.

Ci avvicinammo alla scrivania. «Vorremmo pagare la cauzione per Caleb Lockhart» dissi con voce scossa.

«Mi può dare un documento?»

«Oh. Certo.» Mentre cercavo la carta d'identità, le mani mi tremavano così tanto che per poco non mi cadde il portafoglio.

«Veronica, ci penso io» intervenne Cameron. «Caleb non vorrebbe che lo facessi tu.»

«Lascialo pagare» intervenne Kara, toccandomi la spalla.

Ero troppo stressata e sfinita per oppormi. Annuii prima di rivolgermi all'agente. «Vorrei vederlo, per favore. Sta bene?»

«Perché non aspetta in sala d'attesa?»

Qualche minuto dopo il poliziotto tornò. «È nella stanza degli interrogatori. Mi segua.»

Mi condusse lungo uno stretto corridoio su cui si affacciavano tre stanze. Aprì la porta alla sua destra e si spostò di lato per farmi entrare. In mezzo alla camera c'era un tavolo con due sedie. Su una era seduto Caleb, i gomiti sulle ginocchia. Si teneva il viso tra le mani. Quando vidi che aveva il polso ammanettato, per poco non svenni.

"Oh, Caleb cos'hai combinato?"

Nella mia mente si susseguirono immagini di lui e i suoi compagni di squadra che davano la caccia a Justin, o peggio che lo uccidevano.

«Caleb.»

Lui sollevò la testa, gli occhi segnati per la stanchezza e la preoccupazione. «Red.»

Mi avvicinai, con le gambe che mi tremavano. «Stai bene?»

«Sì.» Allungò la mano libera per attirarmi a sé.

«Cos'è successo?» gli chiesi. Mi girai verso il poliziotto. «Potrebbe lasciarci soli un momento, per favore?»

«Sono qui fuori.» L'agente uscì.

«Cameron è venuto con te?»

«Sì, e anche Kar.» Lo scrutai per capire se fosse ferito. A parte l'aspetto spossato, sembrava illeso. «Mi vuoi dire cos'è successo?» insistetti.

Lui assunse un'espressione dura. «Hanno trovato della droga nella mia auto.»

Fra tutti i motivi per cui avevo pensato che potesse essere finito in prigione, quello non mi era nemmeno passato per la testa. Il cuore mi sprofondò nello stomaco.

«Ero seduto in macchina fuori dall'appartamento di Matthew e stavo per accompagnare a casa Levi, che aveva bevuto, quando è arrivata una pattuglia. I poliziotti hanno detto che qualcuno aveva denunciato un'attività di spaccio nella zona. Mi hanno chiesto il permesso di perquisire la macchina. Li ho lasciati fare, perché non avevo niente da nascondere. Ma hanno trovato della droga.» Sul suo volto vidi la rabbia e la frustrazione. «Io non sono uno spacciatore, Red. Non farei mai una cosa del genere. Ce l'ha messa qualcuno.»

Sentii una voce di donna dietro di me. «Caleb?»

Lui guardò oltre la mia spalla. «Mamma?»

Avevo visto sua madre solo una volta, quando lo aspettavo fuori dalla porta di casa. Era più bella di quanto ricordassi, in un elegante abito blu. Scrutò il figlio con un'espressione preoccupata mentre si avvicinava, seguita da un poliziotto. Aveva i capelli ramati e luminosi occhi verdi. Assomigliava molto a Caleb.

«Sono venuta a saperlo da Beatrice-Rose. Perché non mi hai chiamata?»

Come faceva Beatrice-Rose a essere al corrente dell'arresto di Caleb?

«Non volevo spaventarti. Mamma, lei è Red. Red, mia madre Miranda. Non è così che avevo immaginato di presentarti la mia futura moglie, mamma.»

Strinsi forte le labbra per trattenere un gemito. Ormai avrei dovuto essere abituata alle bombe che sganciava Caleb...

La donna mi ignorò. «È per lei che hai fatto a botte? E che hai saltato le lezioni quando manca una settimana agli esami finali? Ti stai per laureare. E adesso sei finito in galera?»

Quando mi diede una breve occhiata, colsi un ammonimento nel suo sguardo. Mi sentii male.

Caleb seguì con ansia quello scambio tra me e sua madre. Mi costrinsi a mantenere un'espressione neutra, anche se ero nauseata.

Miranda si rivolse all'agente. «Rilasci mio figlio.»

L'uomo obbedì. Lo sferragliare del metallo mi ferì le orecchie. Mi pulsavano le tempie.

«Ho parlato con il capo della polizia» annunciò Miranda, in tono di rimprovero. «Come hai potuto essere così irresponsabile, Caleb?» Le si ruppe la voce. «Ho detto ai tuoi amici di andare a casa. Mi aspetto di vederti fra mezz'ora nel tuo appartamento, dove mi fornirai una spiegazione ragionevole.» Anche se aveva un'espressione dura, quando allungò la mano per toccare il viso del figlio le tremavano le dita. «Mi hai fatto preoccupare da morire. Quando imparerai, Cal?» Percepii tutta la sua angoscia e il grande amore che provava per lui.

Caleb si alzò e la strinse fra le braccia, mormorandole qualcosa all'orecchio. Mi spostai di lato per farle spazio. Parlavano a voce troppo bassa perché potessi cogliere quello che dicevano, ma vidi Miranda annuire. Mi sentivo un'intrusa. Lei lo baciò sulla guancia, si girò e si allontanò con il poliziotto, senza degnarmi di uno sguardo.

«Mi dispiace, Red. Non preoccuparti per mia madre. Le parlerò io.»

Scossi la testa. «Ha ragione.»

I suoi occhi si riempirono di paura mentre mi prendeva il viso tra le mani. «Non starai pensando di lasciarmi di nuovo.» La sua non era una domanda.

«No.»

Lasciò cadere le mani sulle mie spalle, attirandomi a sé. «Ti fidi di me?»

Me lo aveva già chiesto in passato. Stavolta però non esitai a rispondere: «Sì, mi fido».

«Bene.» Mi diede un bacio sulla fronte. «Vieni a casa con me, piccola.»

Desideravo stare con Caleb, soprattutto dopo quello che era appena accaduto, ma non potevo. «No, Caleb, tua madre vuole parlarti.»

Lui indietreggiò, fissandomi. «Avevi promesso che saresti rimasta con me stanotte.»

«Cerca di essere ragionevole» replicai. "Non indurla a detestarmi più di quanto non faccia già" aggiunsi tra me e me. «Tua madre è turbata. Devi rassicurarla. Ci vediamo domani. Ti prego.»

Caleb annuì con decisione. «Non scappare, Red.»

«Non lo farò» promisi. E stavolta ci credevo.

15

VERONICA

Ero così sfinita che non riuscivo a prendere sonno. Non dormivo una notte intera da quando avevo iniziato a dare la caccia a Caleb, come aveva detto Kara.

Pensavo che mi sarei addormentata appena avessi appoggiato la testa sul cuscino, ma anche se il mio corpo era esausto, la mia mente non smetteva di rimuginare.

Caleb aveva picchiato Justin per causa mia ed era finito in prigione perché lui o Beatrice-Rose lo avevano incastrato. Ancora una volta per colpa mia.

Adesso sua madre era arrabbiata con lui. Sapevo quanto Caleb le volesse bene, e il solo pensiero che lei mi detestasse mi faceva stare male.

Eppure non potevo darle torto. Ero responsabile di tutte le cose brutte che erano accadute a suo figlio.

"Porti solo sfortuna. Avrei dovuto adottare un'altra bambina. Io e Tanya staremmo ancora insieme se non fosse per te."

La voce di mio padre mi rimbombava in testa. Fra le tante parole velenose che mi aveva detto, quelle mi avevano fatto soffrire più di tutte. Non avrei mai potuto dimenticarle. Forse perché, dentro di me, sapevo che lui aveva ragione.

"Ti amo, Red."

La voce di Caleb cancellò quella di mio padre. Strinsi forte il cuscino, desiderando che lui fosse lì con me. Ma, anche se non c'era, il solo pensarlo mi fece sorridere. Si prendeva sempre cura di me e, soprattutto, mi amava. Adesso ci credevo. Non importava quanti demoni mi dessero la caccia al buio: Caleb era la luce alla fine del tunnel.

Trasalii nel sentire un rumore proveniente dalla finestra. Afferrai la copia di *Harry Potter e la pietra filosofale* che tenevo sul comodino per usarla come arma. Quando il rumore si ripeté, scesi dal letto e camminai in punta di piedi fino alla finestra.

Pietre. Qualcuno stava lanciando dei sassi contro il vetro della mia camera.

Guardai in basso e rimasi a bocca aperta.

Era lui.

«Caleb?»

«Ciao, Red» sussurrò, rivolgendomi un sorriso timido.

Sentii le farfalle nello stomaco.

Si era cambiato e aveva un aspetto magnifico con una T-shirt con il collo a V che gli metteva in risalto i muscoli delle braccia, i jeans strappati, un paio di Nike e un berretto scuro.

Era fermo sotto la mia finestra, con i piedi leggermente divaricati e un braccio sollevato come se stesse per lanciare un'altra pietra.

«Cosa ci fai qui?» mormorai, sforzandomi di contenere la gioia.

«Mi mancavi.»

Dovetti aggrapparmi alla parete per non buttarmi giù, fra le sue braccia. Lui mi faceva sentire così.

Era una follia.

«Cosa indossi?» mi chiese.

Scoppiai a ridere.

«Posso entrare?»

«Stavi lanciando sassi contro la mia finestra?»

Caleb annuì, senza smettere di sorridere.

«Lo sai che esistono i telefoni?» lo presi in giro.

«Sì, ma voglio corteggiarti. Non trovi che così sia molto più romantico? E comunque non rispondi ai miei messaggi.»

«Io...» Con lo sguardo cercai il cellulare. Dove l'avevo messo?

«Posso arrampicarmi su?» Caleb aveva un bagliore malizioso negli occhi.

«E se invece ti facessi entrare dalla porta principale?»

Mi fece l'occhiolino. «Mi sta bene, ma che ne pensi di venirmi incontro in giardino? Ti ho portato una cosa.»

Mi morsi il labbro, trattenendo una risatina. Era tutto così assurdo. «Okay.»

Mi guardai le gambe nude, chiedendomi se dovessi cambiarmi. Indossavo solo una canottiera e un paio di shorts molto corti. A lui sarebbero piaciuti di sicuro. Prima di ripensarci, corsi di sotto il più silenziosamente possibile.

Quando aprii la porta, vidi Caleb in giardino, illuminato dalla luce soffusa proveniente dal portico. Fra le mani aveva un enorme mazzo di lillà. Rimasi senza fiato.

«Questi sono per te, Red.»

Mi sentivo stordita. I suoi occhi verdi erano così concentrati su di me che mi si fermò il cuore. E mi innamorai un po' di più.

Caleb dovette leggermelo in volto e spalancò le braccia. Accolsi il suo invito e gli seppellii il viso nel petto mentre inspiravo il suo profumo familiare.

«Anche tu mi sei mancato» sussurrai.

Lui mi appoggiò il mento sulla testa, stringendomi più forte. «Dillo ancora.»

«Mi sei mancato, Caleb.»

Lo sentii sospirare. Le sue spalle si rilassarono, come se fossero state liberate da un enorme peso. «Mi fa piacere sentirlo.»

«Scusa se non te lo dico tanto spesso.»

«Non importa, ci lavoreremo.» Si scostò un attimo per appoggiare i fiori su una panchina. «La pratica rende perfetti. Adesso dimmi che mi ami.»

Ridacchiai. «Ti amo, Caleb.»

Lui annuì in segno d'approvazione. «Bene. Ti do un ottimo. Ora di': "Caleb, sei il migliore". Ahi!»

Gli avevo dato un morso.

«Perché l'hai fatto? Mi costringi ad abbassarti il voto.»

Non riuscivo a smettere di sorridere. Era davvero il migliore. Accarezzai il punto del petto in cui l'avevo morso. Ci dondolammo per qualche istante, avvolti dalla dolce fragranza dei fiori.

«Ti ho preso i lillà per il loro significato» mi sussurrò all'orecchio.

Il calore del suo respiro mi diede un brivido. «E qual è?»

«Primo amore. Tu sei il mio primo amore, Red. E sarai anche l'unico.»

Il mio cuore era così pieno d'amore che pensai fosse sul punto di scoppiare. Volevo disperatamente trovare le parole giuste per esprimere quello che provavo, proprio come aveva fatto lui.

Eppure non ci riuscii.

Allora gli appoggiai la guancia sul petto, premendola contro il suo cuore, e lo strinsi forte tra le braccia.

Sospirai. Mi sentivo al sicuro, appagata e amata per la prima volta nella mia vita.

«Ti amo, Caleb» mormorai, credendo profondamente in ogni singola parola.

16

VERONICA

Caleb accese un piccolo fuoco nel caminetto da esterno. Il profumo intenso della legna mi riempì le narici. Non sapevo che varietà fosse, ma aveva un odore dolce.

Fissai le fiamme ipnotizzata, godendomi il piacevole calore sul viso. Crepitavano e sibilavano, lanciando scintille simili a farfalle.

Caleb si sedette sull'erba, appoggiando la schiena alla panchina di legno. Mi accoccolai tra le sue gambe, con le spalle contro il suo torace e la testa sulla sua spalla.

Prima che lui entrasse nella mia vita solo in rare occasioni mi ero sentita felice, e adesso invece avevo perso il conto.

Mi avvicinò di più a sé, cingendomi con le braccia. Non riusciva a smettere di toccarmi, e io non volevo che lo facesse. Mi baciò i capelli, e quando passò alla spalla una scossa elettrica mi percorse il braccio.

Se avesse continuato così, non sarei stata in grado di parlargli degli eventi importanti di quella giornata. Invece avevo bisogno di sapere perché... Cos'era che mi premeva sapere? Mi stava distraendo, annebbiandomi il cervello.

«Caleb, devo parlarti di...»

Mi strofinò il naso sul collo. Lo sentii inspirare profondamente ed espirare piano, come se stesse assaporando il profumo della mia pelle.

«Mmh. Sai così di buono. Cosa volevi dirmi?»

Quando mi leccò, gettai la testa all'indietro. «Eh?» chiesi distrattamente.

Caleb fece scorrere lingua fino al punto sensibile sotto il mio orecchio. «Di cosa devi parlarmi, Red?» mormorò in tono seducente.

«Ehm...» Mi sforzai di trattenere un gemito. Avevo bisogno di qualche istante per raccogliere le idee. Mi schiarii la voce. «Caleb?»

«Sì?»

Mi tracciò dei piccoli cerchi sul braccio con la punta delle dita, accarezzandomi l'orecchio con le labbra.

«Tua madre mi odia.»

Lui si interruppe, e io provai il desiderio di non aver mai pronunciato quella frase. Volevo solo che continuasse a baciarmi.

«Ma no, è che non ha capito cosa sta succedendo. Non preoccuparti, le ho parlato di noi.» Prese a baciarmi sotto il mento.

«E come... ha reagito?» insistetti.

Lui si scostò e fece un sospiro. «Vuole che andiamo a cena da lei.» Mi accarezzò le braccia. «Per favore.»

«Va bene» acconsentii.

«Non preoccuparti, non morde.» Mi premette di nuovo le labbra sul collo. «Io invece sì.»

Quando mi diede un morsetto, mi scappò un risolino. «Caleb?»

«Mmh?»

Chiusi gli occhi, trattenendo il respiro mentre lui prendeva tra i denti la spallina della mia canottiera per tirarla giù. Mi diede un bacio in quel punto, e la sensazione delle sue labbra morbide sulla pelle fu così erotica che rabbrividii.

La situazione mi stava sfuggendo di mano. Avevo davvero bisogno di parlargli, e se non ci fossimo fermati subito non sarei più riuscita a pensare ad altro che ai suoi baci, dimenticando tutto il resto. «Caleb.» Un bel respiro. «Chi credi che ti abbia incastrato?»

Lui grugnì e smise di baciarmi. Ne approfittai per fare altri respiri profondi nella speranza di calmare i battiti del mio cuore.

Caleb si passò una mano tra i capelli con un'espressione frustrata. «Justin.»

«Non Beatrice-Rose?»

Lui rimase impietrito.

«Quando eravamo alla stazione di polizia, tua madre ha detto che era stata Beatrice-Rose ad avvertirla dell'accaduto. Come poteva sapere che eri finito in prigione?»

Il suo sguardo divenne gelido, il corpo si irrigidì.

«Dove tieni le chiavi di riserva della macchina?» chiesi.

«Io...» Si interruppe. «Poco tempo fa le ho cercate, ma non erano nel posto in cui ricordavo di averle messe. Alla fine ho lasciato perdere e non mi sono preoccupato di scoprire dove fossero finite.»

«Quando ti ho raccontato di aver visto Beatrice-Rose nel tuo palazzo, mi hai detto che lei conosce il codice per entrare nell'appartamento. E se ti avesse rubato le chiavi per piazzarti la droga in macchina?»

«Non oserebbe mai.»

Lo lasciai riflettere per un istante.

«Che stronza!» ringhiò subito dopo.

Dal modo in cui i suoi occhi scintillavano di rabbia capii che cominciava a rendersi conto del potenziale ruolo svolto da Beatrice-Rose in quel disastro. Sapevo che ancora non riusciva a credere che la sua amica d'infanzia potesse essere così infingarda e manipolatrice.

Magari mi sbagliavo e lei non aveva nulla a che fare con la faccenda della droga, però non avevo intenzione di ignorare quella possibilità. Caleb poteva anche essere convinto che non si sarebbe mai spinta fino a danneggiarlo gravemente, ma io sapevo che lei era capace di tutto.

«Justin sporgerà denuncia contro di te?» mi informai.

«Perché dovrebbe?»

«Forse perché per poco non l'hai ucciso?»

«No.» Caleb emise sospiro di frustrazione. «Se n'è già occupato il mio avvocato. Ascolta» aggiunse in tono più calmo «non voglio che ti preoccupi. Lascia perdere e fidati di me. Sistemerò tutto.»

«Non dire così.» Provai un moto di rabbia. Oddio, ecco che ricominciavo.

Mi sentivo scollegata da me stessa da quando avevo avuto quell'incubo ed ero sfinita dai tentativi di allontanare i ricordi della mia infanzia. In quello stato d'animo, arrabbiarsi non era un bene.

«Potresti risparmiarmi le tue stronzate da cavernicolo del tipo: "Io, uomo, risolvo tutto. Tu, donna, non preoccuparti"?»

Lo fulminai con un'occhiata quando scoppiò a ridere.

«Dico sul serio...»

«Piccola, guardami» mi implorò. «Farò tutto ciò che è in mio potere per proteggerti. Non ti succederà nulla finché ci sono io. E non perché ritengo che tu non sappia badare a te stessa. Voglio che tu creda in me.» I suoi occhi verdi erano pieni di tenerezza. «Sei la persona più forte e indipendente che conosca. Ma adesso non sei più sola...» Mi accarezzò la guancia con il pollice, e appoggiai il viso sulla sua mano. «Adesso hai me.»

Sentivo il petto gonfio d'emozione. Nessuno mi aveva mai parlato in quel modo. Gli presi la mano e gli baciai il palmo, poi le labbra. «Caleb, se sai che qualcuno si prende cura di te, desidera starti accanto e ti fa innamorare ogni giorno un po' di più, il mondo sembra un posto migliore, dopotutto. Pazienza se hai qualche nemico, perché sei consapevole che quella persona sarà sempre al tuo fianco. Per me, quella persona sei tu.»

Distolse lo sguardo e lo vidi deglutire. Quando incontrò il mio, nei suoi occhi scorsi una dolcezza che mi fece sentire amata. Però detestavo il senso di colpa che provavo. Non c'entrava nulla con noi due. Sentivo il bisogno di scusarmi.

«Mi dispiace per la scazzottata, perché sei finito in prigione e perché tua madre si è arrabbiata con te. Queste cose non ti sarebbero accadute se non fosse stato per me...»

«No» obiettò lui con decisione. «Ascolta, Red. Mia madre si sbagliava. Qualunque cosa ti abbia detto alla stazione di polizia, sai che si basava sulla sua conversazione con Beatrice-Rose. Non hai provocato tu lo scontro con Justin... sono stato io. E quel bastardo se l'era cercata.» Fece una smorfia. «Non è colpa tua se è un depravato. Perché biasimi te stessa per gli errori degli altri?»

Avevo il corpo intorpidito, il cuore che batteva forte. I nostri sguardi si incontrarono, e mi parve che Caleb capisse quello che sentivo. Chinai la testa.

Lui mi prese il viso tra le mani, pregandomi in silenzio di rialzarlo, ma non ci riuscii. Alla fine disse: «Guardami, amore».

Con un respiro tremante puntai gli occhi nei suoi. Ricacciai in gola le lacrime.

«So a cosa stai pensando. C'è solo una persona che ti fa assumere quell'espressione. E vorrei poterle fare del male in questo preciso istante.»

Mi resi conto che mi capiva senza bisogno di parole.

«Chi si diverte a ferirti solo per potersi sentire meglio, ti spezza il cuore e ti fa perdere il rispetto per te stessa...»

Mi si chiuse la gola.

«Non merita il tuo amore. Tuo padre non ne era degno. Non è stata colpa tua.»

Chiusi gli occhi.

«Eppure lo hai amato comunque. Questo non dice molto su di te? Mi hai confidato che ti biasimavi per ciò che era successo ai tuoi genitori e che tuo padre ti incolpava di tutto. Ma sai benissimo che non è vero, Red. Tu non hai colpe» ribadì. «Neanche per i fatti di oggi.»

Non mi resi conto che stavo piangendo finché Caleb non mi asciugò le lacrime con il pollice. Prima di conoscerlo mi capitava raramente di lasciarmi andare perché lo ritenevo un segno di debolezza. Ma ora sapevo che sfogarsi poteva servire.

«Piccola» sussurrò in tono dolente. Non gli piaceva vedermi piangere. «La gente non può donare ciò che non possiede. Tuo padre forse non è capace di amare, ma tu sì. Hai così tanto da dare.» Mi diede un bacio sulle labbra. «E io voglio tutto. Voglio tutto il tuo amore, Red.»

Mi sciolsi e gli gettai le braccia al collo. «Se anche il resto del mondo mi odiasse, non mi importerebbe. Con te accanto posso sopportare qualsiasi cosa.»

Caleb attese qualche istante prima di replicare. Quando lo fece, la sua voce era ruvida. «Red.» Con le mani mi accarezzava delicatamente la schiena, tenendomi stretta. «Non potrei amarti più di così.»

17

VERONICA

Caleb stese una coperta sull'erba accanto al fuoco. Vi si sdraiò, con le braccia dietro la testa e le caviglie incrociate: il ritratto di uno splendido ragazzo ricco e viziato.

Chiuse gli occhi, canticchiando. Io restai ferma in piedi accanto a lui, le sopracciglia aggrottate. «Ha bisogno di qualcos'altro, padrone? Magari un cocktail?»

Sollevò una palpebra e mi rivolse un sorriso. «Pensavo che non me lo avresti più chiesto.»

Sbuffai. Era senza speranza. Poco prima le sue dolci dichiarazioni mi avevano fatto piangere. Adesso, invece, mi veniva da ridere e al tempo stesso avrei voluto cancellargli dal viso quell'espressione insolente con uno schiaffo.

Mi girai per cercare qualcosa da tirargli. «Te lo do io il cocktail... Ehi!»

Scattò a sedere, allungando le braccia per afferrarmi la vita e trascinami giù, sul suo grembo.

«Caleb!»

Mi strinse con le sue mani forti per sistemarmi sotto di sé.

Il ciuffo gli cadde sulla fronte mentre mi fissava con aria di sfida. «Chi è il padrone, adesso?»

Mi tappai la bocca con le mani per soffocare una risata. Caleb cominciò a farmi il solletico senza pietà. Presi a singhiozzare, divincolandomi e tentando disperatamente di non urlare. Era notte fonda e non volevo svegliare i vicini.

«Chi è il padrone, adesso, Red?» ripeté lui.
«Io!»
«Risposta sbagliata» disse, deluso. «Prova di nuovo.»
«Caleb! No!»
Mi prese per i polsi, tenendomi ferme le braccia sopra la testa per continuare a torturarmi.
«No cosa? Finché non mi darai quello che voglio...»
Mi faceva male lo stomaco per il troppo ridere. «No, Caleb!»
«Non la smetterò.»
Lo baciai. Non c'era altro modo di fermarlo se non arrendermi e ammettere che era lui il padrone. Ma ero in vena di sfidarlo e non volevo mollare.
«Giochi sporco» sussurrò.
«Chi è la padrona, adesso?» ribattei.
Ridacchiò. Aveva gli occhi luminosi e pieni di gioia. Mi cinse la vita con le braccia, si girò sulla schiena e mi trascinò sopra di sé. «Sei tu» mormorò. «Cosa vorresti che facessi per te? Ho molti talenti, padrona. Per esempio, la mia lingua può...»
Gli coprii la bocca per impedirgli di finire la frase. Sapevo che stava per dire qualcosa di osceno.
Lui mi morse il palmo. Ritirai la mano, e una forte scossa mi attraversò il braccio.
Caleb sollevò la testa per baciarmi di nuovo, succhiandomi il labbro. La sua bocca era morbida, liscia e calda.
Tutto il mio corpo reagì al suo bacio.
Quando mi ritrassi, notai una luce maliziosa nei suoi occhi. Sembrava dire: "Sappiamo perfettamente chi è il padrone".
Avevo ancora i brividi, perciò restai in silenzio. Gli appoggiai semplicemente la testa sul petto. Lui mi avvolse con un braccio, mentre con l'altro mi accarezzava la schiena.
Rimanemmo così per qualche minuto. In pace. Rilassati. Felici. Poi Caleb allungò una mano a coppa sopra di noi, chiuse un occhio e con l'altro fissò il cielo.
«Cosa stai facendo?»
«Tengo la luna in palmo di mano» rispose a bassa voce.
Mi spostai per vedere che cosa stava osservando: la luna si rifletteva davvero sul suo palmo. Mi rilassai e sorrisi. Caleb invece era serio. Aveva un'espressione austera e lo sguardo un po' triste.

«Sei come la luna, Red» sussurrò. «Posso solo immaginare di stringerti fra le mani.»

«Cosa intendi dire?» domandai con voce roca.

«Ho la sensazione che fuggirai di nuovo.»

Avvertii una stretta al petto. «Non lo farò.» Gli presi la mano, intrecciando le dita alle sue. Poi gliela baciai e la posai sulla mia guancia.

«Cosa devo fare con te?» Corrugò leggermente la fronte.

"Amami, amami e basta."

Annuì, come se avesse capito la preghiera silenziosa nel mio sguardo. «Se tu sei la luna, io sono le stelle. Ce ne sono a milioni in cielo. Ti circondo.» Sorrise.

"Oh, Caleb."

Feci un respiro profondo e riappoggiai la guancia sul suo torace, chiudendo gli occhi e ascoltando il battito del suo cuore. «Sono felice» ammisi.

Il silenzio della notte era confortante e il suo tocco mi trasmetteva una sensazione di pace. Stavo per scivolare nel sonno, cullata dal suo petto che si sollevava e si abbassava, quando Caleb si schiarì la voce. «Non arrabbiarti» borbottò in tono preoccupato.

Mi irrigidii e lo guardai. Sembrava nervoso.

«Ti ho preso un'altra cosa.»

Non potevo biasimarlo se era teso, perché non avevo mai voluto regali da lui. Però adesso in qualche modo mi sentivo diversa, più aperta. Non ero più sulla difensiva, perché sapevo che mi amava davvero.

«Okay.»

«Aspettami. Non ci metterò molto.»

Con il cuore che batteva all'impazzata, mi tirai su e mi sedetti sulla panchina di legno. Quando tornò, pareva ancora più agitato.

Mi ero aspettata di vederlo arrivare con un pacco, invece non aveva nulla. Lo fissai mentre si sedeva accanto a me. Diede dei colpetti con il piede sul bordo della mia ciabatta.

«Hai dimenticato a casa il mio regalo?» domandai.

Lui prese dalla tasca un astuccio lungo e stretto.

«Volevo regalarti qualcosa che ti facesse pensare a me ogni giorno» disse con voce tesa. «L'ho fatta realizzare appositamente per te qualche settimana fa.»

Fissai l'astuccio, incapace di muovermi.

«Aprilo, Red.» Quando sorrise, gli si formarono le fossette sulle guance. «Per me» aggiunse piano, con sguardo supplicante.

Presi lentamente l'astuccio e lo aprii.

Dentro c'era un'elegante collana con un ciondolo a forma di farfalla grande come una monetina. Nelle ali, realizzate in una filigrana sottile come un foglio di pergamena, erano incastonati piccoli diamanti che brillavano sotto la luce della luna. Tra le ali c'era un rubino a goccia color rosso sangue.

Era un gioiello incantevole.

Non mancai di coglierne il simbolismo. Sussultai e mi uscì un respiro tremante mentre le lacrime mi pungevano gli occhi.

«Ti piace?»

"Lo adoro." Tuttavia, riuscii solo ad annuire. Temevo che, se avessi aperto la bocca, avrei cominciato a singhiozzare.

«Ti ricordi la storia sul bruco e la farfalla che ti ho raccontato?»

Annuii di nuovo. Caleb sorrise dolcemente, come se sapesse cosa stavo provando. Forse era davvero così, perché mi conosceva come nessun altro.

«Vorrei vedertela indosso.» Sollevò la collana dall'astuccio. «Per favore.»

Mi girai per permettergli di allacciarmela. Dopo aver chiuso il fermaglio, mi sfiorò le spalle per farmi voltare di nuovo verso di lui e mi fissò con tenerezza.

«Tu rendi tutto bello, Red.»

Presi in mano il ciondolo. «Caleb, dev'essere costata moltissimo.»

Mi rivolse uno sguardo intenso. «Darei tutto ciò che possiedo per te.»

Ero rimasta senza fiato. Come replicare a una dichiarazione simile? Anche se avessi saputo cosa dire, ormai mi si era chiusa la gola. Caleb allungò una mano e mi accarezzò il labbro con il pollice. Trattenni il respiro in attesa di un suo bacio. Sperandoci. Ma lui si appoggiò allo schienale della panchina, rivolgendo lo sguardo verso il fuoco, come se stesse contemplando qualcosa.

Aveva cambiato umore.

In preda all'incertezza, aspettai che dicesse qualcosa. Qualsiasi cosa.

«Vuoi sentire un'altra storia?» mi chiese dopo qualche istante.

Mi accoccolai contro di lui. «Certo.»

«C'era una volta un ragazzo che possedeva tutto» iniziò, in tono basso e caldo. «O almeno così pensava. Una notte decise di fare una passeggiata nel bosco. Era annoiato, irrequieto. Sentiva che nella sua vita mancava qualcosa, ma non riusciva a identificarla. Poi vide un bellissimo uccellino a terra. Aveva un'ala rotta.

«Lo sollevò delicatamente e lo portò a casa. Lo accudì finché non fu guarito. Lo mise in una gabbia per evitare che volasse via e si ferisse di nuovo o che qualcuno gli facesse del male. La gabbia era come uno scudo, una protezione.

«In seguito il ragazzo passò ogni giorno insieme all'uccellino, che cantava per lui e lo rendeva felice. Ma a forza di stare in gabbia, a un certo punto smise di cantare.

«Il ragazzo sapeva che tenerlo recluso era sbagliato. Si stava comportando da egoista. L'uccellino lo rallegrava, riempiva il vuoto che percepiva dentro di sé e lo faceva sentire appagato. Lui voleva possederlo. Però scoprì di non sopportare più l'idea di vederlo triste e solo. Si rese conto che desiderava soltanto renderlo felice. Così aprì la gabbia.» Caleb si interruppe, passandosi una mano tra i capelli. «E lo lasciò andare.»

Vedendo la tristezza nei suoi occhi, provai il desiderio di toccarlo, di confortarlo, ma avevo paura di rovinare quel momento.

Mi sarei pentita per sempre di non essermi fidata di lui e di averlo lasciato.

Caleb concluse: «L'uccellino volò via e lo lasciò».

Gli presi la mano, intrecciando le dita alle sue. «Poi è tornato?» riuscii a chiedergli.

Lui accennò un sorriso. «Sì» rispose, mentre il suo sguardo si rasserenava. «È tornato. A volte vorrei rinchiuderti in una gabbia» confessò. «Però in realtà sei stata tu a catturarmi. E io rimarrei volentieri in gabbia, per essere solo tuo.»

Dentro di me sentii crescere un sentimento potente, che mi sovrastava sempre di più e al quale volevo solo arrendermi.

«So di non essere perfetto. Sono testardo e impulsivo. Immaturo. Dico e faccio cose stupide di continuo, ma...»

Lo guardai, in attesa che continuasse.

«Ti prego, resta con me» aggiunse dolcemente. «Resta.»

Mi si sciolse il cuore e non potei trattenere le lacrime.

Caleb si alzò, si inginocchiò davanti a me e mi porse una scatolina, come se fosse un'offerta. Notai che adesso era calmo, come un uomo che avesse cercato qualcosa per tutta la vita e che finalmente l'avesse trovata.

Mi mancò il respiro quando vidi un anello su un letto di velluto.

Ai lati di un rubino a goccia, che richiamava quello del ciondolo, c'erano due piccole farfalle tempestate di diamanti.

«Red, vuoi sposarmi?»

Rimasi a fissarlo ammutolita. Lui deglutì, e all'improvviso il suo sguardo si riempì di paura.

«Volevo aspettare il momento perfetto, dopo la tua laurea, ma avevo bisogno di... dovevo...» Chiuse gli occhi. Sembrava che stesse soffrendo. «Red, vuoi passare il resto della tua vita al mio fianco? Avere dei figli con me? Ti costruirò una casa, ti comprerò un cane... qualunque cosa tu desideri. Dimmi solo...»

Mi buttai fra le sue braccia. Caleb mi strinse a sé.

«Sì! Sì. Voglio diventare tua moglie.»

Quando parlò di nuovo, aveva la voce roca. «Ti amo, Red. Sei l'unica ragazza, la sola, che mi abbia rubato il cuore. Non restituirmelo, ti prego.»

«Non lo farò. Non lo farò» singhiozzai. «Adesso è mio.»

«Sì, è tuo. Lo è sempre stato.»

18

VERONICA

«Red, vieni a casa stanotte?» mi chiese Caleb. «Mi è mancato svegliarmi con te accanto.»

Non riuscii a resistere alle sue adorabili fossette e ai suoi intensi occhi verdi, perciò gli dissi di aspettarmi in auto mentre prendevo dei vestiti e i libri per il giorno dopo. Raccolsi le mie cose più in fretta che potei, prestando attenzione a non fare rumore per non svegliare Kara.

Le stavo lasciando un biglietto sul frigorifero, quando posai gli occhi sull'anello di fidanzamento al mio dito.

"Oddio, sono fidanzata con Caleb Lockhart."

Sentivo le farfalle nello stomaco.

Ci eravamo incontrati da poco, ma ne avevamo già passate così tante che mi pareva di conoscerlo da un sacco di tempo.

Sembrava tutto perfetto.

Afferrai la borsa e uscii.

«Ciao» sussurrò.

Vedendolo appoggiato alla macchina rimasi senza fiato. La luce del lampione gli illuminava gli occhi che brillavano di gioia. Mi rivolse un sorriso radioso mentre mi veniva incontro. Mi cinse la vita e mi diede un lungo bacio.

Non mi interessava se avevamo tutti contro. Mi importava solo di Caleb. Contava solo lui.

«Ciao» risposi, le labbra che bramavano un altro bacio.

«Pronta?» Mi aprì la portiera.

Lo osservai girare intorno all'auto, ammirando il modo sicuro in cui si muoveva, gli occhi che si posavano su di me attraverso il parabrezza. Salì e si girò a guardarmi.

«Ciao di nuovo, Red.»

Restammo a fissarci e a sorriderci per un istante.

«Finalmente» mormorò lui.

Sì, finalmente eravamo insieme, malgrado tutto e tutti cospirassero per dividerci. Eppure, quando Caleb mi era accanto e mi guardava come se fossi tutto per lui, nient'altro aveva importanza. Era travolgente provare un sentimento simile per qualcuno. Però mi faceva sentire bene.

Mi prese la mano, intrecciando le dita alle mie prima di premere l'acceleratore. Le strade erano deserte nel tragitto verso il suo appartamento. Aprii il finestrino e chiusi gli occhi mentre l'aria mi accarezzava i capelli e la pelle. Era una sensazione piacevole.

«Red. Riguardo alla cena con mia madre...»

Contrassi le spalle. Caleb mi strinse la mano, lanciandomi uno sguardo preoccupato.

«Ci saranno anche altri invitati. È il mio compleanno.»

Il suo compleanno? Mi sfuggì un lamento e mi coprii il viso con le mani.

Perché non lo sapevo?

Non gli avevo mai chiesto quando fosse nato. I compleanni mi evocavano brutti ricordi.

«Mia madre dà una festa a casa sua. Così vedrai dove sono cresciuto. C'è un lago in giardino» spiegò, euforico. «Ti porterò a visitare il mio cottage all'interno della proprietà. È piccolo. Lo abbiamo costruito io, Ben e mio... padre.»

Fu il mio turno di stringergli la mano per confortarlo.

«Quand'è il tuo compleanno?» mormorai, vergognandomi.

Lui fece un'espressione delusa. «Non lo sai?» domandò imbronciato.

Mi morsi il labbro, poi notai che si stava sforzando di trattenere una risata.

«Caleb!»

«Sono nato il 25 giugno. Ero un bimbo robusto, in salute e bellissimo. Io so quand'è il tuo compleanno. Il 15 settembre, giusto?»

Mi irrigidii.

«L'ho chiesto a Kar» spiegò lui. «Qualcosa non va?»
«Mi dispiace di non averti chiesto quando compi gli anni.»
Mi lanciò un'occhiata, per verificare che stessi bene. «È tutto a posto, Red» disse un istante dopo.
«Quand'è la festa?»
«Non so ancora il giorno, ma dopo gli esami finali. Quindi hai tutto il tempo di comprarmi un regalo.»
Strinsi le labbra per soffocare un sorriso. «Chi ci sarà?»
«Vampiri e lupi mannari» scherzò Caleb. «Solo della gente, Red. Io resterò accanto a te.»
«Mi imboccherai anche?» chiesi sbattendo le palpebre.
Caleb gettò la testa all'indietro e rise.
Parcheggiò l'auto nel garage sotterraneo del palazzo e mi aprì la portiera. Prese la mia borsa prima di afferrarmi la mano e condurmi all'ascensore. Quando entrammo nell'appartamento, me la strinse più forte. Lo guardai.
Sorrideva.
Sapeva come mi sentivo. Ero a casa. Eravamo a casa.
«Vado a prendere qualcosa da bere» proposi.
«Okay. Ti raggiungo in cucina... Arrivo subito.»
Aprii il frigorifero per vedere cosa c'era. Chissà se Caleb aveva cenato. Magari avrei potuto cucinare qualcosa.
All'improvviso udii *Storm* dei Lifehouse risuonare dalle casse. Sapevo che ascoltava quel gruppo solo quando era in vena di romanticismo. Iniziai a canticchiarla.
Qualche minuto dopo lo sentii entrare in cucina. Ero chinata davanti al frigorifero a cercare le uova per preparare un'omelette.
«Immagino che tu non abbia ancora fatto la spesa» commentai distrattamente, aggrottando le sopracciglia di fronte ai ripiani vuoti. «Caleb?»
«Sì?» La sua voce roca mi indusse a raddrizzarmi e a girarmi verso di lui.
Rimasi senza fiato. Era appoggiato al banco della cucina e mi scrutava con gli occhi socchiusi. Il suo sguardo intenso mi fece accelerare i battiti.
Inarcò un sopracciglio.
Tentai di concentrarmi sulla cena. «Hai già mangiato?»
Caleb si leccò le labbra con la lingua rosa. «Sì.» Fece una pausa, poi aggiunse: «Però sono ancora affamato».

Mi aggrappai allo sportello del frigorifero. D'un tratto mi sentivo debole. «Ti preparo qualcosa. Cosa ti andrebbe?»

Lui scosse la testa, e nei suoi occhi vidi chiaramente ciò che desiderava. E poi... «Mi andrebbe parecchio di mangiare te» rispose in tono suadente.

Avevo il respiro accelerato. Era così affascinante, lì fermo a osservare ogni mio movimento.

«Quelli li hai indossati per me?» domandò, fissando le mie gambe nude. «Sono sexy.»

Ah, gli shorts.

«Vieni qui, Red.»

Ipnotizzata, gli andai incontro. Mi fermai a breve distanza da lui, vicino ma non troppo.

Caleb inclinò la testa e sorrise.

Non potevo resistergli quando era di quell'umore, giocoso, seducente, determinato, come se non fosse disposto ad accettare un no come risposta. Come se avesse intenzione di prendersi ciò che voleva, quando voleva. Era magnetico.

Percepii una strana energia nell'aria: stava per accadere qualcosa di importante. Vacillai e distolsi lo sguardo. Se avessi fatto un altro passo verso di lui, tutto sarebbe cambiato. Ne ero certa.

Un milione di pensieri mi attraversarono la mente. I dubbi e le insicurezze mi paralizzarono per un istante.

«Red.»

Lo guardai. L'amore e la tenerezza nei suoi occhi furono la risposta di cui avevo bisogno. Era Caleb, il ragazzo che mi aveva insegnato a fidarmi.

Lo stesso – l'unico – che mi aveva fatto capire cosa significasse essere desiderata, bramare di essere toccata, baciata, assaporata, e provare l'impulso di ricambiare quelle attenzioni.

Lo stesso ragazzo che mi aveva mostrato cosa volesse dire amare ed essere amata.

Era come mantenere un segreto da molto tempo e volerlo confidare solo a lui. Solo a lui.

Dopo tanto strazio e sofferenza, ero arrivata a quel punto della mia vita. Da lui. Dal mio Caleb. In quel momento.

Avanzai.

Sentii il suo sguardo bruciarmi la pelle mentre annullavo lo spazio che ci separava. Mi fermai a qualche centimetro da lui.

«Sono qui» mormorai.

Sulle sue labbra carnose comparve un sorriso trionfante; mi cinse la vita con le mani, poi le spostò in basso, afferrandomi il sedere, e mi sollevò per poi girarsi e appoggiarmi sul bancone.

«Sì, e sai una cosa?» mormorò, allargandomi le gambe.

Le spalancai e lui si sistemò nel mezzo. Gettai la testa all'indietro e mi puntellai con i palmi sul banco.

Caleb premette le labbra sul punto sensibile sotto il mio orecchio, facendomi venire la pelle d'oca sulle braccia e sulle gambe. Fece scivolare le mani lungo le mie cosce, su e giù ripetutamente, affondando le dita. Poi mi attirò a sé. «Sono davvero tanto affamato.»

Inarcai i fianchi, premendomi contro di lui. Il tono della sua voce, così basso e profondo, mi aveva provocato una fitta di desiderio.

«Vorrei farti talmente tante cose.» Mi agganciò le gambe attorno alla sua vita e dimenò i fianchi contro i miei. Percepii la sua erezione, e ogni sensazione sembrava amplificata all'infinito.

Mi sfuggì un gemito di piacere. «Tipo?» chiesi con audacia.

Si ritrasse, e capii che non si aspettava quella domanda. Poi fece un sorrisetto come a dire: "Sfida accettata". Si leccò il labbro superiore con la punta della lingua prima di avvicinarsi di nuovo e sussurrarmi all'orecchio: «Voglio sprofondare la faccia tra le tue gambe».

Sussultai.

Mi sentivo bollente. Ovunque.

«Ti spavento?» domandò Caleb.

Deglutii. Fui percorsa da un fremito e provai l'impulso di stringere le gambe. Dal suo sguardo compresi che sapeva esattamente cosa stavo provando.

Qualcosa di bollente mi stava scorrendo nelle vene. Avvertivo l'irrefrenabile desiderio di avvicinarmi a lui... ancora di più, di sentire la sua pelle sulla mia. Scossi la testa.

Lui fece una risata sommessa. «Mi sei mancata così tanto, Red. Non dormo bene senza di te. Ti penso di continuo.»

Le sue labbra mi sfiorarono l'orecchio, e un brivido mi percorse la schiena.

«E lo sai cosa penso?» Con le grandi mani calde mi accarezzò le cosce, stringendole possessivamente.

«Cosa?» chiesi con un filo di voce, incapace di controllarmi ogni volta che mi toccava.

«Il tuo sapore... nella mia bocca» rispose Caleb con voce roca. «A che espressione avrai quando ti succhierò, ti leccherò, ti assaporerò.»

Quelle parole mi fecero impazzire.

«Me lo permetterai?» chiese, scrutandomi. «Red?»

Fissai i suoi occhi verdi e gli posai una mano sul petto, avvertendo una scossa. Sentendo il corpo caldo sotto la maglietta, desiderai toccare la sua pelle. Con cautela sollevai lentamente il bordo, scoprendogli l'addome muscoloso.

Caleb restò in silenzio e mi osservò mentre gli sfilavo la T-shirt per poi lasciarla cadere a terra.

Era bello, con la liscia carnagione abbronzata. Gli passai delicatamente la punta delle dita sulla peluria sotto l'ombelico e lo sentii trattenere il respiro. Mi fermai, incerta, e lo guardai.

La pelle attorno alla sua bocca era tesa, gli occhi di una sfumatura verde scuro. «È tutto a posto» mi rassicurò. «Continua.»

Abbassò le palpebre, gemendo mentre tracciavo una linea lungo il suo torace. Era bollente, i muscoli duri come l'acciaio.

«Red» sussurrò, aprendo gli occhi e accarezzandomi le cosce con i pollici mentre mi baciava. «Permettimi di venerarti.»

«Sì» mormorai contro la sua bocca. «Sì, Caleb.»

Con la lingua mi percorse il bordo delle labbra, inducendomi a schiuderle.

Era tutto così intenso: la sua pelle bollente, il suo alito caldo profumato di menta, i gemiti di desiderio che gli uscivano dal profondo della gola.

La sua lingua sprofondò nella mia bocca per assaporarla. Le sue labbra si muovevano impazienti, come se non ne avessero mai abbastanza.

Mi mise le mani tra i capelli e mi fece inclinare la testa per baciarmi con più passione, in modo famelico e selvaggio.

Stavo andando a fuoco. Provavo sensazioni a cui non sapevo dare un nome. Ero in un bozzolo di piacere che Caleb aveva costruito intorno a noi, e volevo di più.

«Non ho mai desiderato nessuno così disperatamente» bisbigliò. «Mai.» Indietreggiò per prendermi il viso tra le mani.

Continuando a fissarmi, fece scivolare le mani in basso per

sfiorare la pelle nuda sotto la canottiera. Poi la sollevò, guardandomi con aria interrogativa. Allungai una mano e lo aiutai a spogliarmi. Mi slacciò il reggiseno. Me lo sfilai con mani tremanti, lasciandolo cadere sul banco.

Schiuse le labbra, trafiggendomi con lo sguardo. Provai l'impulso di coprirmi, ma la bramosia nei suoi occhi mi fece sentire desiderata. Ardentemente.

«Sei così bella.» Con la punta delle dita tracciò una linea lungo il mio collo. Scese fino a sfiorarmi delicatamente un capezzolo, facendomi fremere di piacere. Gemetti, inarcando la schiena al suo tocco. Lui mi osservava mordendosi il labbro.

«Caleb... ti prego.» Mi avvicinai, bramosa di sentirlo ancora.

Chiusi gli occhi e mugolai di piacere quando chinò la testa e mi prese un seno in bocca, succhiandolo, prima con delicatezza e poi più avidamente. Quel contrasto mi fece impazzire di desiderio.

Gli sprofondai le dita fra i capelli, mentre la sua bocca continuava a torturami di piacere.

Si alzò per baciarmi, togliendomi il fiato. «Sdraiati per me, amore» sussurrò.

Lasciai che le sue mani calde mi aiutassero a adagiarmi sulla schiena. Mi aggrappai ai bordi del banco, osservandolo mentre mi baciava dappertutto, le sue labbra che scendevano lungo il mio corpo e assaporavano la mia pelle. Quando arrivò agli shorts, sollevò verso di me lo sguardo colmo di desiderio e promesse.

«Red, lo vuoi?»

La sua espressione di bramosia, di bisogno ma soprattutto d'amore mi lasciò senza fiato. Rispecchiava quello che provavo anch'io, la mia stessa voracità, il desiderio e l'amore che nutrivo per lui. In quel momento mi resi conto che volevo farlo. Caleb era tutto per me, e io gli avrei dato tutto.

«Sì» risposi ansimando. «Sì.»

Con un'espressione soddisfatta mi sfilò gli shorts e gli slip. Mi afferrò per i fianchi e mi tirò verso di sé, sistemandosi tra le mie gambe. Sfregò la sua erezione contro di me, si chinò in avanti e mi strinse saldamente i polsi per tenermi ferma.

«Ti voglio. Ti voglio così tanto che fa male» ringhiò, sprofondando il viso tra le mie gambe.

«Caleb!» gridai quando sentii le sue labbra bollenti e umide nel punto più intimo del mio corpo. Per poco non caddi, ma le sue mani forti mi lasciarono i polsi per accarezzarmi le cosce in modo da calmarmi. Iniziò a darmi piccoli baci famelici a labbra aperte che mi indussero a inarcarmi contro di lui.

«Lo sapevo» sussurrò. «Sei inebriante.» Mi strofinò il naso proprio *lì*.

«Caleb, no!» Mi coprii il viso con le mani, scandalizzata. Avrei voluto nascondermi per l'imbarazzo.

«Red» sussurrò lui. «Va tutto bene, tesoro. Adoro il tuo sapore e il tuo odore. Amo tutto di te. Guardami.»

Non ci riuscivo. Come poteva chiedermelo? Mi vergognavo troppo.

Lo sentii raddrizzarsi. Sospirai quando le sue dita si chiusero delicatamente intorno ai miei polsi.

«Piccola» provò a persuadermi, scostandomi le mani dal viso in modo che potessi guardarlo, ma non ci riuscivo...

Le sue labbra scivolarono sulle mie spalle, sul collo, sulle guance mentre mi mormorava parole dolci.

«Sei così bella. Hai un sapore fantastico, è una droga.»

Ansimavo. Ero completamente persa per lui.

Aprii gli occhi lentamente. Mi stava fissando, chinato in avanti, le mani sul banco ai lati dei miei fianchi. Mi rivolse un sorriso.

«Ciao, splendore.»

«Caleb.» Mi puntellai sui gomiti. Mi sentivo sexy, colma di desiderio e anche spaventata. «Non ho mai fatto niente di simile» ammisi.

«Va bene.» Lui fece scorrere le mani su e giù lungo le mie cosce. «Vuoi fermarti?»

Mi fissò, e nella sua espressione c'erano una tenerezza e un desiderio tali da togliermi il respiro. Aveva i capelli scompigliati, le labbra rosse e gonfie. Era bellissimo. L'ansia fu spazzata via da un'ondata di calore che raggiunse la parte più intima di me.

«No. Non fermarti» mormorai con convinzione.

Un sorriso selvaggio gli illuminò il volto. «Adesso mi prenderò cura di te, piccola» promise. Poi ricominciò a darmi avidi baci, a leccarmi lentamente e a mordicchiarmi, scendendo lungo il mio corpo. Faceva con calma, accarezzandomi e assaporandomi finché scoppiai di desiderio.

«Caleb, ti prego...»

Mi sollevò le gambe, appoggiandosele sulle spalle, e riprese a darmi piacere nella mia parte più intima.

«Oddio, quanto mi piace» gemette.

Vedere le sue spalle larghe e la sua testa scura tra le mie gambe e sentire la sua lingua calda che mi faceva godere mi provocò piccoli brividi in tutto il corpo.

Gli afferrai i capelli, mugolando. Non riuscivo a decidermi se attirarlo a me o allontanarlo. Volevo che si fermasse. Volevo che continuasse. Desideravo trovare sollievo da quel piacere straziante che mi cresceva dentro.

«Sì, così. Brava, così» mi spronò, muovendo le labbra e la lingua finché mi spinsi contro di lui.

Avevo la mente offuscata, il corpo fremente, e alla fine fui scossa dai brividi e mi abbandonai all'estasi, gridando il suo nome.

Allora era questo che si provava...

Fluttuavo, completamente distaccata da ogni cosa. Poi mi resi conto che Caleb mi aveva portata nella sua stanza, adagiandomi delicatamente sul letto. Si sdraiò accanto a me, mettendomi il braccio sotto la testa, e io mi accoccolai contro di lui. Mi strinse una gamba tra le sue mentre mi accarezzava la schiena per calmarmi. Stavo ancora tremando.

«Red? È stato il tuo primo orgasmo?» chiese piano.

Annuii, sprofondando il viso nel suo collo. Dalle casse usciva *Everything* dei Lifehouse.

«Non sai come mi sento...» sussurrò lui. «Io...»

Il tono sofferente della sua voce mi allarmò. Percepii la sua erezione, la tensione delle gambe e delle spalle.

«Caleb?»

«Va tutto bene, amore.»

Sapevo che non era vero. Mi aveva mostrato cosa significava abbandonarsi al piacere. Perché allora mi sentivo ancora incompleta?

Avevo bisogno di fargli provare quello che lui aveva fatto provare a me. Volevo regalargli le stesse sensazioni.

Il mio cuore era già suo, ma desideravo che ci appartenessimo completamente.

Gli baciai il collo, inspirando il suo profumo virile. Era una droga.

«Facciamo l'amore» dissi.

Mi scostò, fissandomi con espressione interrogativa.

Lo baciai di nuovo, rassicurandolo. «Ti prego.»

Caleb dilatò le narici. «Oddio, tu mi farai impazzire» gemette.

Gli presi il viso tra le mani, ammirando i suoi lineamenti perfetti, poi premetti la bocca contro la sua. Con esitazione gli leccai le labbra, e lui emise un gemito mentre si sistemava sopra di me, prendendo il controllo.

Era al comando, lo sapevamo entrambi.

Mi prese i seni tra le mani, accarezzandoli, mentre mi baciava le labbra, il collo, il petto. Fece scivolare le dita lungo la mia pancia, sui fianchi e tra le gambe, senza mai smettere di baciarmi.

Poi iniziò a stuzzicarmi con un dito, muovendolo in cerchio. Scostai la bocca dalla sua e mugolai di piacere, abbandonando la testa sul cuscino. «Sei così bella. Vieni, fallo per me, piccola. Vienimi sulla mano.»

Sprofondai le dita nella sua pelle mentre mi inarcavo, implorandolo di darmi sollievo. La sua bocca ingoiò le mie grida mentre raggiungevo il culmine.

Mi resi vagamente conto che si stava sollevando. Poi udii il rumore di un cassetto che si apriva prima che Caleb tornasse da me.

Lo guardai sorpresa, ancora stordita. Vidi la lussuria e l'amore nei suoi occhi mentre mi osservava, la sua erezione che premeva contro la mia coscia.

«Caleb?»

«Sì, piccola?»

Fece un profondo respiro quando iniziai a sbottonargli i pantaloni. Mi bloccò con la mano.

«Sei sicura?» chiese con voce roca.

Annuii. «Voglio appartenerti completamente, Caleb.»

Mi baciò con passione. Si tolse i pantaloni e i boxer, e io sentii le guance in fiamme; notai il suo grosso membro turgido mentre si infilava il preservativo. Salì di nuovo sopra di me e mi mise le braccia ai lati della testa, fissandomi con sguardo famelico. Si strofinò contro le mie cosce. Era duro e bollente. Chiusi gli occhi, preparandomi.

Non accadde nulla. Quando li aprii, Caleb mi sorrideva teneramente.

«Resta con me. Qui. Proprio qui, Red.»

Mi accarezzò il viso con mani tremanti. Inclinò la testa e mi baciò con trasporto, mormorando parole d'amore.

«Ho paura. Per me è la prima volta e non voglio deluderti. So che hai molta esperienza, avrai delle aspettative, e io mi preoccupo di non essere all'altezza...»

«Red» mi interruppe. «Non ci sono parole per descrivere quello che provo per il semplice fatto di averti qui. Come puoi pensare di deludermi?» Mi accarezzò la guancia. «Ciò che mi hai dato è più di quanto potessi sperare, e se decidi che non vuoi continuare mi fermerò. Desidero che sia un momento perfetto per te. Stanotte conti solo tu.»

Ogni mio timore svanì. Tesi le braccia verso di lui, attirandolo a me per baciarlo. Le sue mani mi sfiorarono le cosce, risalendo fino ai fianchi per poi tracciare dei cerchi intorno alla mia vita. Con i pollici mi stuzzicò i capezzoli, chinò la testa e ne prese uno in bocca. Gemetti, in preda al piacere.

Potevo percepire tutto il suo amore dal modo in cui mi toccava, in cui le sue labbra e la lingua mi reclamavano. Ne ero piena, sommersa, e ne desideravo ancora.

Mi fissò negli occhi, come se cercasse un accenno di esitazione, ma non ce n'era traccia. Avevo deciso. Malgrado la paura, non mi sarei tirata indietro. Non volevo. Era come se mi trovassi sul bordo di un dirupo, aggrappata al ciglio con la punta delle dita. E mi resi conto che ero pronta a precipitare. Lui era quello giusto. Non ci sarebbe stato nessun altro per me.

Lo amavo. Non volevo più oppormi. «Caleb» mormorai, passandogli le dita tra i capelli e avvicinando il viso al suo per dargli un bacio. «Ti amo. Fammi tua.»

Lui chiuse gli occhi per un istante, respirando affannosamente. Quando li aprì, mi persi in lui. «Ti amo. Amerò sempre e solo te» sussurrò prima di penetrarmi.

Trattenni il fiato quando avvertii una sgradevole fitta di dolore. Strizzai forte le palpebre, lottando contro l'impulso di spingerlo via. Mi sentivo lacerata.

Caleb si bloccò. «Stai bene, piccola? Mi dispiace tanto, amore. Vuoi che smetta?»

Il suo tono allarmato mi indusse a riaprire gli occhi.

Mi accarezzò il viso con la mano mentre mi osservava preoccupato. «Parlami, amore» mormorò baciandomi le labbra, le guance, il naso. Mi succhiò il labbro, e la sua mano scivolò tra le mie gambe, descrivendo piccoli cerchi e provocandomi un piacere familiare. La sensazione di averlo dentro di me, così grosso e duro, mi strappò un gemito.

Lo avvicinai per dargli un bacio esigente, quasi disperato. Lui mi infilò la lingua in bocca, soffocando i miei ansiti.

Provai a muovere i fianchi e mi resi conto che il dolore stava svanendo per lasciare il posto a un inaspettato piacere che dalle gambe risaliva lungo la schiena. Mi morsi il labbro e chiusi gli occhi.

Caleb si tirò indietro. Aveva uno sguardo preoccupato. «Red, maledizione. Non posso... Ti prego, non muoverti, piccola.»

Quando tentai di dimenarmi, mi mise la mano su un fianco per tenermi ferma.

«Va tutto bene, Caleb. È... bello.»

«Sì?»

Annuii, facendo scivolare i fianchi verso di lui. Il piacere si stava facendo più inteso, diffondendosi in tutto il corpo.

«Caleb, ti prego... Ne ho bisogno...»

Mi diede un bacio brusco, afferrandomi i polsi e facendomi stendere le braccia sopra la testa. «Ti ho in pugno, piccola.»

Poi prese a spingere lentamente, gli occhi verdi che mi fissavano. Il mio respiro si fece più veloce e rumoroso mentre lui si muoveva dentro di me, su e giù, in modo languido, facendomi impazzire.

«Prendi tutto, il mio corpo, il mio cuore, la mia anima. Prendili. Sono tuoi» bisbigliò, aumentando il ritmo.

Avevo i muscoli tesi mentre agitavo energicamente i fianchi a tempo con le sue spinte. Il piacere si faceva sempre più acuto e pressante, pervadendomi. I miei gemiti si trasformarono in singhiozzi.

«Lasciati andare, piccola. Lasciati andare» sussurrò Caleb dandomi un bacio.

Gli strinsi le gambe intorno alla vita, conficcandogli le unghie nella schiena, mentre le sue spinte diventavano selvagge e frenetiche.

«Oh, sì. Oh, sì.»

Mi succhiò il collo, afferrandomi il sedere e penetrandomi vigorosamente. Alla fine mi abbandonai al piacere con un urlo.

«Ti amo. Dio, ti amo così tanto» disse Caleb con voce roca.

Ero in estasi, la bocca aperta, gli occhi socchiusi, la testa reclinata all'indietro.

Lo sentii dare un'ultima spinta prima di venire gridando il mio nome.

19

VERONICA

Il mattino dopo, appena aprii gli occhi vidi il bellissimo viso di Caleb. Era disteso supino, le labbra rosa leggermente schiuse mentre dormiva serenamente, il braccio avvolto intorno al mio fianco.

Pensai che avrebbe dovuto tagliarsi i capelli, che gli ricadevano sugli occhi. Erano tutti arruffati.

Oddio, ero stata io a ridurli così, quella notte.

"Il tuo sapore... nella mia bocca."

Chiusi gli occhi, e il mio respiro diventò irregolare. Lo sentii muoversi.

«Buongiorno, Red» mormorò.

"Lo sapevo. Sei inebriante..."

Quando le sue labbra mi sfiorarono il collo, mentre con un braccio mi attirava a sé, saltai giù dal letto, afferrai la coperta e me la avvolsi attorno al corpo. Strillai, coprendomi il viso con le mani.

Caleb era nudo!

Oddio.

Spostai lo sguardo dal suo torace ai suoi occhi. Mi fissava impassibile e disinvolto, nudo sul letto. Studiava la mia reazione, mordendosi il labbro e sforzandosi di non ridere.

Afferrai il cuscino e glielo lanciai sull'inguine.

«Ahi!» esclamò lui mentre correvo in bagno.

Sentii che rideva e per poco non inciampai nel mucchio di

vestiti sul pavimento. Erano i suoi boxer, quelli? Chiusi la porta a chiave e mi sedetti per terra. Mi presi il viso tra le mani e scossi la testa.

«Red? Tutto bene, amore?» L'ilarità nel suo tono di voce mi fece avvampare ancora di più.

"No, per niente" pensai. «Sì, tutto a posto! Ho bisogno di un minuto.»

«Ti prego, apri.»

Neanche per idea. «Voglio farmi una doccia.»

Lo sentii armeggiare con il pomello. Mi alzai e mi appoggiai di peso contro la porta, giusto per precauzione.

«Dài, lasciami entrare.»

Mi si afflosciarono le braccia e per un soffio riuscii ad afferrare la coperta prima che scivolasse giù. «Perché?»

«Voglio fare la doccia con te.»

«No» replicai con voce flebile. «No.»

Ci fu silenzio dall'altra parte della porta. Magari se n'era andato.

«Ti amo, Red.»

Mi si fermò il cuore, come ogni volta che pronunciava quelle parole.

La sua voce era così vicina che mi bastò chiudere gli occhi per immaginare che Caleb fosse alle mie spalle e non dietro la porta.

«Pancake?»

Annuii prima di rendermi conto che non poteva vedermi. «Certo. Sarebbe fantastico.»

«Okay.»

Quando udii i suoi passi allontanarsi, aprii l'acqua e mi buttai sotto la doccia. Sussultai avvertendo una fitta fra le gambe. Sospirai, godendomi la meravigliosa sensazione dell'acqua calda sul viso.

Mi sentivo diversa. In qualche modo ero più consapevole del mio corpo, dei punti sensibili che fino alla notte precedente non sapevo di avere.

Ripensai a Caleb sopra di me, ai suoi intensi occhi verdi che mi scrutavano, le labbra leggermente aperte mentre mi toccava i seni.

Scossi la testa, prendendo il sapone.

Era stato molto premuroso, dolce e scrupoloso quella notte.

E io mi ero limitata a restare lì sdraiata.

Ripercorsi tutto ciò che avevo fatto e soprattutto ciò che non avevo fatto.

Caleb era stato a letto con molte ragazze.

Al pensiero di lui insieme ad altre donne sentii una fitta al cuore. Ero gelosa. E insicura.

Sapevo che loro non significavano nulla per lui, che ero il suo primo amore, ma avevano comunque avuto il suo corpo. Di certo lo avevano soddisfatto: erano esperte nel compiacere un ragazzo. Io invece no.

Perché non avevo fatto nulla per procurargli piacere? Lanciai un'occhiata torva al suo shampoo, me ne versai un po' nel palmo e mi massaggiai i capelli.

Non potevo evitare di pensare a come fosse stato per lui. Lo avevo accontentato?

Detestavo arrovellarmi in quel modo. Avrei dovuto chiederglielo?

"Ehi, Caleb, ti sei divertito, anche se hai fatto tutto tu? So che ti sembrerà strano, ma se dovessi dare un voto alla nostra notte insieme, sarebbe un eccellente, un buono, un mediocre o un insufficiente?"

No. Basta.

Stavo andando fuori di testa.

Anche se non lo avevo appagato, ero sicura che non l'avrebbe mai ammesso per non ferire i miei sentimenti.

Magari avrebbe cercato qualcun'altra che soddisfacesse i suoi bisogni... Per poco non mi strappai i capelli. Con quei pensieri in testa, finii di sciacquarmi. Quando uscii dalla doccia ci stavo ancora rimuginando sopra.

Forse potevo chiedergli di dare un voto su una scala da zero a dieci.

No.

"Tappati quella boccaccia."

Presi l'anello che avevo infilato nella collana e accarezzai il bordo rotondo. Finito di asciugarmi, mi venne in mente che i miei vestiti erano nella borsa che avevo lasciato in cucina.

"Maledizione."

Aprii la porta con cautela. Mi si sciolse il cuore quando la vidi proprio lì davanti.

Mi ricordai di quando, a casa di Kara, avevo chiesto a Caleb di lasciare le mie cose sul banco della cucina e me l'ero ritrovato davanti mentre uscivo dal bagno con indosso solo un asciugamano.

Afferrai la borsa e mi infilai i jeans e un top a fascia bianco in stile gitano che mi arrivava appena sotto l'ombelico. I bordi erano rifiniti con fiori rossi e pizzo. Me lo aveva regalato Kara e mi piaceva molto.

Tornai in bagno e cercai di pulire con la mano la condensa sullo specchio. Niente da fare. Sbuffai per la frustrazione rendendomi conto che, per la fretta, avevo dimenticato di mettere nella borsa il phon. Pazienza. Raccolsi i capelli bagnati in uno chignon.

Rifeci velocemente il letto e mi cadde l'occhio sui boxer e i jeans di Caleb abbandonati sul pavimento.

Aveva il vizio di seminare gli abiti a terra e di non raccoglierli mai, nonostante le mie lamentele.

Oddio. I miei vestiti dovevano essere ancora in cucina.

"Smettila di temporeggiare. È arrivato il momento di affrontare la situazione!"

Feci un bel respiro e non appena uscii dalla camera di Caleb sentii odore di pancake.

Quando lo vidi in cucina, mi bloccai. Mi dava la schiena, la testa china, intento ad armeggiare davanti ai fornelli. Era a torso nudo. I muscoli delle braccia e della schiena guizzarono mentre si allungava per prendere il burro.

Un déjà-vu.

Ripensai alla volta in cui, quando ci eravamo appena conosciuti, ero entrata in cucina e lui si era girato. Nel vedermi ferma in piedi nello stesso punto in cui mi trovavo in quel momento, un pezzo di pane gli era caduto di bocca.

Risi sommessamente. Caleb mi sentì e si voltò. Mi rivolse un sorriso dolce mentre gli andavo incontro.

Ebbi un tuffo al cuore.

Lui fece un respiro profondo quando lo abbracciai, poi mi strinse forte a sé.

«Ti amo, Caleb.»

Mi appoggiò il mento sulla testa.

«Ripetilo, Red» mi incoraggiò. «Ce la puoi fare.»

«Ti amo.»

Scosse la testa. «Dovrai dirmelo un altro milione di volte prima che io sia soddisfatto.»

Alla parola "soddisfatto" mi irrigidii.

Lo era?

«Mmh... Profumi del mio shampoo e del mio sapone.» Mi strofinò il naso sulla guancia. «Mi piace.»

Sentendo l'odore dei pancake mi sciolsi dal suo abbraccio per occuparmi del tegame sul fuoco.

«A che ora hai lezione?» chiese Caleb, arrotolandosi una ciocca dei miei capelli attorno al dito.

«Alle tre.»

«Bene. Abbiamo tempo per... Che c'è?»

«Niente. Fai la doccia. Penserò io ai pancake.»

Invece lui spense il fornello e mi prese il viso tra le mani. «Conosco quell'espressione. Dimmi cos'hai, Red.»

«Niente, davvero.»

«Sono stato troppo brutale ieri notte?»

Mi sentii arrossire. «No.»

«E allora qual è il problema?»

Feci un sospiro di frustrazione e tentai di allontanarmi da lui, ma inutilmente. «Non lo so. Non avevo mai fatto sesso prima. E tu... non hai detto nulla. Adesso lasciami.» Mi divincolai e feci un passo indietro.

«Non hai la minima idea di cosa abbia significato per me, vero?» chiese.

Sollevai lo sguardo, fissandolo con aria di sfida.

«Tutto» sussurrò, baciandomi con dolcezza. «Ha significato tutto.»

A colpirmi non furono le parole, ma il modo in cui le disse e la sua espressione.

Capii che era sincero, e all'improvviso le mie insicurezze sparirono.

«È stato perfetto.» Mi fissò, socchiudendo gli occhi. «Non riesco a smettere di pensarci. Ti voglio ancora. È stato così eccitante. I tuoi gemiti, e la sensazione che ho provato quando ero dentro di te...»

Gli coprii la bocca con la mano, avvampando. «Okay» sospirai. «Ho capito.»

Mi sentii stupida per aver permesso alle mie insicurezze di sopraffarmi.

Una luce maliziosa gli attraversò lo sguardo mentre mi spostava la mano sul suo petto. «E a te è piaciuto?» Sbatté lentamente le palpebre, le ciglia che proiettavano ombre sulle sue guance. «Ti ho fatto stare bene?»

Non immaginavo di poter arrossire ancora di più. Soffocai un gemito quando fece scivolare lentamente la mano dietro la mia schiena.

«Posso...»

Lo interruppi con un gesto, ma quando scorsi la vulnerabilità nel suo sguardo non riuscii ad allontanarlo. Non avevo mai pensato che potesse avere mie le stesse insicurezze. Voleva sapere se era stato bello anche per me.

«Sì» risposi senza fiato. «Molto bello.»

Era la risposta giusta? Nel vedere il suo volto sorridente capii che lo era.

Caleb aveva ragione. Era stato perfetto.

«Perché non ti siedi?» propose, prendendomi una sedia. «Lascia che prepari la colazione per la mia regina.»

Mentre lui si affaccendava ai fornelli, presi un detergente e uno straccio e mi misi a pulire il bancone per distrarmi dai ricordi della notte prima.

Gli davo la schiena, mordendomi il labbro, sicura di essere rossa come un gambero. Esaminai il pavimento in cerca dei miei vestiti, ma lì non c'erano.

Dove li aveva messi? Decisi che li avrei cercati in un altro momento.

Per colazione Caleb servì una montagna di pancake sformati – però era diventato più bravo a prepararli, perché stavolta non contenevano gusci d'uovo –, bacon carbonizzato e frutta tagliata a pezzetti.

Gli assegnai un ottimo per lo sforzo. Sembrò contento.

Terminato di mangiare, siccome mancavano ancora due ore all'inizio delle mie lezioni, prendemmo i libri e ci mettemmo a studiare.

Fissai la stessa pagina per quindici minuti, senza memorizzare nulla.

Caleb era seduto di fronte a me. Indossava una canottiera

nera attillata che lasciava scoperte le braccia toniche. Seguii con lo sguardo la linea del suo collo, la curva marcata della mascella. I suoi occhi erano puntati sul libro che aveva davanti, le sopracciglia corrugate. Avevo notato che aveva il vizio di mordere la punta della penna. Spostai gli occhi sulle sue labbra, leggermente schiuse, la penna infilata tra i denti.

Tutt'a un tratto mi fissò.

Trattenni il fiato.

Mi scoccò un sorriso malizioso.

Distolsi lo sguardo, presi il bicchiere di succo d'arancia e bevvi un sorso.

«Ehi, Red?»

«Sì?» domandai, voltando pagina mentre fingevo di leggere.

«Lo vuoi un bacio?»

«No» risposi, trattenendo un sorriso.

Caleb si avvicinò. «Sì, invece.» Sporse le labbra per baciarmi.

Mi sfuggì una risata strozzata. «Vieni qui.»

«Certo.» Avvicinò la sedia in modo che le nostre braccia si toccassero. «Così va bene?»

Il suo telefono iniziò a vibrare sul tavolo. Mi cadde l'occhio sul display.

Era Beatrice-Rose. La ignorò.

«Il mio bacio, Red, dove...»

Altre vibrazioni.

Sospirai. «Non rispondi?»

«No.» Alzò le spalle. «Non ho nulla da dirle.» Prese il cellulare e lo spense.

Mi sentii elettrizzata all'idea che avesse spento il telefono in modo da potersi concentrare solo su di me.

Mi prese la mano, intrecciando le dita alle mie.

«Ti sta bene se per adesso non facciamo nessun annuncio?» gli chiesi cautamente. «Lo dirò a Kar e Beth quando le vedrò, ma a parte loro due, temiamocelo per noi ancora per un po'.»

Notai l'espressione ferita nei suoi occhi. «Perché?»

«Non è come pensi, Caleb. Io...» Mi interruppi, raccogliendo le idee. Sapevo di dover trovare le parole giuste per aiutarlo a comprendere. Detestavo vederlo soffrire.

Lo guardai. Era seduto in modo scomposto, a testa china per nascondermi gli occhi.

«Quello che c'è tra noi è molto importante per me» dissi, decisa a fargli capire il mio punto di vista. «Sono troppo egoista per condividerlo con il mondo. Non sono pronta. Voglio...»
Mi zittì con un tenero bacio. «Okay, Red» mormorò, sorridendo. «Va bene.»
«Grazie.»
«Ma ho intenzione di annunciarlo pubblicamente alla mia festa.»
Sospirai. «D'accordo.»
«Però tu ancora non vuoi venire a vivere con me.»
«Possiamo parlarne dopo gli esami?»
«Facciamolo adesso, invece.» Il suo tono autoritario mi innervosì.
«Perché sei così scontroso?» domandai, frustrata.
«Scontroso? Non sono io a rifiutarmi di vivere insieme.»
«Lo sai il motivo.»
«No che non lo so.»
«Le cose sono cambiate» dissi semplicemente.
Caleb aspettò che continuassi.
«Non è come prima, quando mi hai accolto perché non avevo un altro posto dove andare. Ora siamo... fidanzati, Caleb.» Avvertii una stretta allo stomaco pronunciando la parola "fidanzati". Era ancora tutto così nuovo, così travolgente, così... meraviglioso.
«Esatto. Ragione in più per convivere.»
«Caleb...»
«Qual è la vera ragione?»
Avrebbe insistito finché non avesse ottenuto una risposta che lo soddisfacesse. O fino a convincermi che quello che desiderava lui fosse ciò che volevo anch'io. Era fatto così.
«Tua madre» ammisi alla fine.
«Mia madre cosa?»
«Non le piaccio. Non credo che approvi il nostro fidanzamento. E se venissi a vivere con te, mi odierebbe ancora di più. Io... voglio piacerle» confessai a bassa voce. «So quanto tu ci tenga.»
«Red, io ti amo. Mi fa piacere che tu desideri rendermi felice. Guardami, piccola.» Mi sollevò il mento in modo che potessi fissarlo negli occhi. «Tu per me sei più importante di chiunque altro al mondo. Di chiunque altro» ripeté. «E non vedo l'ora di

cominciare la nostra vita insieme. Non conta nient'altro. Vieni a vivere con me.» Mi attirò più vicino sé. «Ti prego.»

Immaginavo che sarebbe andata a finire così. «Okay.» Sospirai. «Però prima voglio dare a tua madre un po' di tempo per abituarsi all'idea.»

«Ti adorerà, ne sono sicuro. Andiamo a prendere le tue cose da Kar...»

«Caleb!»

Mi allontanai sbuffando, sull'orlo delle lacrime. Non sapevo come spiegargli cosa mi infastidisse davvero. Gli avevo detto che volevo piacere alla madre per amor suo, ed era vero. Ma in fondo sapevo che quello non era l'unico motivo.

Anche se i suoi genitori stavano divorziando, Caleb li aveva ancora entrambi. Erano vivi. Lo avevano cresciuto, e lui aveva il sostegno della madre e del fratello. Per quanto mi riguardava, invece, dopo la morte di mia madre non mi era restato nessuno. Certe notti mi svegliavo, triste e sola, invocando il suo nome. Non avrei mai più sentito la sua voce né visto il suo volto. Ogni volta che pensavo a lei sentivo una fitta al cuore.

Come poteva Caleb capire cosa significasse essere orfani?

Sapevo che era irrazionale da parte mia esigere l'amore di sua madre, eppure lo volevo. E in quel momento non riuscivo a spiegarglielo.

«Cosa c'è, piccola? Ti prego, non piangere. Le daremo un po' di tempo se è quello che vuoi. Qualsiasi cosa desideri, Red. Scusami, piccola. Mi dispiace.»

Spalancò le braccia. Sospirai e mi accoccolai contro di lui. Mi baciò sulla testa.

«È solo che... mi manchi» mormorò. «Non riesco a dormire se non sei qui, accanto a me. Se ripenso a quando ho rischiato di perderti, divento irragionevole.»

Ormai conoscevo bene le sue strategie, il modo in cui mi incantava e mi persuadeva, ma sapevo che era sincero. Lo strinsi a me. «Ed esigente» aggiunsi, con la bocca appoggiata al suo collo, tentando di non fargli capire che stavo inspirando il suo odore.

Lui ridacchiò. «Ed esigente» ammise. «Scusami, Red. Mi perdoni?»

Annuii, dandogli un bacetto sulla gola. «Dovresti lasciarmi da Kara dopo le lezioni. So che vorresti avermi qui, però mi stai distraendo. Non riesco a concentrarmi quando sei nei paraggi.» Mi scostai e lo fissai. «Contento, adesso?»

Mi rivolse un bel sorriso. «Sì, molto contento, Red.»

Alle due e mezzo ci preparammo per andare all'università. Caleb mi prese per mano prima di uscire.

«Aspetta.» Mi guardò con desiderio. «Sei molto sexy con quel top.»

«Caleb...»

«Non preferiresti metterci sopra una maglia, o una giacca?»

Lo guardai perplessa. «E perché mai?»

Non gli avrei permesso di dirmi cosa indossare. Prima non aveva mai avanzato simili pretese, e il fatto che fossimo stati a letto insieme non gliene dava certo il diritto.

Mi accigliai quando si indicò il collo, poi la spalla.

«Cosa stai facendo?» domandai.

«Quella di ieri è stata la più bella notte della mia vita.» Poi fece una smorfia e si morse il labbro. Nei suoi occhi verdi c'era un pizzico di divertimento.

«Ah-ah.»

«Credo di aver perso il controllo e...»

Tutt'a un tratto mi resi conto di cosa stava cercando di dirmi. Corsi in bagno e mi guardai allo specchio.

Un succhiotto.

No. Diversi succhiotti.

Ne avevo un paio sul collo e altri due sulla spalla, per quanto potessi vedere.

«Caleb!»

«Mi stupisce che Lockhart non ti abbia legata e imbavagliata quando gli hai detto che non tornavi a stare da lui» borbottò Kara dopo aver dato un morso al suo burger di funghi. Eravamo nella sua cucina in mezzo a libri, penne, evidenziatori, fogli e cibo, che si contendevano lo spazio sul tavolino. «Quando ti ha accompagnata, sembrava intenzionato a montare una tenda davanti al mio appartamento.»

Guardai affascinata Kara mangiare il suo burger a quattro strati bevendo una Diet Coke e poi divorare una maxi porzione di patatine.

«Ma dove la metti tutta questa roba?»

«Be', se vuoi saperlo» proseguì, puntandomi contro una patatina «vorrei che mi riempisse un po' le cosce e le tette, invece credo che espellerò tutto quanto. Non metto mai su un etto. In ogni caso, racconta. Il preside ti ha sottoposta a un interrogatorio?»

Annuii, continuando a guardarla. Attaccò un altro burger.

«Dimmi, ha ancora quegli stupidi baffi che gli fanno assomigliare la faccia a una vagina?»

Per poco non mi andò di traverso la coca. «E dài, Kar.» Risi. Aveva ragione sui baffi, comunque.

Lei inarcò un sopracciglio. «Be'? Non ho tutta la giornata. Vuota il sacco.»

«Sono andata nell'ufficio del preside alla fine delle lezioni. È stato molto gentile. Voleva solo sapere se Justin mi aveva molestata e se avevo visto il volantino...»

«Cosa che non è successa, dato che Caleb te l'ha proibito.»

«In realtà, no. Me l'avrebbe mostrato se gliel'avessi chiesto. Ma non l'ho fatto.»

«Perché?»

«Perché mi sarei stressata e basta. Non ho bisogno di rimuginarci sopra, Kar. Mi avrebbe fatto infuriare. Non voglio dare importanza a quel verme.»

Lei annuì. «Ti capisco.» Si appoggiò allo schienale della sedia e si accarezzò la pancia, coprendosi la bocca prima di emettere un ruttino.

«La situazione è sotto controllo. Credimi, Justin si trova in guai seri. Ne aveva già combinate altre. È stato sospeso dall'università, e si è anche parlato di espellerlo.»

«Bene.» Kara sbuffò. «Chiunque con un minimo di cervello capirebbe che è stata quella stronza di Beatrice-Rose a piazzare la droga nella macchina di Caleb.»

«Sì. L'ispettore che segue il caso è un amico della famiglia di Caleb, quindi gli fornisce informazioni riservate sulle indagini. Credo che abbiano assunto anche un investigatore privato.»

«Essere schifosamente ricchi aiuta. Non le mangi le patatine?»

Chissà come mai non mi stupii che le volesse. «No, serviti pure.»

«Grazie! Allora...»

Alzai lo sguardo dal libro e la vidi sollevare e abbassare le sopracciglia.

«Perché mai indossi la giacca di Lockhart?» domandò.

Mi sentii avvampare. «Come sai che è sua?»

Mi lanciò un'occhiataccia. «Mi hai preso per una stupida? C'è scritto il suo nome sulla schiena.»

Ah, già. «Stamattina faceva freddo.»

«Ma se c'è un'afa insopportabile. Se avessi le palle, a quest'ora sarebbero cotte dal caldo. Stai sudando.»

«Non è sudore, è acqua... prima, quando ho lavato i piatti, mi sono bagnata.»

Kara si allungò sullo schienale, incrociando le braccia al petto e sorridendo come un gatto che ha appena mangiato un canarino. «Ottimo lavoro, Ver. Sentiti libera di pulire anche la vasca da bagno più tardi. Dunque...» Si era accorta che mi comportavo in modo strano e sapeva che presto avrebbe scoperto il motivo. «Cos'avete fatto ieri sera?»

Sentii la faccia diventare bollente. Ero sicura di essere paonazza.

Kara si alzò e si protese sul tavolo, allungando una mano verso la giacca. Afferrò la zip e la tirò giù.

Poi mi fissò in silenzio.

Non osai guardare la sua reazione.

«Wow. Lockhart succhia come un aspirapolvere.»

Non riuscii a trattenere la risata che mi uscì dalla gola. «Kar!»

«Perché sei arrossita ancora? Avete fatto sesso selvaggio tu e Lockhart, vero?» Si stravaccò di nuovo sulla sedia. Poi chiese in tono rispettoso: «È stato brutale, del tipo "ti faccio arrampicare sul lampadario" oppure delicato, del tipo "anche la mia anima ha avuto un orgasmo"? Non te ne andrai finché non mi avrai raccontato tutto!».

Presi a tormentarmi il labbro. "Al diavolo" pensai. «Mi ha chiesto di sposarlo.»

Kara sbatté le palpebre un paio di volte, poi aprì la bocca, ma non ne uscì nulla.

Sorrisi e le mostrai l'anello infilato nella collana. Il rubino brillò sotto la luce.

«Gli ho detto di sì, Kar.» Trattenni il fiato. «Ho accettato di diventare sua moglie.»

20

CALEB

Mi sorpresi nuovamente a sorridere.

Come un maniaco.

Non riuscivo a trattenermi, mi resi conto, sprofondando la faccia nel cuscino.

Era passata una settimana dalla notte più importante della mia vita, che avevo trascorso proprio lì, nella mia camera da letto. Red era così...

Suonò la sveglia. Mezz'ora dopo mi alzai, facendo cadere il cuscino, e mi diressi in bagno. Era un miracolo: di solito ci voleva ben altro per tirarmi giù dal letto. Forse preferivo pensare a lei piuttosto che dormire.

Con Red stavo andando troppo in fretta? O troppo piano?

Ero troppo delicato? O troppo brusco?

Non le davo abbastanza? O esageravo?

Maledizione. Era una settimana che mi torturavo con quelle domande. Cosa diavolo mi succedeva?

Non avevo mai avuto insicurezze del genere, ma con Red era tutta un'altra storia. Ci tenevo moltissimo che quella notte le fosse piaciuta. Mi sarebbe bastato che per lei avesse significato la metà di ciò che aveva significato per me.

Prima di allora non mi ero mai reso conto di cosa volesse dire dare e ricevere da qualcuno che possedeva il tuo corpo e il tuo cuore.

E poi sapevo che grande passo fosse stato per lei concedersi.

Al solo pensarci mi si strinse la gola e avvertii una fitta al petto.
Mi amava.
Red. Amava. Me.
Sorrisi di nuovo.
Spremetti il dentifricio sullo spazzolino e me lo infilai in bocca con troppa foga. «Ahi!» Avrei dovuto fare una smorfia di dolore, ma quando mi guardai allo specchio mi accorsi che stavo ancora sorridendo.
"Sono uno psicopatico."
Il giorno prima avevo terminato gli esami, a Red invece ne mancavano ancora due. Quella settimana era stata strana. Certe volte, mentre studiavo, avevo avuto l'impressione che il tempo passasse troppo velocemente; invece, quando pensavo a Red e al momento in cui l'avrei rivista, i minuti sembravano durare ore.
Mi aveva detto di girare al largo, sostenendo che l'avrei distratta e sottolineando che avrei fatto meglio a non provarci o roba simile. Mi ero chiesto cosa intendesse. Per scoprirlo mi ero presentato a casa di Kara, e Red mi aveva sbattuto fuori.
Quando studiava, non c'era nulla che la deconcentrasse.
Tranne me.
Ecco perché sorridevo come un idiota.
Prima di quella notte ero convinto che non avrei potuto desiderarla di più, e invece la mia bramosia era aumentata. La volevo talmente tanto che faceva male.
Sapevo che era lo stesso anche per lei. Quando avevo infranto le regole per vederla, avevo notato che i suoi occhi si soffermavano su di me più a lungo del dovuto e il modo in cui schiudeva le labbra a un semplice tocco.
Le cose tra noi erano cambiate. E mi piaceva. Non vedevo l'ora di esplorare tutte le possibilità. Di esplorare Red.
Però avrei aspettato che fosse pronta. La mossa successiva spettava a lei. Stavolta sarei stato paziente, anche se l'attesa mi uccideva.
Entrai nella doccia e immaginai che Red fosse sotto il getto caldo con me, bagnata, morbida e reattiva. I suoi gemiti erotici, le sue unghie che mi graffiavano la schiena, i suoi fianchi che si sollevavano...
La doccia durò più del previsto.
Mi stavo asciugando quando il cellulare squillò per segna-

lare un messaggio in arrivo. Mi strofinai l'asciugamano sui capelli e tornai in camera per controllare il telefono. Per poco non inciampai nel cuscino. Pensai che Red mi ripeteva sempre di non lasciare le mie cose per terra. Raccolsi il cuscino e lo lanciai sul letto.

Red avrebbe dovuto essere lì con me.

Sospirai, presi il telefono, risi leggendo il messaggio di Ben e gli risposi. Era passato parecchio tempo dall'ultima volta che ci eravamo visti. Mi mancava mio fratello maggiore. Nell'SMS mi raccontava della donna con cui usciva, che lo accusava di essere l'uomo meno romantico del mondo.

Di sicuro neanch'io ero uno da smancerie prima di conoscere Red. Ci era voluta la ragazza giusta – la *mia* ragazza – per aiutarmi a capire che volevo, anzi, no, che avevo bisogno di fare qualcosa di romantico in modo che lei si sentisse speciale e capisse quanto significava per me.

Conclusi gli esami, l'avrei invitata a cena in un ristorante elegante e l'avrei ricoperta di regali. Il problema era che Red non avrebbe apprezzato nessuna delle due cose, pensai, infilandomi i jeans e dirigendomi in cucina.

Non sapevo cosa fare.

Andai su internet e digitai "come organizzare un appuntamento perfetto". Pareva che le donne apprezzassero molto una cena speciale cucinata appositamente per loro (c'erano anche dei link per scaricare le ricette che le avrebbero lasciate a bocca aperta) e un po' di atmosfera. "Come diavolo si fa a creare l'atmosfera?" mi chiesi. La tavola doveva essere apparecchiata con cura, senza dimenticare di piegare i tovaglioli. Era un passaggio fondamentale (c'era un link che rinviava a un tutorial). Musica di sottofondo, candele e fiori le avrebbero sicuramente mandate in estasi. "È il pensiero che conta! Buona fortuna e speriamo che sia una serata fantastica."

Già.

Tirai fuori un bicchiere dall'armadietto, presi il succo d'arancia dal frigo, lo riempii e lo scolai rapidamente. Ero molto migliorato in cucina. Magari quella della cena non sarebbe stata un'idea malvagia, dopotutto. E se invece avessi combinato un casino? Dovevo fare qualche esperimento prima di invitarla, di lì a un paio di giorni.

Mi vestii, presi la macchina e andai da Cameron per trascinarlo con me a fare la spesa. Non ero abbastanza coraggioso per andarci da solo.

«Se avessi un po' di cervello, lo avresti chiesto a Levi. Sai che sono pessimo in cucina» si lamentò lui.

Arrivati davanti al Superstore, notai che c'erano solo cinque auto nel parcheggio. In effetti era piuttosto presto.

Inserii una moneta da un dollaro e presi il carrello. «Sei qui per darmi sostegno morale. Adesso chiudi la bocca e spingi il carrello» ordinai.

Lui strinse gli occhi azzurro ghiaccio. «Perché devo farlo io?»

«Ti offro una birra.» La porta si aprì automaticamente ed entrammo nel supermercato. «Perché non vai a prenderne qualcuna?» suggerii.

«Sai che qui non vendono birra, vero?» ribatté in tono aspro.

Mi accigliai. «Ah, no?»

Scosse la testa e mi superò, spingendo il carrello con disinvoltura.

Presi il telefono e andai sul sito delle ricette che avevo aggiunto ai preferiti, studiando gli ingredienti da comprare.

«Prendiamo quello che ti serve, principessa, e andiamocene da qui. E non dimenticare il grembiule, già che ci sei» disse Cameron, dirigendosi verso il reparto della carne.

«Se non altro sarò sexy mentre cucino.»

L'ultima volta che ero stato lì, con me c'era Red. Sorrisi al ricordo. A quel tempo mi detestava, non voleva frequentarmi e sembrava divertirsi a rispondermi male. Ne avevamo fatta di strada.

«Allora, cosa preparerai?» chiese Cameron. Era fermo accanto a me al bancone e guardava dei grossi pezzi di carne cruda confezionata. Non immaginavo che sarebbe stato così complicato. Erano tutti diversi.

«Sicuramente le lasagne. È il suo piatto preferito.»

Lui sbuffò. «Sembra pericoloso. Chiamami se dai fuoco all'appartamento.»

«Uomo di poca fede!»

«Quest'uomo di poca fede conosce bene la realtà. Perché non prendi semplicemente qualcosa di pronto e le dici di averlo cucinato tu?»

Lanciai uno sguardo torvo prima a lui e poi alla carne. Forse avrei dovuto preparare delle braciole di maiale. Sarebbe stato più semplice. Scossi la testa. "Posso farcela."

«È il pensiero che conta» ribattei, ripetendo ciò che avevo letto nell'articolo.

Cameron scrollò le spalle.

«Che tipo di carne dovrei comprare?» domandai grattandomi la testa.

«Come diavolo faccio a saperlo? Prendi quella. Ti sta praticamente chiamando.»

Afferrai una confezione enorme. «Questa?»

«Perché no?»

«Magari dovrei acquistarne un paio, nel caso ne rovini una.»

«Se la metti così» commentò lui con un sorrisetto «comprane tre.»

Ci riflettei un secondo. «Hai ragione.»

Impiegai un'ora e mezzo per trovare tutti gli ingredienti sulla mia lista, e Cameron continuò a lamentarsi finché non arrivammo al mio appartamento. Il tempo di tirare fuori tutte le pentole di cui avevo bisogno, e lui aveva già messo la carne nel lavandino e stava sorseggiando una birra.

«Dovrebbe venirmi così, amico.» Gli mostrai la foto di un piatto di lasagne. «Perché la carne sembra diversa da quella della foto?»

«Forse dovresti tritarla nel frullatore.»

«Ah, sì?» domandai.

Lui la indicò con la lattina di birra. «Altrimenti come farai a darle quell'aspetto?»

«È vero.»

«Ce l'hai un frullatore?»

«Ti sembro uno che ce l'ha?»

«Come no?»

«Andiamo a comprarne uno.»

«Vai da solo, amico.» Cameron gettò la lattina nel contenitore per l'alluminio. «Ho da fare.» Si diresse verso la porta.

«Traditore.»

Lui si girò e mi mostrò il dito medio prima di uscire.

Forse avrei potuto limitarmi a tagliare la carne a piccoli pezzi.

Ma cosa diavolo mi era venuto in mente? Avrei fatto meglio a ordinare la cena in un ristorante.

Poi però pensai al sorriso di Red e decisi di continuare. Cercai la ricetta su internet e mi misi al lavoro.

Un'ora più tardi avevo perso il conto di quante volte mi ero tagliato le dita. Dal forno uscivano grandi nuvole di fumo. Lo spensi velocemente e accesi la ventola. Forse mi ero strinato i capelli. Poi quel maledetto rilevatore di fumo prese a suonare. Mentre tossivo come un pazzo, bagnai un asciugamano sotto l'acqua fredda, trascinai una sedia sotto la cellula dell'allarme e la coprii finché non smise.

Era stato un fallimento totale. Dovevo passare al piano B.

Chiamai Kara.

Quel giorno finalmente Red avrebbe concluso gli esami.

Ero al settimo cielo quando, appena uscita dall'aula, mi telefonò per raccontarmi tutta euforica quanto fosse andato bene. Poi aggiunse in tono di scuse che quella sera non potevamo vederci perché doveva lavorare. Sorrisi ma non dissi niente. Lei non aveva idea di cosa la aspettava.

C'era voluto un grande sforzo di pianificazione per organizzare tutto. Volevo che quella serata fosse perfetta per la mia ragazza.

La Nuit Étoilée Tree House si trovava fuori città. Era lontano, ma continuavo a pensare al sogno di Red di possedere una libreria-caffetteria. Mi sarebbe piaciuto mostrarle tanti posti, aiutarla in ogni modo. Forse visitare dei locali simili le avrebbe dato qualche idea originale per il suo. Avremmo anche potuto parlare con il proprietario, e magari Red sarebbe andata a lavorare lì come stagista, se lo desiderava.

La Nuit Étoilée Tree House era in mezzo a un boschetto di alti alberi disposti a cerchio. Sui rami c'erano incantevoli capanne collegate da ponti di legno, in modo che la gente potesse spostarsi da una all'altra.

C'era qualcosa di magico in quel posto. Una nebbiolina si alzava dal terreno, nascondendo le scale di pietra che conducevano alla casa sull'albero. Stravaganti lanterne a forma di luna e di stella punteggiavano il sentiero. Gli alberi, i tetti e i ponti di legno erano decorati con lucine azzurro ghiaccio.

La musica di sottofondo era il *Canone* di Pachelbel.

Chissà cosa ne avrebbe pensato Red. Come si sarebbe sentita. Non immaginava che la stessi aspettando. Quella sera credeva di dover sostituire Kara come cameriera a una festa. Avevo dato a Kara la mia carta di credito per comprare un vestito a Red, spacciandolo per una divisa da indossare quella sera.

Sapevo che Red aveva dormito poco tutta la settimana perché doveva studiare, pur continuando ad andare a lavorare all'officina. Mi ero stupito che nonostante tutto avesse accettato di sostituire Kara, anche se ammiravo la sua disponibilità ad aiutare un'amica. Però aveva bisogno di un po' di relax, ed era ciò che speravo di offrirle quella sera.

Mancava poco al tramonto e presto lei sarebbe arrivata. L'attesa mi stava rendendo nervoso. E se fosse stato troppo? Quel posto era meraviglioso, ma in fondo cosa ne sapevo io?

Iniziai a camminare su e giù lungo il ponte con un mazzo di rose rosse in mano. Lo smoking era esagerato? Mi passai la mano tra i capelli. Si sarebbe sentita in imbarazzo come al nostro primo appuntamento, quando volevo portarla in quel ristorante di classe?

Mi allentai la cravatta e giocherellai con le chiavi che avevo in tasca.

Feci un sospiro, appoggiai i gomiti sul corrimano del ponte di legno e chinai la testa. Avevo mandato una limousine a prenderla. Kara doveva dirle che era una gentilezza del datore di lavoro.

"Ma dov'è?" Stavo per chiamare il servizio di noleggio delle limousine quando sentii formicolare la pelle. Nonostante non l'avessi ancora vista, sapevo che era arrivata.

Mi girai lentamente. Rimasi senza fiato quando la scorsi ferma dall'altra parte del ponte.

Provai una sensazione di déjà-vu.

"Amore mio."

Poi s'incamminò verso di me.

Mentre la guardavo, mi scorse velocemente davanti agli occhi il nostro futuro: noi che invecchiavamo insieme, ridendo, piangendo, facendo l'amore, circondati dai nostri figli. Era Red la donna con cui volevo passare il resto della mia vita. La desideravo con una tenerezza e una disperazione che non avevo mai provato prima.

Si avvicinò. Era un sogno in quell'abito di pizzo scarlatto, con i capelli neri e le labbra rosse. Si fermò a poca distanza da me, fissandomi con quegli occhi scuri da gatta che mi apparivano anche in sogno.

Rimasi lì ad ammirarla.

Avevo paura di toccarla: temevo che potesse svanire. «Chissà se puoi spiegarmi cosa ho fatto di buono nella mia vita per meritarti» sussurrai con voce roca.

Lei mi guardò impassibile, poi un lieve sorriso le incurvò le labbra.

Le sfiorai una guancia. «Dimmi che non sei un sogno.»

«Se lo sono» mormorò appoggiandosi a me «allora lo sei anche tu. Speriamo di non svegliarci.»

«Sono d'accordo.» Sollevai il mazzo di rose. «Per te.»

Le si illuminarono gli occhi mentre prendeva i fiori e ne inspirava il profumo. «Le adoro. Grazie.»

Le appoggiai una mano sulla schiena per attirarla a me. Ero stato così impaziente di vederla, di stringerla tra le braccia. «Sei così bella. Come puoi essere vera?» Quando arrossì, mi si strinse il cuore.

«Tu e Kar avete pianificato tutto.» Aggrottò le sopracciglia, ma aveva un'espressione estasiata.

Sorrisi, imbarazzato. «Volevo che fosse una sorpresa. Ti piace?» le domandai.

«Come potrebbe non piacermi? Questo posto è bellissimo.» Si guardò attorno, piena di meraviglia.

La presi per mano e la condussi dentro la casa sull'albero, verso il delizioso tavolo rotondo apparecchiato al centro. L'argenteria brillava sotto le luci soffuse; l'aria era intrisa del profumo delle rose e delle candele. Ma l'unica cosa che mi interessava davvero era lei.

La feci accomodare e le diedi un bacio sulla testa prima di sedermi davanti a lei. Un cameriere riempì i bicchieri di champagne e portò via le rose per metterle in un vaso.

«Spero che tu abbia appetito» dissi. Bevvi un sorso, osservandola da sopra il bordo del bicchiere. Era difficile smettere di fissarla.

«Sì.» Red si guardò intorno e notò gli scaffali colmi di libri. «Com'è possibile?» domandò con curiosità, evidentemente colpita.

Capivo la ragione del suo stupore. La casa sull'albero era un posto di cui si parlava molto e che avrebbe aperto al pubblico solo il mese successivo. Infatti quella sera, a parte il personale e noi due, il locale era vuoto.

«Ho i miei agganci.» Ovvero un fratello maggiore che aveva conoscenze in cerchie influenti. «Ti piacerebbe dare un'occhiata ai libri? È una collezione notevole.»

«Magari dopo cena. Ho sentito che il proprietario abitava qui prima di trasformarla in una libreria-caffetteria. Non sapevo che fosse anche un ristorante.»

«In effetti ho assunto una chef che ha preparato un menu solo per noi.»

Mi rivolse un'occhiata piena d'affetto. «Caleb...»

«Forse la conosci. È molto famosa, ha appena aperto il suo quinto ristorante.»

Red sgranò gli occhi. Aveva capito chi era. Me ne aveva parlato con entusiasmo un paio di volte.

«Tutto questo è...»

«Troppo?»

Scosse la testa, e una ciocca di capelli le cadde sul viso. Mi allungai per sistemargliela dietro l'orecchio.

«È incredibile. Grazie, Caleb. Mi sento così speciale.»

Il cameriere si presentò con le pietanze, e vedendo l'espressione meravigliata sul volto di Red desiderai di regalarle spesso serate simili. Arrotolò gli spaghetti sulla forchetta, li mise in bocca e mugolò di piacere.

Avvertii una stretta allo stomaco e mi schiarii la voce. «Che piani hai, ora che gli esami sono finiti?» Assaggiai anch'io la pasta e rimasi colpito dal sapore. Era incredibilmente buona.

Red appoggiò la forchetta sul piatto e si pulì la bocca nel tovagliolo con un gesto squisitamente femminile. «Quest'estate ho intenzione di cercare un secondo lavoro per mettere via un po' di soldi. So che mi manca ancora un anno, però mi sento così vicina al traguardo. Il mio futuro non mi sembra più confuso. E sono... davvero elettrizzata per ciò che stiamo per fare.»

Arrossì di nuovo. Era irresistibile. Mi morsi il labbro e strinsi la forchetta per evitare di saltarle addosso.

«E tu? Hai concluso gli studi. Congratulazioni, Caleb.» Red mi rivolse un bel sorriso.

«Grazie, piccola. Ascolta una cosa. Invece di cercare un secondo lavoro, se ti va, potresti fare uno stage dalla tua chef preferita. Le ho parlato di te e dopo cena vorrebbe conoscerti.»

Notai che era in imbarazzo, come ogni volta che mi offrivo di fare qualcosa per lei. Quando le avevo proposto di pagare i suoi prestiti, pensavo che mi avrebbe schiaffeggiato. Sapevo che era entusiasta all'idea di incontrare la chef, ma sapevo anche che non avrebbe accettato il mio aiuto per lo stage. Però dovevo tentare.

«Oppure potresti venire con me a Regina» continuai.

Lei strinse gli occhi. «Cosa c'è a Regina?»

«Mia madre vuole che la aiuti a gestire i nostri hotel e l'agenzia immobiliare. Non mi andava di farlo mentre ero ancora al college.»

Red fece un'espressione stupita.

«Mia madre gestisce gli alberghi all'estero e Ben quelli in Canada. Le ho promesso che avrei affiancato mio fratello per imparare le basi, perciò venerdì devo andare a Regina per discuterne.»

«Tra due giorni?»

Annuii.

«Quindi vivrai a Regina per un po'.»

Scossi la testa. «Solo per qualche giorno. Senz'altro tornerò a casa per il mio compleanno. Niente mi terrà lontano da te troppo a lungo.»

Quando la vidi sospirare di sollievo, mi rilassai. Anche lei detestava l'idea che stessimo separati.

La chef ci servì personalmente la torta al burro di arachidi e caramello. Mentre le parlava, Red aveva il viso illuminato di gioia. Era evidente che quelle due si piacevano. Quando la donna se ne andò, Red si alzò dalla sedia.

Il cuore mi balzò nel petto quando mi gettò le braccia al collo. «Grazie, Caleb. È la serata più bella della mia vita.»

La feci sedere sulle mie ginocchia. «Non è ancora finita.» Tuttavia notai che le notti insonni cominciavano a pesarle. Aveva il volto segnato e l'aria assonnata, malgrado fosse bellissima. «Sei stanca, piccola?»

«Un pochino, ma non importa. Non voglio che questa notte finisca. Restiamo ancora.» Mi appoggiò la testa sulla spalla. «Le stelle sono così belle. Vuoi ballare con me?»

In sottofondo risuonava piano uno dei notturni di Chopin.
«Ogni tuo desiderio è un ordine.»
La feci sedere sulla mia sedia, mi inginocchiai davanti a lei e le sfilai delicatamente le scarpe con il tacco. Non volevo che le facessero male i piedi. Poi ballammo. La tenni stretta, in modo che potesse appoggiarsi a me, il corpo morbido e caldo contro il mio, la guancia sul mio petto.
«Ti amo, Caleb.»
«Io ti amo di più.»
Si sollevò sulle punte e mi diede un bacio sul collo. Mi mancò il respiro. Oddio, se la desideravo. Le strinsi le mani attorno alla vita, tirandola un po' più vicino. Il suo profumo mi faceva impazzire. Ma non avremmo fatto l'amore quella notte, nonostante la desiderassi immensamente. Red era stanca, e io avevo intenzione di viziarla. La mia missione era far sì che quella fosse la sua serata.
«Ricordi la casa di cui ti ho parlato?»
«Quale?» domandò assonnata.
«Quella che compreremo per noi. Oppure te ne costruirò una, come preferisci.»
Red assunse un'espressione allarmata mentre indietreggiava.
Non le diedi il tempo di parlare. «Ho chiesto a Ben di mandarmi una lista dei migliori terreni vicino al lago. Potresti avere la cucina dei tuoi sogni, con un grande piano cottura, e una spaziosa biblioteca per i tuoi libri. E io potrei avere la mia tana da uomini.»
«Caleb...»
Sapevo che stava per protestare. Me lo aspettavo. Le presi il viso tra le mani, fissandola negli occhi. «Continuerai a rimproverarmi quando non abbasserò la tavoletta del water e ad arrabbiarti se mangerò l'ultimo pezzo di torta, e io brontolerò quando non ci sarà abbastanza spazio nell'armadio per i miei vestiti...»
«Caleb, stai correndo troppo...»
«Lascia che ti chieda una cosa» continuai, accarezzandole le braccia. «Vuoi stare con me?»
«Non è giusto...»
«Vuoi stare con me, Red?»
«Giochi sporco.»
«Rispondi alla mia domanda.»

Non replicò subito. La guardai, paziente.

Rimasi in attesa.

«Sì, maledizione. Lo voglio. E lo sai.»

Buttai fuori il respiro che avevo trattenuto e sorrisi. «Allora compriamoci una casa. Stai con me, Red. Ti renderò felice.» Mi pareva così semplice. «Costruiamo una famiglia insieme.»

Si commosse. «Io...»

«Oh, piccola, non piangere. È normale fare qualsiasi cosa per prendersi cura della persona che si ama, per darle tutto ciò che si può offrirle.» Le baciai le guance, poi le labbra. «Non mi aspetto nulla in cambio. L'amore è così. Non l'hai ancora capito?»

Lei abbassò gli occhi per un istante, sforzandosi di trovare le parole. Poi mi guardò. «Caleb» iniziò con voce tremante «non mi era mai accaduto nulla del genere e non avrei mai pensato che capitasse proprio a me. Sembra un sogno troppo bello per essere vero. Ma grazie a te so che è reale, lo accoglierò a braccia aperte e lo proteggerò con tutta me stessa.»

Ero spacciato. Quella ragazza sarebbe stata la mia rovina.

La presi in braccio e attraversai il ponte, in direzione di una capanna dove avevo portato coperte e cuscini. La posai a terra delicatamente e mi sedetti accanto a lei. Si girò su un fianco per guardarmi.

«Davvero è la più bella serata della mia vita.»

«Non muoverti.» Presi un bloc-notes e un carboncino che avevo messo accanto al suo cuscino.

«Cosa fai?»

«Ti ritraggo.»

Red si illuminò. «Non avevo idea che sapessi disegnare.»

Tra i consigli che avevo letto online sull'appuntamento perfetto, c'era anche quello di fare un ritratto alla persona amata.

Una volta finito, glielo mostrai. «Che ne pensi?»

Scoppiò a ridere. Aveva gli occhi socchiusi, il corpo abbandonato sulla coperta, la testa appoggiata su una mano e mi scrutò assonnata. «Meglio che continui con l'economia, Caleb.»

Il disegno non era poi male, soprattutto gli occhi.

«Raccontami una storia» mi disse sbadigliando.

Misi via il taccuino e mi sdraiai accanto a lei, stringendola tra le braccia e facendole appoggiare la testa sul mio petto. Le accarezzai i capelli per un istante, passando le dita tra le folte ciocche morbide. «C'era una volta» sussurrai dolcemente «un ragazzo che incontrò una ragazza su un ponte...»

Quando la guardai, si era già addormentata.

"Quanto è bella! È perfetta" pensai.

Ero nato per amare quella ragazza.

VERONICA

Caleb stava per partire.

Erano trascorsi due giorni da quella notte incredibilmente romantica alla casa sull'albero. Era stato un gesto così tenero e inaspettato! Si era impegnato talmente tanto per rendere tutto perfetto che il solo ricordo mi faceva sorridere.

Il sole splendeva, penetrando dalle finestre del corridoio, mentre mi dirigevo verso il mio armadietto per svuotarlo in vista dell'estate. Lanciai un'occhiata all'orologio e notai che mancava ancora qualche ora prima del volo di Caleb. Sarebbe passato a prendermi di lì a una decina di minuti. Eravamo stati entrambi impegnati e non vedevo l'ora di trascorrere del tempo con lui. Afferrai i libri per riporli frettolosamente nella borsa e dalle pagine cadde un pezzo di carta.

Risi osservando l'immagine di un edifico. Caleb mi lasciava continuamente foto di case incredibilmente belle vicino al lago, in città oppure fuori. Di certo nessuna costava meno di un milione.

"Scegline una, e la andremo a vedere la prossima settimana" mi aveva detto.

Era difficile per una come me, che aveva sempre lottato per mantenersi da sola, lasciare le redini a qualcun altro.

Il fatto che pagasse sempre lui mi metteva a disagio. Magari il mio era un atteggiamento stupido, ma dovevo ancora terminare gli studi e, anche se avevo un lavoro decente, gran parte del mio stipendio serviva a saldare i prestiti. Caleb si era offerto di provvedere a me, ma non avevo intenzione di permetterglielo. Però riguardo alla casa era inamovibile. "Se vuoi rendermi felice, lascia che ti faccia felice, Red" aveva insistito.

Perciò lo avevo accontentato. Perché volevo renderlo felice.

E poi potevamo realizzare i nostri progetti.

Sapevo di avere un sorriso da pazza, ma non riuscivo a trattenermi. Non vedevo l'ora di iniziare la nostra vita insieme.

"Una casa" pensai, conquistata da quell'idea. Un posto in cui vivere con Caleb come la sua fidanzata, dove costruire i nostri ricordi e una vita insieme.

Non si trattava più di una soluzione temporanea, o di giocare a fare la coppia.

Era qualcosa di stabile e di molto reale.

Una casa. Una famiglia con Caleb.

«Ciao, Veronica.»

Mi fermai di colpo e mi girai. Quando incrociai lo sguardo di Beatrice-Rose, il mio buonumore svanì all'istante.

Lei avanzò verso di me con un vestito rosso attillato, sulle labbra un rossetto della stessa tonalità audace. L'abito doveva essere di un famoso stilista e il trucco era applicato in modo impeccabile, ma quel colore era troppo sgargiante per lei. Mi ricordò una bambina che giocava a travestirsi da signora.

«La prossima settimana c'è la festa di Caleb. Immagino che ci sarai. Spero che non sarà troppo imbarazzante per te.» Dato che restai in silenzio, continuò: «Sei più abituata a fare la cameriera che a essere ospite, non è così?».

Scrutai il suo abito vistoso. «Be', diversamente da te non ho mai chiesto soldi a mamma o papà. Lavoro duramente per guadagnarmi da vivere in modo onesto. Ma tu non hai idea di cosa significhi, giusto?»

Mi incenerì con gli occhi. «Questo dimostra una volta di più quanto poco tu appartenga al mondo di Caleb. Gli uomini come lui sposano le debuttanti come me. È ciò che la gente del nostro ambiente approva e si aspetta da noi. Ci saranno tutti alla festa: Miranda, i loro soci, gli investitori. Caleb ha bisogno di avere accanto qualcuno che lo aiuti a diventare una persona di successo.» Mi scrutò dall'alto in basso con un sorrisetto. «Cosa ti fa pensare di poter essere tu quella persona? Miranda non ti accetterà mai. Non hai né classe né una buona educazione.»

Avevo lo stomaco sottosopra. Bisognava ammettere che quella ragazza sapeva colpire dritto nei punti più deboli. Peccato che io sapessi come contrattaccare.

«E tu, invece, saresti adatta?»

Beatrice-Rose sorrise compiaciuta. «Naturalmente.»

«Nella tua testa dev'esserci qualcosa che non va. Va' a farti visitare. Per quanto ne so, gettarsi disperatamente su un ragazzo che non ti vuole non è degno di una persona di classe e beneducata.»

Il suo sorriso svanì. «Stronza.»

«Sì, posso esserlo se sono costretta. Hai mandato il tuo tirapiedi a fare il lavoro sporco per te, non è così?» continuai, pensando a Justin. «Avevi paura di insudiciarti le mani?»

«Non so di cosa parli.»

«Certo che lo sai. Ti sto avvisando.» Mi avvicinai con aria minacciosa. Riuscivo a vedere solo Caleb nella stanza degli interrogatori, ammanettato, e questo mi bastò per mettere da parte qualsiasi sentimento di pietà che avrei potuto nutrire nei suoi confronti. «Lascia in pace Caleb.»

Beatrice-Rose indietreggiò, negli occhi una scintilla di ripicca. «Pensi che abbia paura di te?»

«Dovresti. Continua a comportarti così e lo scoprirai.»

Mi girai e andai via.

«Veronica!» gridò lei abbastanza forte perché la sentissi. «Se fossi in te presterei attenzione. Ci vediamo alla festa.»

Mi voltai a lanciarle un'occhiata e un sorriso spavaldo, come per dirle: "Fatti sotto, stronza". Dopodiché replicai: «Ci puoi scommettere».

21

CALEB

Red era rimasta in silenzio da quando ero passato a prenderla al campus. A osservarla con attenzione si poteva vedere una piccola ruga che le attraversava la fronte.

Non era difficile decifrare le sue emozioni. Dall'espressione del viso e dai cambiamenti d'umore, capivo quasi sempre in che stato d'animo era.

Davanti agli altri non lasciava trasparire quello che provava, ma con me aveva iniziato a farlo. A volte si tratteneva, però mai troppo a lungo.

Adesso aveva il volto inespressivo, ma io sapevo che quella piccola ruga tra le sopracciglia significava che era infastidita. D'impulso feci una brusca inversione a U e attraversai il parco, raggiungendo il parcheggio nascosto fra il fitto bosco.

«Qual è il problema, piccola?» le domandai, mentre lei fissava fuori dal finestrino.

Volevo i suoi occhi su di me. Solo su di me.

«Se ho fatto qualcosa di sbagliato, ti chiedo scusa. Sono un idiota e striscerò ai tuoi piedi, ti regalerò dei diamanti, qualsiasi cosa per ottenere il tuo perdono... No?» Mi aveva guardato con freddezza. «Okay, che ne dici di un enorme barattolo di burro di arachidi?»

Riuscii a strapparle un flebile sorriso.

«Adesso perché non mi spieghi cos'ho combinato, così posso cercare di rimediare?» Mi rivolse un'occhiataccia. «Certo, dovrei saperlo da me, però...» Mi interruppi prima di aggiungere: "Non mi viene in mente nulla". Mi avrebbe scannato. «Vediamo...» Mi morsi il labbro. «Questa settimana ho raccolto tutti i giorni i vestiti dal pavimento, proprio come mi hai detto di fare. Chiedilo a Maia.» Maia era la fantastica signora che veniva a fare le pulizie da me tre volte la settimana.

Red si gettò i capelli oltre la spalla. Okay, il problema non erano i vestiti.

Mi annusai le ascelle. «Mi sono fatto la doccia.»

Contrasse le labbra. Quelle labbra rosa... Sapevo quanto fossero morbide, generose, deliziose...

Quando mi sorprese a fissarle, le rivolsi un bel sorriso.

«Hai il ciclo?» domandai.

Red ridacchiò, scrutandomi con un'espressione esasperata ma anche tenera. «Ho visto Beatrice-Rose» disse finalmente.

Il mio sorriso si spense. «Ti ha parlato?»

«Non sapevo che sarebbe venuta anche lei alla tua festa.»

Mi raddrizzai sul sedile. «Se avessi avuto scelta, non l'avrei invitata. In realtà non avrei neanche organizzato una festa. Saremmo bastati noi due.» Sospirai notando che restava in silenzio. «È mia madre che si occupa di queste cose» spiegai. «Non ho voce in capitolo sugli inviti, e neanche mi importa. Lei sostiene che è una festa di compleanno per me, ma non si tratta mai solo di questo.»

«Cosa significa?»

Le presi la mano e le tracciai dei cerchi sul palmo.

«Mia madre è una donna d'affari. La festa è soprattutto una scusa per farmi incontrare gli investitori e attirarne altri. Vedila così: mia madre è un T-Rex. Ha bisogno di cibo per sfamare se stessa e i suoi cuccioli, perciò organizza un incontro fra tutti gli animali bene in carne. E fra quelli poi sceglie i più grassi.»

Red alzò gli occhi al cielo, poi mi scoccò un sorriso. «Solo tu potevi trovare un'analogia simile.»

«Ecco perché ti piaccio.» Le baciai le dita.

Quando il suo respiro si fece più accelerato e quelle labbra seducenti si schiusero, provai l'impulso di afferrarla, sistemarla sulle mie gambe e baciarla appassionatamente.

«Piccola...»

Mi avvicinai per poter sentire il suo respiro sul mio viso.

Aveva gli occhi accesi di desiderio. Osservai il suo petto che si sollevava e si abbassava, la sua pelle morbida. Volevo leccarla. «Facciamo...»

Lei si ritrasse, schiarendosi la voce. «Di che colore devo vestirmi? C'è un codice d'abbigliamento?» Con mano tremante si sistemò i capelli dietro l'orecchio.

Chiusi gli occhi per un istante e feci un respiro profondo, espirando lentamente. Quando li riaprii, Red guardava in basso, mordendosi il labbro.

Maledizione.

«Sì» risposi.

Lei rimase in attesa che continuassi.

«Il rosso. Indossa qualcosa di rosso per me.»

Annuì.

«Ehi, Red?»

«Mmh?» Sorrise e allungò una mano per scostarmi i capelli dal viso. «Devi tagliarli.»

«Voglio passare più tempo con te e rimanderei il viaggio se potessi. Desidero comprare una casa per noi due al più presto. Ho già preso degli appuntamenti per visitarne alcune la prossima settimana...»

«Caleb.» Mi coprì la bocca con la mano per farmi tacere. Gliela leccai.

Quando mi diede una pacca sul braccio e rise, mi sentii sollevato. Sapevo che il suo umore era migliorato. Si avvicinò e mi baciò timidamente sulla bocca.

Bramavo le sue labbra, le sue mani su di me, i gemiti che emetteva al mio tocco. Ero quasi impazzito a forza di ripensare alla notte in cui avevamo fatto l'amore, desiderando di sentire le sue unghie sulla schiena, le sue gambe che si stringevano attorno a me, i suoi occhi che si velavano quando raggiungeva il piacere.

Quindi, non appena la sua morbida bocca sfiorò la mia, persi il controllo. Le afferrai la testa, la attirai a me e la divorai.

Solo lei era in grado di saziare il mio appetito.

Non riuscivo a pensare ad altro che alla sensazione del suo corpo contro il mio mentre reclamavo ciò che sognavo da giorni.

«Oddio, Caleb.»

Le morsi il labbro e lo succhiai. «Vieni qui.» La sollevai e la sistemai sopra di me. «Ancora un po'. Solo un pochino, Red.» Le afferrai i fianchi, spronandola a muoversi alla ricerca del piacere.

I suoi occhi erano velati di desiderio quando incontrarono i miei. Rimasi estasiato quando mi mise le mani sulle spalle e piegò la testa all'indietro, offrendomi il collo. Lo leccai in modo famelico.

Le sfuggì un gemito sensuale e cominciò a muovere i fianchi più velocemente.

«Sì, così, Red. Oddio. Non ti fermare.»

La guardai mentre si lasciava andare all'incredibile sensazione dei nostri corpi che scivolavano e si strofinavano l'uno contro l'altro.

Le avrei dato qualunque cosa avesse chiesto. Era così maledettamente bella che non potevo evitare di fissarla mentre si prendeva ciò che voleva.

La baciai con passione prima che si abbandonasse sfinita tra le mie braccia, le labbra sul mio collo mentre il suo respiro si calmava.

«Ti sei strusciata su di me in un parcheggio» mormorai.

Sentii le sue spalle scuotersi mentre lei esplodeva in una fragorosa risata che riempì l'auto.

«Mi è piaciuto tantissimo» aggiunsi.

«Oddio, Caleb. Tu mi fai impazzire.»

La baciai di nuovo. Non ne avevo mai abbastanza.

«Posso farti perdere completamente la testa. Aspetta solo che...»

Ringhiò e mi coprì la bocca con la mano. Quando fu certa che non avrei detto nulla, mi appoggiò il mento sulla spalla, e io le accarezzai delicatamente i capelli.

«Torno appena posso» promisi.

«Ti aspetterò.»

«Già mi manchi.»

«Lo so. Anche tu.»

22

CALEB

«Aspetta, Red.»

Dovevo lasciarla andare. L'avevo accompagnata a casa di Kara, e adesso eravamo fermi lì davanti. Avrei fatto meglio a correre all'aeroporto prima che il mio volo decollasse, eppure non resistetti alla tentazione di afferrarle la mano mentre stava per uscire dall'auto.

«Voglio venire con te fino alla porta.»

Quando la sua espressione si intenerì, la strinsi fra le braccia. Mi sarei mai abituato a tutto quello? A come mi batteva forte il cuore ogni volta che la abbracciavo, al modo in cui lei abbassava tutte le difese, si fidava di me e mi amava...

«Non voglio andare» dissi.

«Lo so» sussurrò Red. «Però tornerai presto.»

«Pensami.»

«Anche volendo, non potrei non farlo.»

Non riuscivo a smettere di sorridere.

Mi scostai un po' per riempirmi gli occhi di lei e memorizzare il suo viso. «Aspetta.»

Presi il telefono e le scattai una foto.

«Caleb!»

«Ecco fatto.» Misi velocemente via il cellulare prima che potesse afferrarlo e guardare le foto. Credo che nella galleria ce ne fossero solo cinque che non erano sue. Adoravo coglierla di sorpresa: quando studiava alla scrivania; in piedi mentre cucinava i pancake, la mano sollevata per nascondersi all'obiettivo mentre sorrideva; quando mi lanciava un'occhiataccia raccogliendo i vestiti dal pavimento. Ce n'era una in particolare a cui tenevo molto... Mi sentivo un po' in colpa, ma non troppo.

Sì. Ero un maniaco. Ma solo con lei.

«Dov'è il tuo telefono?» le chiesi.

Red corrugò la fronte. «Perché?»

«Dammelo. Non discutere.» Poi aggiunsi: «Sto per partire. Sii carina con me, per favore».

La guardai sbattendo le palpebre e lei rise. Mi consegnò il suo cellulare con riluttanza.

«Qual è il codice?»

«Da' qui. Lo inserisco io.»

«Perché?»

Alzai lo sguardo dallo schermo e la vidi arrossire. La scrutai perplesso e aspettai.

«È la data del tuo compleanno» ammise.

Non riuscivo più a smettere di sorridere.

«Perché sei così ossessionata da me, Red? Ahi!»

Mi strofinai il braccio nel punto dove mi aveva pizzicato. Dato che mi fissava ancora in modo truce, appoggiai il viso contro il suo e scattai una foto. La inviai al mio numero, gliela impostai come sfondo del display e le restituii il telefono.

Red scosse la testa esasperata, ma sorrideva. «Sei nervoso riguardo al lavoro?»

«Un po'.»

Si sistemò dietro l'orecchio qualche ciocca sfuggita dallo chignon. Mi tornò in mente quando poco prima, mentre la baciavo nel parcheggio, si era sciolta la coda di cavallo. Avevo affondato le mani nei suoi folti capelli scuri e l'avevo osservata sforzarsi di riprendere fiato. Guardarla era uno spettacolo. Me lo sarei goduto di più se non avessi avuto un'erezione spaventosa in quel momento.

Mi piaceva il modo in cui riuscivo a farle perdere il controllo. Mi eccitava. Quando mi diventò di nuovo duro, cercai di trattenere un'imprecazione.

Red mi stava scrutando, e all'idea che potesse leggermi nel pensiero mi sentii arrossire. Ma poi mi resi conto che era ancora in attesa di una spiegazione.

Di che diavolo stavamo parlando?
«Immagino che avrai molte responsabilità» suggerì lei.
Certo: il lavoro.
Annuii, arrotolandomi intorno a un dito la ciocca ribelle che si era spostata dietro l'orecchio. Avvertivo il bisogno di toccarla ogni volta che era vicino a me. Non potevo impedirmelo.
«Non mi preoccupa. Sono più eccitato che nervoso e non vedo l'ora di iniziare. Anche se mi sarebbe piaciuto che tu venissi con me.»
«Non posso.»
Ma avrebbe voluto, lo sentii dal tono della sua voce. Ovviamente non lo disse.
«Devo lavorare.»
Tenni la bocca chiusa, ma non ero d'accordo. «E se ti offrissi un impiego, cosa mi risponderesti?» le domandai.
Red sospirò, infastidita. «Baciami il culo.»
Sapevo che avrebbe liquidato subito la mia proposta. «Cosa? Adesso? Ma sei proprio insaziabile. L'orgasmo nel parcheggio non ti è bastato? Sembra che ti abbia fatto venire ancora più voglia. Adesso devo soddisfarti in... altri modi.» Vedendola spalancare la bocca scoppiai a ridere. Anche se dicevo sul serio. *Molto* sul serio.
«Del tipo?»
Mi bloccai, inchiodato dai suoi occhi scuri che mi fissavano. Maledizione, ero ancora eccitato.
Red scosse la testa come per schiarirsi le idee. «Davvero, Caleb, non farlo.»
«Non fare cosa? Soddisfarti in altre maniere?»
Avvampò violentemente fino alla punta delle orecchie. Mi aveva mandato fuori di testa con quella semplice domanda. Non riuscivo a dominarmi. Mi faceva impazzire.
«No» sussurrò. «Smettiamola di parlare di sesso per un istante, per favore.»
"Perché?" Annuii. Non volevo forzarla. Però la desideravo da impazzire.
«Ho già un lavoro, non devi procurarmene uno tu. Voglio cavarmela da sola.»
Eravamo di nuovo a quel punto. Esalai un sospiro di sconfitta. Quando si metteva in testa determinate cose, con lei non

si poteva discutere. Di solito capivo se era il caso di insistere o se era meglio lasciar perdere. In quel momento la sua mascella contratta e l'espressione d'avvertimento che aveva in faccia mi fecero desistere. «Okay, mi rimangio tutto. Adesso posso prenderti la mano?»

Red mi sorrise. Iniziai a giocherellare con le sue dita.

«Hai detto di avere stretto un accordo con tua madre. Sto cercando di capire perché.»

«A cosa ti riferisci?» Sapevo a cosa alludeva ma mi imbarazzava parlarne.

«Perché non hai voluto lavorare nell'azienda di famiglia mentre eri al college? Ti sarebbe stato di grande aiuto, o sbaglio? Un tirocinio più lungo ti avrebbe permesso sia di avere voti migliori all'università sia di fare un po' d'esperienza.»

Sentendomi a disagio, mi strofinai le nocche sulla punta del naso. «In realtà ho già lavorato per Ben in passato. Sai, non sono sempre stato responsabile e rispettabile come ora.»

Red inarcò le sopracciglia. "Lo so molto bene" diceva la sua espressione.

Feci una risata imbarazzata. «Mio padre se n'era già andato di casa una volta prima che il suo matrimonio finisse.»

L'imbarazzo fu sostituito istantaneamente dal rancore. Strinsi le mie mani a pugno. Red mi aprì con delicatezza le dita e le intrecciò alle sue.

«Lui ci teneva molto che lavorassi nell'azienda di famiglia, quindi mi facevo in quattro per compiacerlo. Quando se ne è andato, però, mi sono ribellato. Non volevo renderlo orgoglioso di me, non volevo fare niente con lui.» Abbassai lo sguardo verso le nostre mani unite, ingoiai l'amarezza che avevo in bocca e trassi conforto dal tocco di Red. Mi calmò. «Poi mi sono reso conto che più ce l'avevo con lui, più mi ripetevo che per me non contava niente, che non faceva più parte della mia vita, e più gli permettevo di influenzare le mie decisioni.»

La guardai in quegli occhi scuri da gatta che mi facevano sempre visita in sogno, di notte.

«Ho capito che in quel modo gli davo potere su di me. E dovevo smetterla. Sai quando ci sono arrivato?»

Red scosse la testa.

«Quando ti ho conosciuta» confessai piano. «Tu mi hai svegliato. Ho visto quanto lavori duramente, quanto sei indipendente, disciplinata e testarda, e mi sono... vergognato. Ma soprattutto mi sei stata d'esempio. Ed è ancora così. Mi spingi a migliorarmi.»

Red fece un respiro profondo, stringendomi la mano.

«A volte mi chiedo come sarebbe la mia vita se non ti avessi incontrata quella notte. Molto, molto brutta, credo.»

«Caleb» mormorò mentre si avvicinava per appoggiare le labbra morbide sulle mie. «Devo dirti una cosa.»

«Okay.»

«So che hai bisogno di qualcuno che ti aiuti.»

Mi raddrizzai sul sedile, con aria vigile. Stava per dirmi che voleva lavorare per me? Lasciare il suo impiego per stare al mio fianco?

«Una persona che ti resti accanto, che abbia conoscenze che possano aprirti ulteriori opportunità, che frequenti i circoli e gli eventi di beneficenza. Una moglie della tua cerchia sociale...»

«Ehi, ehi, un momento, Red. Da dove diavolo arrivano questi pensieri?» Lo capii in quel momento: da Beatrice-Rose.

"Maledizione!"

Frustrato, mi passai la mano tra i capelli, sforzandomi di non dare sfogo alla collera. Beatrice-Rose stava davvero mettendo a dura prova la poca pazienza che ancora avevo.

«Ascoltami» ordinò Red. «Non ho finito.»

Il tono brusco e irascibile della sua voce mi indusse a spostare di nuovo lo sguardo su di lei. I suoi occhi erano scuri e tempestosi.

Adoravo la mia ragazza quando si infuriava. Dovevo essere completamente fuori di testa.

«Sì, padrona» ribattei.

«Io questo lo capisco. Avresti una vita più facile se sposassi una donna della posizione sociale di Beatrice-Rose.»

«Aspetta un attimo...»

«Ho detto che non ho finito.»

Mi sentivo come uno studente a cui veniva fatta una ramanzina. Solo che desideravo tantissimo ascoltarla perché la professoressa era terribilmente sexy. Mi resi conto di sorridere. Dovetti sforzarmi parecchio per mantenere un'espressione impassibile.

«Non sono cresciuta nel tuo mondo, ma ciò non significa che

non sappia determinate cose. Non sono stupida. Per te sarebbe più vantaggioso sposare qualcuno che appartenga a una famiglia prestigiosa, che suoni il piano e mangi caviale, formaggio di capra, lumache e altro disgustoso cibo da ricchi...»

«Le lumache mi rimangono sullo stomaco, Red.»

«... una persona che abbia una laurea in storia dell'arte o filosofia. Che indossi Louboutin e vestiti costosi.»

Diventava ogni secondo più arrabbiata. E io ero incantato.

«Una persona che gestisca la casa, abbia un lavoro e trovi sempre l'energia per concentrarsi su di te, oltre a conoscere fantastici trucchetti a letto.»

«Aspetta, che trucchetti?»

«Caleb.» Red mi rivolse uno sguardo vulnerabile che mi causò una dolorosa fitta al petto. «Non ho nulla da offrirti a parte me stessa. Non posseggo altro. Ma sono tua.»

Avevo il cuore talmente pieno d'amore che mi dimenticai di respirare. Ah, quella ragazza! Ero suo, corpo e mente. «Red.»

Abbassò gli occhi in grembo.

Come riusciva una donna a farmi struggere così? Lo sapevo che non era una qualsiasi. Red era quella giusta per me.

«È tutto ciò di cui ho bisogno» sussurrai.

Aspettai che mi guardasse prima di continuare. Una lacrima le rigò la guancia, e io mi sentii distrutto. Non ero niente senza di lei.

«Tu sei tutto per me. Il resto non ha importanza» aggiunsi. Le presi la mano e la appoggiai sul mio petto. «A volte, quando ti guardo, mi sembra che il cuore sia sul punto di scoppiarmi. Provo sentimenti così forti per te. Non ho mai desiderato nessuno con tanta intensità. Ti voglio più di ogni altra cosa al mondo, non mi serve altro. Solo questo, solo tu, proprio qui. Dammi tutta te stessa, e io sarò l'uomo più felice del mondo.»

Mi abbracciò; sentii le sue lacrime sul collo.

Quando la vedevo piangere, mi sentivo impotente. Volevo riascoltare la sua risata.

«E comunque le scarpe di Louboutin non mi fanno impazzire. Hai idea di quanto si soffra su quei tacchi? Una ragazza mi ha pestato un piede una volta, e ti giuro che ho urlato dal dolore.»

Le tremarono le spalle per le risate.

«Allora... a che tipo di trucchetti ti riferivi prima?» domandai.

Red si allontanò e mi diede una pacca sul braccio. La scrutai in volto: la tristezza era sparita.

«Ti amo, Red.»

«Ti amo, Caleb.» Fece un respiro profondo e mi rivolse un sorriso così radioso che il mio cervello andò in tilt per un istante. «Farai tardi all'aeroporto. È meglio che tu vada.»

Scesi dall'auto per aprirle la portiera e le tenni la mano mentre ci avviavamo verso la porta. Stava per aprirla quando la fermai.

«Posso entrare?»

«Non rischi di perdere il volo?»

«Ce la farò. Non mi tratterrò a lungo. Solo dieci minuti.»

Lei mi strinse più forte la mano e sorrise. «Certo. Accomodati.»

Mi bloccai sulla soglia.

Damon era stravaccato sul divano e guardava una partita di hockey alla televisione con una grande ciotola di popcorn sulle gambe. Alzò lo sguardo quando ci sentì entrare.

Che diavolo ci faceva lì?

23

CALEB

Istintivamente trascinai Red verso di me.

«Ciao, Damon» salutò lei. «Come mai qui?»

Spostai lo sguardo da lui a lei. Red sorrideva. Digrignai i denti.

«Ehi, viso d'angelo.»

Viso d'angelo? Chi diavolo si credeva di essere? Come si permetteva di chiamarla così?

«Il mio lettore di DVD si è rotto» spiegò. «Sto guardando delle repliche. Mi manca l'hockey.»

"Non te lo ha chiesto nessuno" pensai. Tuttavia tenni la bocca chiusa. Sapevo che Red si sarebbe infastidita per quel commento.

Che diavolo potevo farci? Ero possessivo quando si trattava di lei e non avevo intenzione di nasconderlo.

Damon puntò gli occhi su di me e mi salutò con un cenno del mento. Fui tentato di non ricambiare il gesto, ma ero una persona educata. Inoltre Red mi aveva detto che era stato lui a mandarle un messaggio per avvisarla della mia presenza al locale quando eravamo ai ferri corti. Perciò contraccambiai il saluto.

Strinsi gli occhi e lo studiai. Qualche ragazza poteva considerarlo bello per via di quello sguardo che pareva dire: "Addomesticami, sono un vagabondo". Però Red non avrebbe mai ceduto a quel genere di fascino... O no?

E perché se ne andava in giro con la chitarra? Probabilmente la usava per rimorchiare, allo stesso modo in cui i vecchi sporcaccioni vanno in giro con un cane per attirare le ragazze.

Suonava la chitarra, e allora?

E io non avevo talento per la musica, ma che importanza aveva? Per svagarmi giocavo ai videogiochi.

Un momento. A Red piaceva ascoltarlo suonare?

Magari avrei dovuto imparare...

Mi resi conto che ero stato talmente assorto nei miei pensieri da perdermi un pezzo della loro conversazione.

«Mi sembra ottimo» osservò Red. «Fammi sapere che altri lavori puoi procurarmi. Sono libera quest'estate.»

Che cosa? Accettava un aiuto da lui e non da me? Per quale ragione?

Cominciai a sentirmi frustrato e aggressivo oltre che geloso.

«Stasera e domani sono in concerto. Domenica servirò cocktail a una festa sciccosa» disse Damon. «Probabilmente posso fare assumere anche te se sei disponibile.»

«Non questa settimana. Domani sono di turno all'officina e domenica è una giornata speciale. A proposito, dov'è Kar?»

«In cucina. Vuoi dei popcorn?»

Adesso basta. «No, non ne vuole» risposi al posto di Red. Lanciai un'occhiataccia a Damon e la afferrai per il braccio, conducendola verso la camera da letto. «Devo parlarti. Ciao, Kar.»

Mentre la superavamo, Kara inarcò le sopracciglia e alzò i pollici.

«Aspetta» protestò Red davanti alla porta della sua stanza. «Cosa succede?»

La trascinai dentro e chiusi a chiave poi la spinsi contro la porta. Lei rimase scioccata dal mio comportamento, ma oltre allo stupore nel suo sguardo c'era anche desiderio.

«Dimmi che mi ami, Red.»

«Caleb, cosa...»

Avvicinai il corpo alle sue morbide curve, annusando il profumo che apparteneva solo a lei. Volevo che sentisse quanto la desideravo.

Serrai gli occhi, lottando per mantenere il controllo. L'impulso di prenderla lì, contro la porta, come un animale stava prevalendo sulla ragione, ma non intendevo spaventarla. Stavo sprofondando in un abisso e desideravo portarla con me. Ma dovevo essere delicato.

«Caleb.» La sua voce era calma e confortante, come se capisse quello che provavo, e forse era proprio così. Mi accarezzò una guancia. «Ti amo» sussurrò.

Quando aprii gli occhi, il suo viso mi riempì la visuale. Volevo immergermi in quei bellissimi occhi scuri da gatta.

Allentai la presa, le tenni il viso tra le mani e la baciai sulle labbra, assaporandole con la lingua. Lei emise un gemito e mi afferrò i capelli.

Quando indietreggiai, ansimavamo entrambi.

«Ci sono Kar e Damon in casa» disse Red senza fiato. «Immagineranno cosa facciamo qui.»

Bene. Volevo che lui sapesse che Red era mia.

«Non m'importa.»

E all'improvviso il bisogno tornò.

«Ma... abbiamo appena... appena... in macchina...»

«Ti desidero ancora.»

Si morse il labbro. «Oh. Io...»

Oddio. Era così maledettamente dolce e innocente. E io volevo solo...

Sussultò quando sentì bussare forte alla porta, e poi delle voci.

«Qualunque cosa facciate lì dentro, continuate pure. Noi stiamo uscendo!» gridò Kara.

Mi schiarii la voce. «Grazie, Kar!»

«Sei in debito con me!»

Quando guardai di nuovo Red, gli occhi le brillavano divertiti, anche se aveva un'espressione imbarazzata.

«Vuoi...» iniziai. Il cuore mi batteva forte. Perché all'improvviso ero nervoso? Solo lei riusciva a farmi sentire così. «Vuoi toccarmi?» mormorai. «Red?»

Mi fissò le labbra ma non disse nulla.

«Scusa. Non voglio che pensi di essere obbligata... In questo momento voglio sentire...» Sospirai, sfregandomi il viso con la mano. «Cazzo, mi confondi. Non so neanche più quello che dico.»

«Certo che lo voglio.»

Spostò gli occhi nei miei, e mi mancò il fiato. Era talmente bella!

«Permettimi di farlo.»

«Sì, ne ho bisogno.»

«Ma perderai il volo» disse Red con voce roca.

Guardai il suo petto sollevarsi e abbassarsi. «Ne prenderò un altro.»

Trattenni il fiato mentre con le mani sollevò lentamente il bordo della mia maglietta e poi me la tolse, lasciandola cadere a terra.

Il suo tocco sulla pelle nuda mi strappò un mugolio.

Red alzò subito lo sguardo su di me. Era vulnerabile e pieno di interrogativi.

«Ho fatto qualcosa di sbagliato?» chiese.

«No, amore. È maledettamente bello.»

Chiusi gli occhi, respirando dalla bocca. Non volevo venire subito, ma Red mi faceva veramente impazzire.

«Dimmi cosa ti piace, Caleb.»

Le presi una mano e me la misi sulla mia pancia. «Non puoi immaginare quanto sia fantastico il tuo tocco, quanto mi ecciti. Fai quello che vuoi di me, Red.»

«Caleb...»

Mi sfiorò con esitazione, e compresi che per lei era la prima volta. Mi sentii così bene sapendo di essere il primo che toccava in quel modo.

Lei era mia.

«Ecco.» Le spostai la mano sul mio cuore, che batteva forte. «Lo senti? È l'effetto che mi fai. Toccami.»

I suoi occhi brillavano di malizia.

Le sue mani morbide, lisce e curiose si spostarono in basso, lungo il mio corpo. Quando mi tolse la cintura e mi calò i pantaloni, deglutii rumorosamente.

Mi posò le labbra sul collo, e lentamente, senza fretta, iniziò a baciarmi e a leccarmi, scendendo sempre di più.

«Oddio.»

La sua bocca era calda, morbida e umida.

Un altro secondo e avrei spinto. Un altro secondo e l'avrei implorata. Un altro secondo e sarei esploso.

La baciai con passione, trascinandola sul letto. Le salii sopra. Mi riempii le mani e la bocca del suo sapore, del suo profumo.

Con mani tremanti ci spogliammo l'un l'altra. Ero accecato dal bisogno di possederla.

«Caleb.»

«Sì. Sono qui. Ci penso io a te, piccola.»

Quando la sentii fremere mentre le toglievo le mutandine, provai una soddisfazione che penetrò la coltre del mio desiderio.

Il sangue mi martellava nelle tempie e il cuore mi esplodeva nel petto. Mi avvolsi la sua gamba attorno al fianco, la guardai negli occhi e sussurrai: «Mi vuoi Red? Quanto ti voglio io?».

Annuì, gli occhi scuri velati di lussuria e di amore.

Li chiuse e si morse il labbro mentre la penetravo, gridando il suo nome.

Il suo respiro si fece ansimante per la brama di abbandonarsi al piacere.

Ero incantato, totalmente concentrato su ogni movimento, su ogni suo gemito. Il mondo poteva anche bruciare e non me ne sarei accorto. Lei era tutto. Tutto.

«Caleb.» Mormorò il mio nome con una tale meraviglia che mi si strinse il cuore.

Affondò le unghie nella mia schiena, e il dolore e il piacere mi indussero a muovermi più veloce, a spingere con più vigore.

Reclamai la sua bocca, soffocando le sue grida. Il desiderio sopraffaceva ogni altro istinto. Quando, nel momento del piacere, il suo corpo si tese e i suoi occhi si velarono per l'estasi, sprofondai completamente dentro di lei.

Il mio ultimo pensiero prima di lasciarmi andare fu: "Ti amo".

24

CALEB

Avevo un sorriso beato sul volto quando salii sull'aereo. Stava andando tutto bene perché:

a) io e Red avevamo fatto l'amore;

b) ero riuscito a prendere il volo successivo, che partiva solo un'ora dopo quello che avevo prenotato;

c) io e Red avevamo fatto l'amore;

d) io e Red avevamo fatto l'amore.

Ovviamente, per colpa delle voci a), c) e d) avevo perso l'aereo, ma non mi importava.

Appena atterrai, le mandai subito un messaggio.

L'aeroporto internazionale di Regina era piccolo ma elegante e moderno, con le travi d'acciaio, lucernari e vetrate che lasciavano entrare la forte luce del sole.

Detestavo gli aeroporti enormi perché mi ci perdevo sempre. Sembravano esserci troppe entrate e uscite e troppa gente.

Camminando tra la folla, notai un passaggio sotterraneo, una caffetteria Tim Hortons e, nella vetrina di un'edicola, un orsetto bianco che indossava la divisa delle giubbe rosse canadesi a cavallo.

Pensai subito a Red. Adorava le cose carine come quella.

Perciò glielo comprai.

Non appena uscii, il caldo e l'umidità mi colpirono come un pugno in faccia. Red mi aveva prenotato una limousine, e fui sollevato di entrare nell'auto con l'aria condizionata.

«Al Miranda Inn, grazie» dissi all'autista.

Stavo guardando il panorama quando il mio telefono squillò. Era un messaggio di Ben che mi chiedeva di incontrarci nella lounge dell'hotel per bere qualcosa e stare un po' insieme prima di buttarci nel lavoro.

Il successo del Miranda Inn era merito del grande talento di mio nonno per gli affari e anche della sua fortuna. Aveva vinto il primo albergo a una partita a poker. Sistemati gli aspetti legali e cambiato il nome dell'albergo, in meno di cinque anni aveva creato una catena, con strutture in tutto il paese. Alla sua morte mia madre aveva ereditato l'azienda, espandendola a livello internazionale.

Uscii dal taxi ed entrai in hotel. Osservai i colori delicati e l'elegante arredamento moderno, approvando lo stile della fontana di marmo al centro dell'atrio. Mi chiesi cosa avrebbe pensato mia madre se l'avessi sostituita con lo scheletro di un T- Rex.

Probabilmente mi avrebbe licenziato. In fondo aveva sempre un altro figlio.

Sorrisi nel vedere Ben nella lounge, seduto accanto alla finestra che dava sui giardini ben curati.

Era passato quasi un anno dall'ultima volta che ci eravamo incontrati. Da bambini Ben, oltre che mio fratello, era stato il mio miglior amico e anche un padre.

Aveva un'aria molto sofisticata con l'abito gessato. I capelli biondo scuro che gli sfioravano le spalle gli conferivano un aspetto selvaggio. Lui era così: un po' bravo ragazzo e un po' bello e dannato.

La gente ci faceva spesso notare che non sembravamo fratelli. Lui aveva ereditato i lineamenti marcati e virili di nostro padre, io quelli più delicati di nostra madre. Ben aveva occhi grigi che emanavano sicurezza e che potevano affascinare qualunque donna e zittire un uomo con un solo sguardo. Il naso era pronunciato, la mascella squadrata.

Ricordai che l'avevo colpita molte volte quando eravamo piccoli, e altrettante volte lui aveva preso a pugni la mia. Era stato lui a insegnarmi a lottare.

Mi guardò e sorrise. «Ma guarda che faccia.» Si alzò per venire ad abbracciarmi. «Brutta come al solito.»

«Dannazione, mi sei mancato.»

«Non metterti a piangere, però» disse, stringendomi ancora più forte. «Siediti e raccontami cosa stai combinando.» Fece un cenno alla cameriera.

«E quei capelli da hippy?» lo presi in giro.

«Ah. Mi danno un aspetto esotico.» Ben si sistemò la cravatta blu scuro. «Alle donne piace moltissimo.»

Sogghignai. «Alle donne piacciono solo i tuoi soldi.»

Lui ridacchiò, poi con un cenno ringraziò la ragazza che aveva portato una tazza di caffè per lui e un succo di frutta per me. Lei arrossì. «Ceneremo tra un quarto d'ora» la informò.

«Sì, signor Lockhart.»

«Ho già ordinato per entrambi» spiegò Ben mentre la cameriera si allontanava. «Allora ti sei laureato.» Versò la panna nel caffè e lo mescolò con un cucchiaino d'argento. «Sei grande e pronto per dominare il mondo.»

«Iniziamo da un hotel. Ho sentito che hai un lavoro per me.»

«Sì, se ti può interessare. Nostra madre desidera che tu ti occupi di gestire questo albergo. Ha bisogno di molte più attenzioni rispetto agli altri.» Si interruppe, sorseggiando il caffè. «Però dovrai trasferirti qui.»

«Preferirei di no» ribattei all'istante. Sarei stato inamovibile. A Red mancava ancora un anno per finire l'università.

Ben mi fissò perplesso.

«Per un altro anno, almeno» aggiunsi.

Lui si raddrizzò, accavallando le gambe. «A nostra madre non farà piacere.»

Scrollai le spalle. Odiavo deludere mia madre, ma non ero disposto a tornare sulla mia decisione. «Le parlerò io.»

«Hai una ragazza?»

«Sì.» Gli rivolsi un bel sorriso. «Ce l'ho.»

«Esistono due tipi di donne» disse Ben, gli occhi grigi che brillavano. «Il primo ti fa esclamare: "Quanto è sexy. Voglio scoparmela".»

«E il secondo?»

«"Quanto è sexy. Voglio scoparmela."»

Scoppiai a ridere, poi pensai agli occhi scuri di Red, al modo in cui ridevano di gioia, si incendiavano di rabbia o si riempivano di grinta. Sentii il cuore balzarmi in gola. «No, lei è più il tipo che ti fa esclamare: "Quanto è perfetta. Voglio sposarla".»

Ben annuì, sollevò la tazza e bevve un altro sorso di caffè.

«Gliel'ho già chiesto» aggiunsi d'impulso.

Mio fratello per poco non si strozzò. Appoggiò la tazza sul piattino e si schiarì la voce. «Cosa?»

«Diversi giorni fa.»

«Che bastardo arrapato! È incinta?»

Ripensai a quel selvaggio momento di passione con Red e al fatto che non avevo usato il preservativo. Era passata solo qualche ora... Prima non mi ero mai dimostrato tanto incauto. «Potrebbe esserlo, ma spero di no, perché credo che si arrabbierebbe moltissimo con me. Però non mi dispiacerebbe se fosse incinta.»

Mi si presentò alla mente l'immagine di una bambina con i capelli scuri e splendenti occhi da gatta. E poi di un bambino con gli stessi tratti. "No" pensai "non mi dispiacerebbe affatto."

«Quando hai ucciso mio fratello e dove hai nascosto il suo cadavere?» chiese Ben, con aria confusa e scioccata.

Risi. Non potevo biasimarlo. Ero una persona molto diversa da che lei era entrata nella mia vita. «Domenica ti presenterò Red, ehm... Veronica» mi corressi. «Sono stupito che nostra madre non ti abbia detto niente.»

«Sono dovuto andare in Europa per lavoro questo mese. Sono tornato da Parigi una settimana fa, a dire il vero. L'ultima volta che ho sentito nostra madre mi ha detto che Beatrice-Rose era andata a trovarla per parlarle di te.»

Mi scappò un'imprecazione. «O piuttosto a sparlare della mia fidanzata.»

Pieno di rabbia, strinsi le mani a pugno. Non avevo mai picchiato una ragazza in tutta la mia vita, e non lo avrei fatto neanche ora, ma al pensiero che Beatrice-Rose mettesse in giro false voci su Red mi venne voglia di colpire qualcosa.

Perché non la lasciava in pace? Potevo tollerare il fatto che Beatrice-Rose creasse problemi a me, ma non avrei sopportato che se la prendesse con la mia ragazza.

Ben strinse gli occhi. «Perché dovrebbe parlare male della tua fidanzata?»

Un dolore acuto iniziò a pulsarmi alla base del collo, l'avvisaglia di un mal di testa incipiente. Appoggiai una mano sulla nuca e me la massaggiai.

«La tua fidanzata è una terrorista, una ladra di cani o magari una spogliarellista?» scherzò Ben.

Quella battuta non fece altro che aumentare la mia collera, ricordandomi del volantino che Justin aveva appeso negli spogliatoi della squadra di basket. Fortunatamente per lui li avevamo eliminati tutti.

Un dolore acuto mi risalì fino alle tempie.

«Scherzavo, Cal. Calmati.»

Mi resi conto di tenere il bicchiere talmente stretto che avrei potuto romperlo. Allentai la presa e feci un respiro profondo per tranquillizzarmi. «Scusa. Non è colpa tua. Beatrice-Rose mi ha incasinato la vita in talmente tanti modi che ho perso il conto.»

«Spiegami.»

Di solito mi confidavo con mio fratello, ma era successo tutto molto in fretta e in quel periodo eravamo stati entrambi piuttosto impegnati. Gli raccontai ogni cosa. Ben ascoltò senza interrompermi, ma nei suoi occhi grigi notai un lampo di incredulità quando gli descrissi l'episodio che si era verificato a casa di Beatrice-Rose e il motivo per cui Red mi aveva lasciato. Si rabbuiò quando lo informai che Justin aveva attaccato quell'infamante volantino nello spogliatoio della squadra di basket. E infine, quando gli riferii della droga che mi avevano piazzato in macchina, il suo sguardo divenne di ghiaccio.

Intravidi la cameriera avvicinarsi, ma Ben sollevò una mano per indicarle di non interromperci. Lei annuì e se ne andò.

Finito di parlare, bevvi un sorso di succo di frutta. Nonostante io e Red fossimo tornati insieme, il solo ricordo del tempo che avevamo trascorso separati mi provocò una fitta al cuore.

«Quindi hai assunto un investigatore privato?»

Feci un cenno d'assenso. Sapevo che Ben avrebbe voluto discutere di quello, per prima cosa. Mi aveva sempre protetto, sin da quando eravamo bambini.

«È bravo?» domandò.

«Me lo ha raccomandato lo zio Harry.»

Lui parve soddisfatto. Lo zio Harry era un investigatore privato in pensione e un vecchio amico di nostro nonno.

«Tienimi aggiornato.»

«Certo. Che altro c'è?» mi informai.

Ben aveva appoggiato i gomiti sul tavolo, le mani intrecciate davanti alla bocca. Aveva un'espressione riflessiva. «Se tre settimane fa mi avessi raccontato di cosa è stata capace Beatrice-Rose molto probabilmente avrei fatto fatica a crederci.»

«Cosa intendi dire?»

Lui mi rivolse uno sguardo solenne. «So quanto ti ama. Ricordati che vi ho visto crescere. Non la sto difendendo» si affrettò ad aggiungere prima che potessi interromperlo e dirgli che non me ne fregava niente.

L'amore di Beatrice-Rose era veleno. Se si poteva chiamarlo amore, poi.

«Sto solo cercando una logica nell'accaduto» spiegò Ben.

Annuii. Ben analizzava sempre le situazioni da ogni punto di vista. Era quella la dote che lo rendeva un brillante uomo d'affari e un ottimo fratello. Quando ero un adolescente arrabbiato, mi aveva detto che se ci si lasciava coinvolgere troppo in qualcosa era difficile avere una visione d'insieme, e avevo sempre tenuto a mente il suo consiglio.

«Come ti dicevo, sono andato a Parigi per lavoro, circa tre settimane fa, e uscendo da un ristorante dopo un incontro d'affari mi sono imbattuto in Beatrice-Rose.»

Mi accigliai. Beatrice-Rose tre settimane prima era stata a Parigi?

«Quando l'ho vista, ho capito che non stava bene. Camminava come in trance, sembrava persa.»

In quel periodo anch'io e Red eravamo distrutti. «Non mi importa...»

«Cal, ascoltami.» Il suo tono severo attirò la mia attenzione. «Sembrava malata. Era pallida e più magra di quanto l'avessi mai vista. L'ho portata a cena fuori, ed è stato... inquietante.» Ben si appoggiò allo schienale della sedia, lo sguardo cupo. «Si comportava come una pazza. Un momento era posata e calma, e il successivo si grattava a sangue le braccia, borbottando qualcosa a proposito di suo padre e un coniglietto. Poi, all'improvviso, ritornava tranquilla. Mi sono offerto di accompagnarla in ospedale, ma lei mi ha detto che era già in cura in una clinica.»

«Una clinica?» domandai, perplesso.

Ben spostò la testa e guardò qualcosa fuori per un istante prima di posare i suoi occhi grigi di nuovo su di me. «Un istituto psichiatrico, Cal.»

«Cosa?» Riuscii solo a fissarlo scioccato.

«Non potevo crederci neanch'io. Mi ha spiegato che è in terapia da anni, da quando suo padre si è ammalato. Le cose andavano meglio ma dopo essere tornata a casa, l'ultima volta, c'è stato un peggioramento.»

Oddio. Non ne avevo idea.

Dopo che io l'avevo respinta, doveva essere stata ricoverata un'altra volta.

Il senso di colpa mi provocò delle fitte allo stomaco e un po' di nausea. Sapevo che Beatrice-Rose soffriva molto per la malattia del padre, ma ero stato io a causarle una crisi?

«Quando io e Red ci siamo lasciati, le ho intimato di starmi lontano. Ero parecchio arrabbiato. Le ho parlato duramente.»

Ben mi studiò per un istante. «Non sei tu il responsabile.»

Magari no, ma avevo contribuito. «Forse gli attacchi di panico non erano una finta.»

«Chi lo sa?» commentò lui. «Non puoi biasimarti per aver reagito in quel modo dopo che lei ti aveva manipolato. Dovevi lasciar correre? Non sei uno stupido. Se qualcuno prova ad accoltellarti, tu come ti comporti? Resti immobile e ti fai colpire? C'è qualcosa che non va in lei» aggiunse. «Ma è comunque in grado di capire le conseguenze delle sue azioni. Ha bisogno di essere aiutata.»

«Adesso è a casa sua» lo informai.

«Lo so. In certi casi è meglio farsi da parte e lasciare che sia qualcun altro a occuparsi di un problema. Beatrice-Rose non è una tua responsabilità.»

«Era mia amica» dissi.

Ben annuì. «Lo so. E le starai accanto quando sarà pronta ad accettare il tuo aiuto. Ma adesso fai un passo indietro, perché se vuole distruggersi la vita ti porterà giù con sé. Ha bisogno di professionisti.» Inarcò le sopracciglia. «D'accordo?»

Trassi un sospiro di sollievo. «Sì, va bene.»

La cameriera ci servì le pietanze. Non avevo fame, ma diedi un morso al mio hamburger, fissando la bistecca di Ben. «Sei proprio tirchio. Perché mi hai preso un semplice hamburger con le patatine?»

«È quello che ordini sempre» replicò lui.

«Be', stavolta mi andrebbe una bistecca.»

«È solo perché la sto mangiando io.»

Aveva ragione. Era una questione di principio. Da bambini, se a Ben regalavano un giocattolo nuovo, dovevo averne uno uguale. Se mio fratello indossava la maglietta di Batman, me la mettevo anch'io.

«Scambiamoci i piatti» proposi.

«Ma quanti anni hai? Sette?»

«Ne compirò ventitré fra meno di due giorni.»

Mi alzai per prendere la sua bistecca, ma lui afferrò il piatto prima che potessi appropriarmene.

«E dài, è quasi il mio compleanno.»

Ben mi lanciò un'occhiata infastidita. «La scusa non regge.» Per spirito di fratellanza, estrasse una moneta dalla tasca. «Facciamo testa o croce. Testa, io mi pappo questa grossa fetta di mucca morta. Croce, tu mangi hamburger e patatine e dopo mi offri una birra.»

«Vabbe'.»

Lanciò la moneta che cadde sul tavolo in mezzo a noi. Ben sorrise compiaciuto.

Sogghignai. «Stronzo.»

Lui scrollò le spalle e fece una smorfia divertita. «Dov'è la mia birra?»

25

CALEB

Era quasi mezzanotte quando ritornai nella mia stanza. Mi sentivo esausto e morivo dalla voglia di fare una doccia e poi prendere un'aspirina.

Perché non era ancora stata inventata una pillola che facesse passare il mal di testa in qualche secondo?

Quanto lo desideravo! Ma soprattutto desideravo la mia Red.

Mi sfilai la maglietta, i jeans e i calzini e li gettai a terra. Poi mi buttai sul letto a faccia in giù.

Red mi rimproverava sempre perché seminavo i vestiti sul pavimento. Mi sentii un po' in colpa e per un istante pensai di alzarmi e raccoglierli.

Ma il letto era così comodo, e lei non lo avrebbe mai saputo.

Potevo ancora sentire il suo odore su di me, chiudere gli occhi e immaginarla.

Forse avrei rimandato la doccia all'indomani.

Mi chiesi se Red stesse già dormendo. Le piaceva andare a letto presto.

A volte dimenticava di silenziare il cellulare, perciò se le avessi mandato un messaggio l'avrei svegliata. Aveva il sonno molto leggero.

Cosa dovevo fare? Mi mancava. Non voleva venire a vivere con me, ma presto l'avrei convinta. Al mio rientro l'avrei trascinata a vedere alcune case. Avevo già preso accordi con l'agente immobiliare.

Quando mi squillò il telefono, fui tentato di lasciar partire la segreteria telefonica. E se fosse stata Red? Accettai la chiamata senza guardare il display.

«Pronto.»

«Ciao, Caleb.»

Mi spuntò un enorme sorriso.

«Chi parla?» chiesi, serio.

«Sono io.»

«Chi?» Mi girai sulla schiena, mettendomi comodo, mentre la immaginavo sdraiata sul letto con i capelli sciolti sul cuscino. Forse indossava quei minuscoli shorts rossi, le sue gambe erano nude e...

«Caleb?»

Mi schiarii la voce. «Sei la ragazza che ha lasciato le sue mutandine sotto il mio cuscino? Perché, sai, non è normale.»

«Di cosa stai parlando?» Una pausa. «Quale ragazza?»

Per poco non scoppiai a ridere. «Aspetta un attimo» continuai a prenderla in giro. «Devi essere quella che ha un'ossessione per me e che l'altra notte si è introdotta nella mia stanza passando dalla finestra.»

«Veramente sei stato tu a tirare sassi sulla mia finestra!»

Quando sentii la sua dolce risata, chiusi gli occhi e immaginai il suo volto: gli occhi scuri che brillavano allegri, le labbra rosse piegate in un bel sorriso.

«Sì, lo ammetto, sono quella che si è arrampicata fino alla tua finestra e ti ha depilato un sopracciglio» concluse lei.

«Eh?»

«*Città di carta* di John Green.»

«Chi diavolo è John Green, e perché dovrebbe depilare le sopracciglia a qualcuno? È... crudele.»

«No.» Fece una risatina. «È l'autore di *Colpa delle stelle*... Oh, lascia perdere.»

Ah, doveva essere uno dei milioni di libri che aveva letto.

«Ciao, Red» sussurrai.

«Ciao, Caleb.»

Ero certo che stesse sorridendo come me, felice di sentire la mia voce.

«Raccontami com'è andata la giornata» disse.

Ripensai a Beatrice-Rose, e il mio buonumore svanì. Poi ricordai che quel giorno era iniziato molto bene... con Red. Davvero molto, molto bene. «Ben mi ha mostrato l'hotel e mi ha presentato allo staff. Dopo il tour siamo andati in ufficio per iniziare la mia formazione. Lavora come un matto e si aspetta che gli altri facciano lo stesso. Abbiamo analizzato dei documenti, buttato giù qualche idea per acquisire nuovi investitori e ideato offerte promozionali e pacchetti per la prossima estate e il prossimo autunno, in modo da attirare più clienti. E adesso sono al telefono con la mia ragazza. Una giornata niente male, tutto sommato.»

«Piuttosto produttiva.» Sentii il sorriso nella sua voce.

«Continuo a pensare a quello che è successo nella tua stanza» sussurrai. «Sei dolorante?»

Red restò in silenzio. Immaginai che fosse arrossita. «Un po'» ammise alla fine.

E poi mi tornò in mente che non mi ero messo il preservativo. «Red?»

«Mmh?»

«Mi dispiace di non essermi protetto.»

Un'altra pausa. Il suo respiro era lieve e accelerato. «È tutto a posto.»

In che senso?

«Prendo la pillola» aggiunse. «Sono andata dal ginecologo due settimane fa.»

«Ah, bene.»

Mi accigliai. Non mi aspettavo di sentirmi deluso perché non sarebbe rimasta incinta.

«Tuo fratello ti ha spiegato tutto?» domandò.

Era sempre un po' in imbarazzo quando parlavamo di sesso. Avrei voluto che si sentisse abbastanza a suo agio da dirmi cosa le piaceva quando eravamo a letto, per poterla appagare e soddisfare ogni suo desiderio.

«Caleb?»

«Sì, piccola?»

«Tuo fratello ti ha spiegato tutto?» ripeté Red.

«Sì, certo. Ma è uno stacanovista, e mi aspetta una bella mole di lavoro.»

«Sei bravo nelle cose che ami. Sono sicura che te la caverai benissimo.»

Oh, la mia ragazza... Era così dolce!

«Mi fa piacere che tu abbia una buona opinione di me. Mi sembra di essere tornato bambino, quando con Ben accompagnavamo nostro nonno al lavoro e lui ci parlava degli alberghi. Le avventure e i drammi che si consumano negli hotel mi hanno sempre affascinato.» Sentii il fruscio dei cuscini e delle coperte mentre lei si muoveva.

«Raccontami qualche aneddoto.»

«Mmh, vediamo un po'. Quando facevo il fattorino...»

«Davvero?»

Non sapevo se offendermi o ridere per il tono meravigliato della sua voce. «Ti avevo detto di aver lavorato in un hotel. Non sono solo uno splendido ragazzo ricco e viziato che guida macchine di lusso e rimorchia le donne.» Visto che non fece commenti, capii che era proprio questa l'idea che Red aveva di me.

«Ma è successo tanto tempo fa, quando non ti conoscevo» sussurrò alla fine.

«E va bene, allora ti racconterò una storia accaduta nel nostro hotel di Las Vegas. Però devi promettermi di non dirlo a nessuno. È top secret» la avvisai.

«Mi farei una croce sul cuore se tu potessi vedermi.» Era così seria che mi ci volle un istante per capire che stava scherzando.

Ridacchiai. «Ospitavamo un'attrice famosa. Una cliente vip.»

«Chi era?»

«Questo non posso rivelartelo. Vedi, chi lavora in un hotel è tenuto al segreto professionale, un po' come un medico o un avvocato» risposi.

«O come un agente della CIA» sussurrò Red, stando al gioco.

«Esatto. Ma siccome sei la mia promessa sposa, farò un'eccezione.» Le dissi il nome della donna, e lei rimase colpita. «Quest'attrice aveva prenotato un intero piano solo per lei. Il suo manager e la sua assistente soggiornavano a un altro piano.»

«Okay, teneva alla sua privacy. Non c'è niente di male.»

«No, infatti» confermai. «Ciò nonostante eravamo tutti curiosi.»

«Ah-ah.»

«Nessuno poteva accedere a quel piano, tranne le domestiche e il personale del servizio in camera. Sai, facciamo del nostro meglio per soddisfare ogni richiesta dei clienti vip.»

«Naturale.»

«Ma a me e Ben è venuta l'idea di intrufolarci. Così ci siamo vestiti da camerieri.»

«Ovvio» commentò Red, impassibile. «E cos'avete scoperto?»

«Pensavamo che stesse girando un porno... o che stesse ammazzando qualcuno, invece tradiva il suo fidanzato.»

«Oh. Ecco perché si sono mollati.»

«Già» confermai. Feci una pausa. «E lo tradiva con una donna.»

«Non sapevo che fosse lesbica.»

«A quanto dice, è bisessuale» spiegai. «Il suo fidanzato, un famoso cantante, è venuto a trovarla per farle una sorpresa. Si è presentato con un enorme mazzo di rose e la sua band al seguito. Voleva chiederle di sposarlo.»

La sentii sussultare. «Oh, poverino.»

«Eh, sì. Le ha beccate a letto, completamente nude. Due minuti dopo dalla finestra è volato giù un televisore a schermo piatto.»

«Oddio.»

«Ha quasi ucciso un fattorino.»

Red scoppiò a ridere irrefrenabilmente. «Scusa, non dovrei, però...»

«Non preoccuparti. Lui se n'è andato infuriato come un toro. Non avevi sentito la notizia ai telegiornali?»

«In realtà non li guardo mai.»

«Ne parlavano tutti. Ricordo che mio nonno ne era felice. Pubblicità gratis per l'hotel, diceva. In ogni caso, una settimana dopo il cantante usciva già con un'altra attrice.»

Red sospirò. «Immagino che il loro non fosse vero amore.»

«Suppongo di no. Red?» Non volevo rattristarla – adoravo sentirla ridere – ma la dovevo informare di ciò che avevo scoperto quel giorno.

«Mmh?»

«Devo parlarti di una cosa.»

Fece un respiro profondo. «Dimmi, Caleb. Ti ascolto.»

«Ben ha visto Beatrice-Rose a Parigi qualche settimana fa. È malata, Red.»

«Sei preoccupato per lei» osservò.

«No... sì. Non lo so.» Mi misi seduto, strofinandomi il viso con la mano.

«È naturale che tu stia in pensiero, Caleb.»

«Ma io non voglio» precisai in tono un po' brusco. Mi alzai e andai in cucina. «Di certo non ho intenzione di perdonarla o di permetterle di rientrare nella mia vita. Ti ha fatto del male.» Mi avvicinai al frigorifero e presi una bottiglia d'acqua, svitando il tappo con forza. «E dopo l'episodio che mi hai raccontato oggi, pare che lei non abbia intenzione di smetterla.»

Bevvi un sorso d'acqua e mi diressi verso la piccola zona pranzo.

«Sono in grado di gestirla, Caleb. Niente di quello che dirà può cambiare i miei sentimenti per te» sussurrò Red. Avvertii il tono di scuse nella sua voce. «È una manipolatrice, che ferisce e maltratta gli altri. Non devi scendere al suo livello. Nessuno merita di essere abusato. Neanche lei» concluse.

«Lo so.»

«Mio padre... era come Beatrice-Rose. Ha quasi ucciso mia madre» disse Red con voce strozzata. «E anche me. Gli importava solo di ottenere ciò che voleva. Dimmi, è un comportamento giusto?» Fece un respiro profondo, poi continuò: «Beatrice-Rose ha bisogno di aiuto, Caleb. Mi dispiace per lei, davvero, ma questo non significa che me ne starò a guardare senza reagire quando deciderà di fare del male alle persone a cui tengo. Il suo è un tentativo di attirare l'attenzione».

«Lo so.»

Vedendo sul tavolo la confezione di aspirina che avevo chiesto alla reception mi sentii sollevato. Mandai giù due compresse con un sorso d'acqua.

«Prima mi ha chiamato l'investigatore privato. Ha trovato qualcosa.»

«Sa chi ha messo la droga nella tua macchina?»

«Sì» risposi. «È stato Justin. Una telecamera lo ha ripreso nel parcheggio sotterraneo del mio palazzo. Aveva le chiavi della mia auto, per questo l'allarme non è scattato. È già stato emesso un mandato d'arresto.»

«Come faceva ad avere le chiavi?»

«Non lo so. Prima che tu venissi a vivere da me, un paio di volte avevo invitato qualche amico per una birra. Potrebbe averle rubate in una di quelle occasioni. Tenevo le chiavi di riserva in camera mia, ma quando ho controllato erano sparite.»

«Manca qualcos'altro?»

«Sì» risposi, con la rabbia che mi montava dentro. Mi faceva male l'idea di essere stato derubato da qualcuno che consideravo un amico. «Un orologio Piaget che apparteneva a mio nonno e dei contanti. Per il resto non so. Clooney, l'investigatore privato, sta controllando i video di sorveglianza del palazzo. Non ci sono telecamere nei corridoi, però ce ne sono negli ascensori e nell'atrio.» Mi ributtai sul letto e abbracciai il cuscino, desiderando che fosse Red. «Non voglio più parlarne. Sono così stanco. Vorrei che tu fossi qui.»

«Anch'io vorrei esserci. Mi manchi. Sarebbe stato bello passare più tempo insieme oggi. Guardare un film, cenare. Non lo so...»

Avevo le palpebre pesanti. Allungai lentamente un braccio verso l'abat-jour e lo spensi. Preferivo ascoltare la sua voce al buio e immaginare che Red fosse accanto a me.

«Mi sarebbe piaciuto» mormorai. «Ehi.»

«Sì?»

«A cosa pensi?»

«Ehm...»

«Pensi a me? A quello che è successo nella tua camera?» sussurrai.

Non rispose, ma sentii il suo respiro accelerato.

«Perché» continuai «io non riesco a smettere di pensarci.»

«Sì» disse senza fiato. «Neanch'io.»

«Bene.»

«Sembri così stanco, Caleb. Adesso riposa. Ti chiamo domani.»

«Okay» mormorai. «Quando chiudo gli occhi, vedo te. Solo te.» Cambiai posizione, assonnato e indolente, desiderando che Red fosse rannicchiata accanto a me.

"Voglio fare l'amore con te. Stanotte. Domani. Ogni giorno. Per tutta la vita."

«Torna presto, Caleb.»

«Prestissimo, Red.»

Riagganciai e chiusi gli occhi, pensando a lei mentre scivolavo nel sonno.

26

VERONICA

«So esattamente dove possiamo comprare dei bei vestiti a buon mercato» disse allegra Kara, prendendomi a braccetto. «Se siamo fortunate, ne troveremo uno spettacolare. Ma prima facciamoci due frullati.»

Parlava in tono concitato mentre mi conduceva verso la caffetteria più vicina. Dopo, passammo ore in diversi negozi dell'usato. Adorava scovare buoni affari, ma quando non riuscimmo a trovare nulla si arrese e mi accompagnò al centro commerciale.

«Hai già pensato al regalo per il tuo fidanzato?»

Annuii. «Gli ho fatto un cappellino a maglia.»

«In piena estate?» Mi guardò come se fossi pazza. «Vuoi dargli quello per il suo compleanno?»

"Che c'è di male?" pensai. Sembrava che fosse un crimine. «Be', potrà usarlo il prossimo inverno. Caleb adora i berretti. Inoltre l'ho fatto con le mie mani» ribattei, sulla difensiva. Avevo lavorato duramente per realizzarlo. «Hai idea di quanto sia stato difficile trovare il tempo di lavorare a maglia la settimana degli esami finali? È un miracolo che io l'abbia finito!»

Kara mi rivolse uno sguardo di compassione. «Ascolta, sei mia amica perciò devo essere sincera con te, altrimenti le cose non funzioneranno.» Mi trascinò in un negozio. «Sei pessima nello scegliere i regali.»

Mi sfuggì un verso d'esasperazione. «Gli darò quel cappellino» insistetti, ostinata.

Kara sospirò, sconfitta. «Immagino che tu sia fortunata perché Lockhart ha già tutto.» Afferrò un vestito verde dallo scaffale e si girò verso di me, stringendo gli occhi e appoggiandomelo addosso. Dopo avermi contemplato velocemente, scosse la testa e lo rimise a posto. «E poi è talmente innamorato che considera affascinante persino il tuo pessimo gusto.»

«Non c'è nulla che non vada in quel cappellino. E poi se non gli piace lo metterò io.»

Gliel'avrei dato, punto.

«E va bene. Non possiamo essere tutti perfetti.» Kara si gettò i capelli dietro una spalla con un gesto da diva.

Le scoccai un'occhiataccia. «Sei così perfetta che dovrebbero erigere una statua in tuo onore. E creare una bandiera con sopra la tua faccia.»

Mi fece l'occhiolino. «Lo so.»

Quando prese un altro abito verde – chissà come mai era fissata con quel colore –, scossi la testa e le spiegai che me ne serviva uno rosso. Alzò gli occhi al cielo e proseguimmo.

«Allora» disse con naturalezza, prendendo un vestito dallo scaffale per lanciarmelo. Continuò a camminare e io la seguii. «Quant'è grosso il cetriolino di Lockhart?»

«Kar!»

«Credi che non sappia cosa stavate facendo ieri in camera?»

«Oh mio Dio.» Mi sfuggì una risata strozzata e mi guardai intorno per assicurarmi che non l'avesse sentita nessuno. Avvampai per l'imbarazzo quando notai che la commessa stava sogghignando. «Zitta, Kar!»

Lei inarcò un sopracciglio. «Provati questo» ordinò, spingendomi dentro il camerino.

Chiusi la porta, dubitando che il minuscolo pezzo di elastan che avevo in mano fosse quello di cui avevo bisogno.

«Mi dici solo una cosa?» la sentii chiedere. «È vero che può andare avanti anche per tutta la notte?»

Mi morsi il labbro, arrossendo di nuovo.

«Allora?» insistette Kara.

«Sì» mormorai alla fine.

«Sì, cosa?»

«Può andare avanti tutta la notte.»

Silenzio.

«Inizierò a pregare per la tua povera ma appagatissima va...»
La interruppi. «Kar!»
«Anima. Volevo dire anima.»
Sospirai.
«E la sua lingua? Caleb sa fare l'elicottero...»
«Kar!»
«Uffa.»
La conoscevo: non mi avrebbe lasciata in pace finché non avesse ottenuto ciò che voleva.
«Magari ne parliamo a casa. Non qui» suggerii.
«E va bene! Oh, buongiorno, quel vestito ce l'avete anche in rosso? No, non questo, quello accanto, con lo spacco fino al ginocchio... esatto. Quella gonna è in finta pelle?» Kara stava facendo il terzo grado alla commessa.
Guardai la mia immagine riflessa nello specchio, aggrottando la fronte. Il vestito era molto attillato e, sebbene avesse le maniche lunghe e fosse accollato, era piuttosto corto.
Per poco non feci un salto quando sentii bussare forte alla porta. «Be', fatti vedere» ordinò Kara.
Quando uscii, arricciò il labbro superiore. «Se avessi quelle tette e quel culo risparmierei un sacco di soldi in vestiti, perché non li indosserei affatto.»
Sbuffai. «Non credo che sia ciò che sto cercando, Kar.»
Lei annuì. «Hai ragione. Ti serve qualcosa con più classe. Cambiamo negozio, amica mia.»
«Ma non voglio spendere tanto.»
«Nessun problema. Ho la carta di credito di Lockhart.»
Restai a bocca aperta. «Hai cosa?»
«Scherzo!» Kara scoppiò a ridere. «Avresti dovuto vederti.»
Afferrai una gruccia e gliela lanciai. «Stavo pensando di realizzare delle bustine di tisana personalizzate per la madre di Caleb» la informai, cambiando argomento. «Potrei comprarle un libro...»
Kara aprì la bocca e mimò l'atto di vomitare.
La ignorai. «O magari dei fiori, oppure...»
«Perché non le fai un berretto a maglia?»
Le tirai i capelli.
«Ahi. Apprezzerebbe di più dei diamanti, probabilmente.»
«Kar, ti prego» replicai, lasciando trapelare il panico nella

voce. «Voglio fare una buona impressione su di lei. È importante per me perché... lo è per Caleb. Ho bisogno del tuo aiuto. Sono pessima in queste cose.»

«Be', non la conosco, ma per il tuo bene spero che non sia una stronza. Bustine di tisana personalizzate... Ne sei proprio sicura?»

Mi morsi il labbro. «Pensavo... Be', Caleb mi ha detto che ama le tisane...»

«Ah, davvero? Capisco. Allora va bene.»

«L'altro giorno ho comprato una miscela di erbe. Magari la aiuteranno a rilassarsi dopo una lunga giornata di lavoro. Devo solo trovare una bella scatola in cui inserire le bustine.»

«Che dolce! Magari comprale anche una teiera e una tazza, già che ci sei.»

«Buona idea. Grazie, Kar.»

Lei mi sorrise e mi diede una pacca sulla schiena. «Se no a cosa servono le amiche?»

Ci fermammo a fissare un abito rosso su un manichino nella vetrina di un negozio. Aveva spalline sottili e la scollatura a cuore. Era attillato e arrivava poco sopra il ginocchio, con un delicato velo di chiffon lungo fino al pavimento e uno spacco sul davanti che metteva in mostra le gambe.

«Lo percepisci? Questo è il tuo vestito, Ver. Ti sta parlando. Dice: "Comprami e ti farò sentire come se avessi il culo di Jennifer Lopez".»

Ridacchiai nervosamente. Aveva ragione. Ma quanto mi sarebbe costato?

Volevo essere bella per la festa di compleanno di Caleb, avere un aspetto elegante quando mi avrebbe presentato ai nuovi colleghi e ai clienti, e ci tenevo anche a fare una buona impressione sulla madre.

Entrammo nel negozio e girai intorno al manichino, scoprendo che l'abito aveva un'ampia scollatura sulla schiena. Controllai il cartellino del prezzo e rimasi senza fiato.

«È un salasso, Kar.»

Controllò anche lei. «Non per questo abito. Devi prenderlo.»

Assunsi un'espressione sconfortata.

«Te li presto io, i soldi» si offrì, circospetta. Sapeva quanto fossi sensibile su quell'argomento. «Puoi restituirmeli con calma. Che ne pensi?»

Non potevo accettare. Doveva esserci un altro modo... Calcolai le spese da affrontare quel mese: l'affitto, il mangiare e l'abbonamento telefonico. Ero a corto di denaro. Molto a corto.

«Non posso, Kar.»

«Buongiorno, signore.» Un commesso con un sorriso smagliante ci si parò davanti.

«Buongiorno» rispose Kara, lanciandomi un'occhiata.

«Ho notato che guardavate questo vestito. Stiamo svuotando il magazzino e l'articolo è in saldo a...»

«Merda, è in saldo! È fatta. Lo prendi.»

«Calmati, Kar.»

Il commesso rise. «È della collezione della scorsa stagione, se la cosa non le crea problemi. Lo vendiamo al sessanta per cento, come tutti quelli con il cartellino rosso.»

Era comunque un po' oltre le mie possibilità, ma per Caleb avrei fatto un sacrificio, mangiando panini al burro di arachidi per tutto il mese.

Ero in camerino a provarlo quando sentii che Kara trascinava una sedia davanti alla porta.

«Dov'è Lockhart adesso?»

«Nel Saskatchewan» risposi. «Hanno aperto un nuovo hotel che necessita di molte attenzioni. Lo sta formando suo fratello.»

«Benjamin Lockhart?» Kara parve colpita. «L'hai conosciuto?»

«Non ancora. Caleb mi ha accennato che verrà alla festa. E tu lo conosci?»

«In realtà no. Ho sentito qualche pettegolezzo su di lui al campus. E l'ho anche visto. I fratelli Lockhart sono belli da impazzire, ma... preparati. Benjamin è letale. Sai, il tipo che ti basta dargli un'occhiata per abbassarti le mutandine.»

Sbuffai.

«Un momento. Caleb si trasferirà nel Saskatchewan?»

«Non so. Non ne abbiamo parlato.»

«E in quel caso lo seguirai?»

Lo avrei fatto? «La mia vita è qui» risposi.

Kara sospirò. «Sì, prima di incontrare lui.»

Mi sentii le ginocchia molli, perciò mi sedetti sulla panca del camerino. Non avevo pensato all'ipotesi di un trasferimento. «Non ne ho idea, Kar. Caleb sta cercando casa qui, quindi supponevo che...»

«Vuole comprare una casa?»
«Sì.»
«Wow. Allora fa sul serio, eh? Vuole mettere su famiglia.»
Cercai di calmarmi e di scacciare i cattivi pensieri. Mi concentrai sulla conversazione. Nonostante fossi turbata, sorrisi all'idea che un giorno avrei portato dentro di me il figlio di Caleb. Poi scossi la testa. «Se gli concedo un dito, lui si prende tutto il braccio.»
«Non è di certo l'unico» commentò Kara in tono ironico. «Ascolta, vi ho osservati quest'ultima settimana. Tu e Lockhart vi guardate come se voleste strapparvi i vestiti di dosso. Siete veramente disgustosi.»
«Lo dici solo perché sei gelosa.»
«Stronza.»
Risi quando bussò forte alla porta.
«Ti conosco abbastanza bene da sapere che se non vuoi acconsentire a una sua richiesta, non cambi idea» continuò Kara. «Sei molto testarda. Se cedi, significa che lo vuoi anche tu. Ed è per questo che siete perfetti. Tu sei sempre lì a rimuginare, lui all'apparenza no, ma ormai l'ho inquadrato. È piuttosto sveglio, e anche subdolo, quel bastardo.»
Sogghignai.
«Sa di cosa hai bisogno, anche se tu non l'hai ancora capito. Sei troppo prudente per correre rischi; lui no. E ti mostra quanto sia facile osare. A volte è vero, basta non complicare le cose.»
Pensai alla madre di Caleb. «Però in certi casi sono già complicate.»
«Chiudi quella bocca. Lui ti ama, tu lo ami. Lui vuole sposarti, tu vuoi sposarlo. Volete stare insieme. E allora fatelo. Semplice. Ci saranno comunque dei problemi. È così che va la vita. Te ne renderai conto. Se continui ad aspettare di sentirti pronta, resterai bloccata per sempre. Nessuno lo è mai.» Kara fece una pausa. La sentii prendere un respiro profondo prima di aggiungere a voce bassa e venata di dolore: «È tutt'altra storia se lui non è disposto a lottare per te».
«Kar...»
«Bah.»
Immaginai che stesse tentando di scacciare certi ricordi dalla testa.

«Sei colpita da tutte queste sentenze che sto sfornando? Maledizione, a volte mi stupisco di me stessa.» Rise, ma senza allegria.

Pensava di nuovo a Cameron, ma sapevo che se avesse voluto parlarne l'avrebbe fatto. Perciò lasciai correre.

«Cosa diavolo combini lì dentro?» chiese poi. «Lavori a maglia un altro cappellino? Esci e mostrami quel vestito!»

«Devi allacciarmelo.»

«Sì, d'accordo. Porta qui il tuo culo, adesso.» Quando aprii la porta, Kar fischiò. «Sei dannatamente sexy!» Mi fissò e alzò entrambi i pollici. «Se fossi un ragazzo, mi arraperesti da morire» commentò, chiudendomi la zip.

«Bene, bene, bene. Bel vestito, Veronica.»

Rimasi impietrita mentre spostavo rapidamente gli occhi in direzione di quella familiare voce beffarda.

«Puoi permettertelo?» domandò Beatrice-Rose in tono derisorio.

Era ferma davanti allo scaffale di fronte a noi, accanto a una commessa. Nonostante il trucco, aveva il viso pallido e scavato, come se fosse dimagrita.

Caleb mi aveva detto che non stava bene. Sospirai, sforzandomi di chiamare a raccolta tutta la pazienza e la comprensione di cui ero capace.

Prima che avessi il tempo di replicare, intervenne Kar. «Abbiamo bisogno di un esorcista, Ver. Avverto la presenza di uno spirito maligno.»

«Non essere rozza, Kara» disse sogghignando Beatrice-Rose.

Kara si portò le mani alle orecchie. «Hai sentito qualcosa?»

Beatrice-Rose la ignorò e si rivolse a me. «Cerca di non mettere Caleb in imbarazzo, alla festa. Ci saranno parecchie persone importanti. Magari sarebbe meglio che tu non venissi proprio. Qualunque cosa indosserai, sembrerai comunque una pezzente.»

Pazienza e comprensione potevano andarsene al diavolo.

Forse ero una persona cattiva perché, per quanto avessi fatto del mio meglio per capirla, non potei evitare di controbattere. «E perché non dovrei venire» domandai calma «dopo che Caleb mi ha detto che sono l'unica persona che vuole?»

Gli occhi le si accesero di rabbia. «Devi essere molto brava a letto se è disposto a presentarti agli altri alla sua festa. Sai che prima o poi ti mollerà. Si annoia piuttosto velocemente.» Mi rivolse un sorrisetto cattivo. «Sapevi che Caleb ama essere baciato sulla pancia?»

Di colpo provai un senso di nausea.

«E che va in estasi quando lo lecco sotto...»

«Ehi, puttana. Hai problemi con le extension? Dovresti sostituirle, altrimenti ti si vedrà la pelata» la interruppe Kara.

Beatrice-Rose fece un'espressione inorridita mentre spostava lo sguardo su di lei. «Non sono pelata!» strillò abbastanza forte da far indietreggiare la commessa; alcuni clienti lanciarono occhiate guardinghe nella nostra direzione.

«Tranquilla, non c'è nulla di male» proseguì Kara in tono rassicurante, come se stesse parlando a una bambina. «Il primo passo per superare un complesso è accettarlo.»

«Stronza!» Beatrice-Rose diventò rossa in viso e strinse i pugni. Respirava affannosamente, gli occhi che sprizzavano odio.

Mi ricordò un cane rabbioso pronto ad attaccare. Feci un passo avanti per proteggere Kara.

Poi, come se avesse premuto un pulsante, il suo volto si trasformò in una maschera impassibile. «Tu porti solo sfortuna alla gente che ti circonda» le disse con un sogghigno. «Non c'è da stupirsi che il tuo ex ragazzo sia ridotto in povertà. Lo hai rovinato.»

Kara impallidì. «Cosa vuoi dire?»

Beatrice-Rose inclinò la testa, con un sorrisetto maligno sulle labbra.

Prima che potesse replicare, mi avvicinai minacciosamente. «Un'altra parola» la avvertii in tono basso e intimidatorio, la mano che fremeva. «Un'altra parola e ti ritroverai con la faccia sul pavimento.»

Lei fece una smorfia sprezzante, e ci fissammo per un momento. Potevo percepire tutto il suo odio.

Notai che teneva una mano in tasca. Poi avanzò di un passo.

«Tutto a posto, signore?»

L'astio sul volto di Beatrice-Rose scomparve di colpo mentre rivolgeva un amabile sorriso al direttore e alla commessa. Non mi stupì. Mi era sembrata una colomba innocente la prima volta che l'avevo vista.

«Sì, ho incontrato delle vecchie amiche. Ci vediamo alla festa, care» cinguettò muovendo le dita in segno di saluto. «Ciao.»

Dopo aver messo la bella busta porta-abiti sul sedile posteriore dell'auto, guardai Kara accendere il motore. Era sovrappensiero. Fissava il parabrezza, gli occhi carichi d'ansia.

«Stai bene, Kar?»

Lei si abbandonò contro il poggiatesta. «Cosa voleva dire quella stronza? Il mio ex ha problemi di soldi? Cameron è straricco.» Si passò una mano tra i capelli e si voltò verso di me. «Cosa sa lei che io ignoro?»

«Forse le sue erano solo stronzate.»

Kara spostò di nuovo gli occhi sul parabrezza. «Può darsi.»

«Se sei così preoccupata, posso parlarne con Caleb.»

Lei restò in silenzio per un istante, persa nei suoi pensieri. «No, va tutto bene. Hai ragione. Probabilmente quella puttana era drogata. Perché poi era qui? Non è uno dei posti in cui va di solito.» Arricciò il labbro. «Non dovrebbe fare shopping nei negozi per sole stronze o roba simile?»

Uscì con cautela dal parcheggio, suonando il clacson a un gruppo di adolescenti che aveva deciso di trasformare la strada in una pista da skateboard. Erano circondati da rifiuti: scatole di McDonald's, mozziconi di sigaretta e lattine vuote.

«Vaffanculo, signora!» gridò uno di loro, mollando una pacca sul lato dell'auto.

Kara abbassò il finestrino, afferrò il bicchiere con il frullato avanzato e glielo lanciò.

Rimasi a bocca aperta. Lei non disse nulla, tirò su il vetro e schiacciò l'acceleratore. A tre isolati da lì, diede un rapido sguardo allo specchietto retrovisore.

Mi girai per controllare se ci stessero seguendo. Grazie a Dio non era così.

«Oggi è una pessima giornata per i miei capelli» annunciò, lanciandomi un'occhiata obliqua. «Chiunque sia così stupido da farmi incazzare rischia di brutto.» Tirò su con il naso, e mi domandai se fosse sul punto di piangere. «Adesso sono ancora più arrabbiata. Quei coglioni mi hanno fatto sprecare il frullato.»

«Comunque sei intollerante al lattosio» le ricordai, per cercare di distrarla. «Perciò meglio così.»

Kara mi incenerì con lo sguardo. «Vorrà dire che ne prenderò un altro.»

Soffocai un sorriso mentre accostava a un drive-in Tim Horton e ordinava un Iced Capp con panna extra, scrutandomi torva per tutto il tempo.

«Beatrice-Rose è malata, Kar.»

«Sicuro che lo è. Malata di mente.»

Non avrebbe potuto avvicinarsi di più alla realtà neanche volendo. Le riferii quello che mi aveva raccontato Caleb la sera prima.

«Ho un cattivo presentimento. Stalle lontana, Ver.»

«Non ho intenzione di dormire a casa sua, questo è certo» puntualizzai ironicamente.

Kara sbuffò. «Se lo facessi, quella stronza probabilmente ti mangerebbe a colazione.» Posteggiò l'auto in fondo al parcheggio. «Peccato che non sia abbastanza fuori di testa da essere internata con la forza. E se stesse solo fingendo per suscitare pietà? Oggigiorno tutti vanno in terapia, e allora? Non sono dispiaciuta per lei. Ognuno ha la sua dose di merda nella vita. Alcuni più di altri, ma questo non li autorizza a gettarla su chi li circonda. Sai una cosa? Dimentichiamoci di lei. Passami quell'Iced Capp.»

«Poi però non metterti a scorreggiare al lavoro» la avvisai, estraendolo dal portabicchieri per porgerglielo.

Lei mi mostrò il dito medio e afferrò la bevanda. «Sicura che vuoi lavorare domani? Puoi prenderti la giornata libera. È il compleanno del tuo fidanzato.»

Scossi la testa. Durante il fine settimana c'era parecchio da fare all'officina. Non potevo lasciarla nei guai. Oltretutto Caleb sarebbe tornato tardi. Voleva passare a prendermi, ma gli avevo detto che sarei andata alla festa con Kara.

«Okay, allora mezza giornata» insistette lei.

«No. Tanto ci andiamo insieme. Finito il lavoro, abbiamo tutto il tempo di prepararci.»

«Hai ragione. Ti coprirò le spalle, sorella.»

Ci contavo.

Il giorno dopo mi svegliai elettrizzata e un po' ansiosa. Era il compleanno di Caleb.

Al lavoro non facevo altro che controllare l'orologio. Perché il tempo scorre così lentamente quando si aspetta qualcosa?

Ero euforica all'idea di vedere Caleb, ma il pensiero di incontrare nuovamente sua madre e di conoscere suo fratello e gli altri ospiti mi metteva in apprensione. Alla festa ci sarebbero state molte persone facoltose.

Sapevo che non avrei dovuto lasciarmi intimidire, ma non potevo farne a meno.

Presi il telefono, premetti il tasto HOME, fissai la foto di sfondo in cui io e Caleb ci baciavamo in macchina e all'improvviso mi sentii meglio.

Lui ci sarebbe stato. Era quella la cosa importante. Ricordai la nostra telefonata di quel mattino.

"Oggi è il mio compleanno" aveva detto entusiasta.

Avevo riso. "Auguri, Caleb."

"Non vedo l'ora che tu me li faccia di persona. Sei sicura che non vuoi che ti passi a prendere?"

"Sì. Vengo in macchina con Kar, siamo già d'accordo. Ci vediamo alla festa."

"Non dimenticarti il mio regalo."

"Come sai che te ne farò uno?"

"Cosa?"

Il suo tono scandalizzato mi aveva fatto ridere.

«Stai mandando messaggi sconci a Lockhart?»

Sgranai gli occhi e mi accorsi che stavo sorridendo al display mentre ripensavo a quella conversazione.

«Hai un'espressione lasciva» sottolineò Kara.

Sbuffai e guardai di nuovo l'orologio. Mancava ancora mezz'ora alla fine del turno, ma stava già radunando i contanti della cassa.

«Vuoi iniziare a fare i conti? Ci sono solo due macchine in attesa di essere ritirate.»

«Sì, grazie.»

«Lockhart starà morendo dalla voglia di vederti. Ti ha messaggiata ogni cinque minuti...» Kara si bloccò nell'udire delle grida provenienti dall'officina. Ci fissammo allarmate e corremmo in quella direzione per controllare cosa stesse succedendo.

Ebbi solo il tempo di vedere l'espressione di terrore negli occhi di Kara, poi sentii l'esplosione.

27

CALEB

«Avresti potuto dirmi che ti nascondevi qui.»

Guardai oltre la mia spalla e vidi Cameron in smoking nero con in mano due lattine di birra. Me ne lanciò una prima di raggiungermi sulla terrazza; appoggiò i gomiti sul parapetto di pietra e guardò le luci della città in lontananza.

«Mi serviva un po' d'aria» spiegai, divertito dal fatto che fosse riuscito a scovare della birra. Mia madre non l'avrebbe mai servita a una festa, a meno che non fosse un'esplicita richiesta del primo ministro. O di Mick Jagger. «Dove le hai trovate?»

Cameron mi rivolse un'occhiata beffarda come per dire: "Per favore".

Annuii, riconoscendo la sua genialità prima di bere un sorso. «A quanto pare laggiù non si parla d'altro che di affari.» Indicai con la lattina la gente sotto di noi.

Nei sontuosi giardini fiocamente illuminati le donne sfilavano in abito da sera, sfoggiando gioielli scintillanti, e gli uomini indossavano eleganti completi scuri. Sembrava la scena di un film.

«Immagino che tu abbia ancora molto da imparare» commentò Cameron arricciando il labbro. «È meglio che ti eserciti a fare la faccia da poker, perché dovrai gestire ben altro che semplici proposte di lavoro.»

Scrollai le spalle. Cameron aveva ragione, ma in realtà non mi dispiaceva. Di solito ero a mio agio alle feste, in mezzo alla gente.

Però Red non era ancora arrivata. Sentivo che qualcosa non andava.

«E tu come lo sai?» gli chiesi.

Lui si diede un colpetto sulla tempia. «Ho cervello.»

«Davvero? Questa sì che è una novità.»

Cameron ridacchiò.

«Sai cosa si dice degli uomini con una bella faccia?» aggiunsi con naturalezza.

«Che ce l'hanno piccolo?»

Bevvi un sorso di birra e lo guardai con sufficienza. «Non ho bisogno neanche di parlare. Me ne sto semplicemente fermo e ottengo ciò che voglio.» Feci una pausa. «Non ho forse in mano una birra?»

«Il fatto è che volevo tirarti un po' su. Immagino che lei non sia ancora arrivata.»

Diedi un'occhiata all'orologio per la centesima volta. «Non risponde al telefono.» Estrassi il cellulare dalla tasca. Nessun messaggio.

Ma dov'era Red?

«Hai provato a chiamare Kara?»

«Sì. Ho anche telefonato in officina, ma non c'era nessuno.»

«Ci impiegano una vita a prepararsi. E poi d'estate c'è parecchio lavoro. Avranno fatto tardi.»

Mi passai una mano tra i capelli e mi appoggiai alla balaustra. «Tra mezz'ora vado a prendere la mia ragazza.»

Cameron stava per bere un sorso di birra ma si bloccò e aggrottò le sopracciglia. «Tua madre ti ucciderà.»

Lo scrutai in silenzio.

«Bene. Però guido io.»

Gli rivolsi un sorriso d'intesa. «Vedi? Anche stavolta non ho neanche dovuto dire una parola. Me ne sto semplicemente qui.»

Lui scoppiò a ridere. «Fanculo.»

«Cal?»

Ci girammo entrambi in direzione della voce. Beatrice-Rose, ferma sulla soglia, indossava un vestito rosso e mi guardava con occhi dolci e imploranti.

Vedendola, provai una serie di emozioni contrastanti: pietà, senso di colpa, rabbia. Da qualche parte, oltre a quei sentimenti, nutrivo ancora dell'affetto per la mia amica d'infanzia, ma mi sconcertava l'idea che dentro di sé covasse talmente tanto odio da voler fare del male alla ragazza che amavo.

Si avvicinò lentamente. Cameron cambiò atteggiamento. Sembrava rilassato, ma sapevo che era solo apparenza. Come me, si preparava a un confronto.

«Ciao, Cameron» lo salutò lei.

«Beatrice-Rose.»

«Come stai?»

«Bene.»

Il mio amico era un uomo di poche parole quando voleva. Per farti capire cosa pensava, gli bastava fissarti con i suoi intensi occhi azzurri. Però dovevo ammettere che l'atmosfera era diventata piuttosto tesa.

«Come sta tuo padre?» chiese dolcemente Beatrice-Rose.

Non sembrava aver compreso che Cameron non desiderava parlarle. E neanch'io. Fino a quel momento ero riuscito a evitarla, però adesso mi aveva trovato.

«Ancora in carcere, presumo» rispose freddamente Cameron.

Beatrice-Rose restò a bocca aperta per lo stupore. «Oh... io...»

Lui la interruppe. Non sopportava le frasi di circostanza, ma addolcì il tono quando le domandò: «E il tuo come sta?».

«Non molto bene. Posso... posso parlare un momento con Caleb?»

Cameron si appoggiò alla balaustra, indicandomi con la lattina di birra. «Sta a lui decidere.»

Quando gli feci cenno di sì con il capo, mi lanciò un'occhiata di commiserazione prima di andarsene.

Ci fu un silenzio imbarazzante mentre aspettavo che Beatrice-Rose dicesse qualcosa. Aveva chinato la testa, le mani giunte davanti a sé. «Auguri, Cal.»

«Grazie.»

Lei si morse il labbro, sistemandosi una ciocca di capelli dietro l'orecchio.

"È malata" ricordai a me stesso. Chiusi gli occhi e sospirai. Aveva bisogno d'aiuto, e mi sarei sentito un pezzo di merda se non avessi almeno tentato di darle una mano. «Come va?»

Beatrice-Rose stava piangendo.

"Chissà se è solo una finta." Mi sentii un infame a pensarlo, ma non potei impedirmelo.

«Tutto bene.» Le tremò il labbro. «In realtà... non è vero.»

«Mi dispiace.»

Quando iniziò a grattarsi il braccio, le presi la mano per fermarla. Ben mi aveva detto della volta che se l'era scorticato a sangue.

Mi pentii subito di quel gesto.

Lo scambiò per un segnale che fra noi tutto era tornato alla normalità. Con le guance rigate di lacrime mi abbracciò. «Oh, Cal! Mi sento così sola. Non posso farcela.»

«Beatrice-Rose...»

«Ti prego» singhiozzò, sprofondandomi il viso nel petto.

Sollevai le braccia goffamente. A disagio, le diedi qualche pacca sulla schiena.

«Sei ancora arrabbiato con me, Cal?» chiese lei singhiozzando. Siccome non le risposi, mi strinse più forte. «Non esserlo, ti prego. Non credo di poter sopportare altro dolore. Sto attraversando un bruttissimo momento con mio padre, e se tu ce l'hai con me...»

«Mi dispiace per quello che stai passando. Davvero.»

«Oh, Cal! Mi sei mancato tantissimo. Sapevo che presto mi avresti perdonato.»

«Beatrice-Rose...»

«Veronica è stata solo una distrazione, vero? Miranda dice che andrai nel Saskatchewan per gestire il nuovo hotel. Quando ti trasferirai, Veronica non sarà lì a farti divertire. Posso venire con te e...»

«Smettila.»

«Ti aiuterò io. Chiedimi qualunque cosa, Cal. Farei di tutto per te.»

«Ascoltami.» Diedi un'occhiata alla porta non appena sentii qualcuno schiarirsi la voce. Era Ben, e accanto a lui vidi Red che ci fissava. Il cuore mi balzò in gola.

Finalmente Red era arrivata. Fui pervaso da un senso di sollievo e di felicità. Ma subito dopo mi resi conto di che impressione poteva farle trovarmi lì abbracciato a Beatrice-Rose, e la gioia si trasformò in terrore. "Maledizione." Con riluttanza spostai lo sguardo su Beatrice-Rose. «Ti ringrazio, ma non mi trasferirò nel Saskatchewan.» Mi sciolsi delicatamente dalla sua stretta. «Adesso scusami, è arrivata la mia fidanzata.»

«F-fidanzata?»

Era sbiancata. «Stai bene?»

Si allontanò, coprendosi la bocca con le mani mentre le lacrime continuavano a sgorgarle dagli occhi.

«Beatrice-Rose...»

Non mi stava ascoltando. Fissava Red, e il suo sguardo mi fece rabbrividire fino al midollo. Poi si incamminò velocemente nella sua direzione. Per un istante provai il forte impulso di fermarla. Alla fine la oltrepassò e proseguì verso le scale.

Fui riconoscente a mio fratello quando le corse dietro per consolarla.

Dimenticai ogni cosa non appena posai gli occhi su Red.

Era così affascinante con quell'abito rosso, i capelli sciolti che le cadevano lungo la schiena, le labbra rosse, gli occhi neri. Proprio come piaceva a me.

La presi per mano, intrecciai le dita alle sue e la trascinai via con me.

Oltrepassai velocemente le stanze degli ospiti e la biblioteca diretto verso l'ala ovest dove si trovava la mia camera da letto di un tempo. Chiusi la porta e le presi il viso fra le mani. Appoggiai la fronte alla sua. «Sei qui» sussurrai. «Oddio, quanto mi sei mancata.»

Red mi rivolse un sorriso affettuoso mentre mi cingeva la vita con le braccia. Mi strinse più forte del solito. «Buon compleanno, Caleb.»

«Adesso lo è.»

La baciai lentamente, con tenerezza, assaporandola. Le sue labbra morbide sapevano di cioccolato. D'amore. Di tutto.

«Sei un sogno.»

«Amo l'abito nero con la cravatta rossa. Hai un aspetto molto distinto.» Mi appoggiò la testa sul petto. «Siamo coordinati.»

«Perfetto» mormorai, baciandole i capelli. «Non ce l'hai con me?»

Lei indietreggiò per guardarmi, inarcando un sopracciglio. «Dovrei?»

Inclinai la testa per studiarla in volto. Non sembrava né arrabbiata né nervosa, ma dalla sua espressione capii che qualcosa non andava. «È una domanda a trabocchetto?»

«Caleb.» Il modo in cui sussurrò il mio nome mi provocò una fitta al cuore. «Mi fido di te.»

«E io ti amo.» La baciai ancora. «Quello è il mio regalo?»
«Sì. Volevano che lo lasciassi di sotto con gli altri, ma desideravo dartelo di persona.» Si morse il labbro.
«Bene. Lo apro subito.» Guardai dentro il sacchetto di carta e ci trovai due pacchetti. «Sono tutti e due per me?»
«No. Quello rosa è per tua madre.»
Quanto era dolce!
«Ne sarà entusiasta. Ama i regali.» Tirai fuori il mio, con impazienza strappai la carta, aprii la scatola e trovai un cappellino rosso. Capii subito che lo aveva realizzato a mano per me. Una sensazione di calore mi avvolse il cuore. «L'hai fatto tu.»
«Sì» rispose Red. La guardai e vidi che si stava mordendo il labbro. «Ti piace?»
C'era bisogno di chiedermelo? «Lo adoro. Grazie, piccola. Lo indosso subito.»
«No.» Rise. «Non puoi.»
«Certo che posso.»
«Caleb» mi ammonì, afferrando il cappello prima che potessi metterlo.
Doveva aver notato che mi brillavano gli occhi, perché cominciò a indietreggiare, nascondendo il cappello dietro la schiena.
«Dove credi di andare?» domandai in tono di sfida mentre la seguivo.
Lei si limitò a sfoderare uno dei suoi misteriosi sorrisi e continuò ad arretrare fin quando urtò la parete. Le posai le mani sulla vita, poi le feci scorrere lentamente lungo le sue curve fino all'altezza del seno.
Il suo respiro divenne irregolare.
Mi avvicinai al suo orecchio e sussurrai: «Ti ho presa».
Le strofinai il naso sulla guancia e poi giù fino al collo mentre attraverso il vestito le prendevo i seni tra le mani.
«Questo abito è così provocante! Dimmi, Red, lo hai indossato per me?»
La sentii deglutire prima di fare un cenno d'assenso.
«Dovrai metterlo ancora. Ho dei piani per te e questo abito.»
Dalle labbra le sfuggì un gemito sexy che me lo fece diventare durissimo.
«Non ho mai portato una ragazza nella mia vecchia stanza» dissi, godendomi l'eccitazione che le vedevo negli occhi; da

come il sangue le pulsava veloce sul collo potevo capire quanto mi desiderasse.

Red si schiarì la voce. «Questa era la tua camera?»

«Esatto» risposi, passandole la lingua lungo il lobo dell'orecchio. «Avevo delle fantasie... sul portare una ragazza qui.» Glielo succhiai. «Vuoi che te le racconti? Oppure che te le mostri?»

«Caleb, ti prego...»

«Sì?»

«Baciami.»

«Dove?»

«Caleb.»

L'eccitazione che percepii nella sua voce mentre pronunciava il mio nome mi fece sentire maledettamente bene.

«Vediamo, da dove dovrei iniziare?» la presi in giro, facendo scorrere un dito lungo il suo braccio nudo. «Ci sono così tanti posti da scegliere» continuai, accarezzandole i seni. «È così difficile decidere. Ho bisogno di aiuto.»

Trattenni un sorriso quando la udii emettere un gemito gutturale. Mi fissava la bocca leccandosi le labbra. A quel punto dovevo baciarla o sarei morto.

Con una fitta di desiderio affondai le dita fra i suoi capelli e mi chinai per reclamare la sua bocca.

La assaporai con la lingua.

«Ho bisogno di te. Adesso» ringhiai.

Prima che Red potesse rispondere, qualcuno bussò alla porta.

28

CALEB

«Chi è?» borbottai.

«Tua madre.»

Red aveva un'espressione impaurita mentre mi puliva la bocca per eliminare le tracce di rossetto.

Dovevo darmi una calmata. Feci dei respiri profondi e mi allontanai da lei: dal suo corpo sensuale e dal profumo della sua pelle, allettante come il peccato. Non volevo che aprendo la porta mio fratello maggiore vedesse la mia erezione.

"Pensa a qualcos'altro! Ai miliardi di persone che muoiono di fame nel mondo. Alla gente che vomita. Alla puzza negli spogliatoi subito dopo una partita..."

Che schifo!

Mi sentivo meglio, anche se ero ancora eccitato.

«Tutto a posto. È solo Ben» dissi per rassicurare Red. «Hai ancora il rossetto. Com'è possibile?»

«Kar mi ha prestato il suo rossetto magico al cioccolato, ispirato alla saga di Harry Potter. Caleb, fermo, aspetta!» mormorò, strofinandomi il labbro inferiore talmente forte da farmi male.

«Ahi, Red.»

«Okay. Ecco, è andato via. Come mi stanno i capelli?»

«Splendidamente.»

Mi fulminò con lo sguardo. «Caleb, sii serio.»

«Lo sono.» Feci un ampio sorriso, afferrandola per i fianchi e attirandola a me.

Udimmo un altro paio di colpi. Gli occhi di Red si riempirono di panico. La baciai sulla bocca prima di spalancare la porta.

Ben era fermo sulla soglia, la mano alzata per bussare di nuovo. Guardò prima me e poi Red, quindi sorrise garbatamente.

«Non la fissare» ringhiai.

Lui mi ignorò. «Scusa se non mi sono ancora presentato. Devi essere Veronica. Io sono Ben, il fratello maggiore di Caleb.»

«Sì. Quello anziano» intervenni.

Anche Red mi ignorò.

«Piacere di conoscerti, Ben. Grazie per avermi aiutata a trovare Caleb prima.»

«È stato un piacere.»

Quando fece per prenderle la mano e baciargliela, lo anticipai e intrecciai le mie dita a quelle di Red.

«Ha paura che ti innamori di me. Sai, sono il fratello migliore» commentò Ben facendole l'occhiolino.

Sbuffai.

Red fece una risatina e si voltò verso di me per spiegare: «Ti stavo cercando, ma questa casa è enorme e mi ero persa. È stato Ben a trovarmi». Poi lo guardò accigliata. «Beatrice-Rose è...?»

«Sta bene» rispose Ben. «Non lasciate che vi rovini la serata.»

«Grazie» gli dissi.

«Però non ho intenzione di continuare a coprirti le spalle. È ora che tu affronti la situazione, fratellino.»

Annuii, lanciando un'occhiata a Red. «Adesso va tutto bene.»

C'era lei ora.

Ben scosse la testa, divertito e sorpreso. Non mi aveva mai visto così preso da una ragazza.

«Ci vediamo giù» disse, dirigendosi verso le scale.

Red ripose il cappello nel sacchetto e lo nascose dietro la schiena, fuori dalla mia portata. Le feci l'occhiolino, portai la sua mano alle labbra, baciandole il dorso mentre la conducevo verso le scale e poi in giardino, dove si svolgeva la festa.

«Caleb, aspetta.»

Mi diede uno strattone, costringendomi a fermarmi. Aveva la testa china.

«Red?»

La sollevò per guardarmi e sussurrò: «Ti amo».

Avvertii una stretta al cuore. Deglutii per sciogliere il nodo che sentivo in gola mentre la prendevo tra le braccia, baciandole i capelli. «Ti amo anch'io, Red.»

Quando sprofondò il viso nel mio petto, intuii che qualcosa non andava. Mi scostai di poco, scrutandola. «Cosa c'è, piccola?»

Lei scosse la testa. «Volevo... potresti stringermi per un istante? Ti prego, Caleb.»

«Certo, amore.»

«Non lasciarmi.»

Non potevo sopportare che soffrisse. «Mai. Dimmi qual è il problema.»

«Stasera niente deve andare storto. È il tuo compleanno e sei qui con me. Conta solo questo.»

«Vorrei che mi spiegassi quello che ti angoscia, così potrei sistemare le cose.»

«L'hai già fatto.» Red mi sorrise e allungò una mano per accarezzarmi. Si sollevò in punta di piedi e mi baciò teneramente le labbra.

C'era qualcosa nei suoi occhi, nel modo in cui si soffermarono sul mio viso più del dovuto, come se avesse paura che potessi svanire da un momento all'altro.

«Me lo dirai più tardi?» domandai.

«Sì. Domani. Per prima cosa.»

Sospirai. Sapevo che non voleva rovinarmi la giornata, ma tenendomi all'oscuro mi stava facendo preoccupare. Però se preferiva dimenticare tutto per quella notte, l'avrei accontentata.

«Sono felice che indossi l'anello e la collana.»

Mi sorrise. «Te l'avevo promesso.»

«L'anello è un simbolo. Tutti sapranno che sei mia quando Ben farà l'annuncio ufficiale.»

«Quale annuncio?»

«Del nostro fidanzamento, amore.»

Red rimase a bocca aperta dallo stupore.

«Voglio passare il resto della mia vita con te e desidero che lo sappiano tutti.»

Il suo sguardo si riempì di emozione. «Va bene.»

Percorremmo i gradini di pietra che conducevano al sentiero che si snodava attraverso il giardino, sotto pergolati di piante rampicanti e rose dal profumo inebriante. I cespugli sul ciglio erano rigogliosi. Su un lato era stata sistemata una panchina bianca, per chi desiderasse rilassarsi e godersi la vista delle aiuole fiorite. In fondo c'era un gazebo rischiarato da luci soffuse.

Gli occhi di Red scintillarono di piacere davanti a quello spettacolo. «È pazzesco. Non riesco a credere che tu sia cresciuto qui. Questa casa è fantastica... ed enorme.»

Ridacchiai. «Una volta qui giocavo a nascondino con Ben e mio padre. Non mi trovavano mai. Sceglievo i posti più assurdi in cui rintanarmi. Se vuoi te li mostro. Ti va?»

Red sospirò. «Sapevo che eri ricco, ma non pensavo fino a questo punto.»

Le feci l'occhiolino. «Mia madre. Non io.»

«È lo stesso. Ero molto intimidita quando il maggiordomo mi ha scortata. Chiamarla casa è ridicolo. È un castello.»

«Te ne comprerò uno, se è ciò che vuoi.»

Lei ridacchiò. «A cosa mi servirebbe un castello? E poi avresti un sacco di spazio per seminare i tuoi vestiti sul pavimento. Mi sfinirei a forza di raccoglierli.»

«Ci penserò io.»

Red alzò gli occhi al cielo. Le sorrisi e mi chinai a raccogliere un fiore per infilarglielo dietro l'orecchio.

«Non voglio un castello, Caleb. Non mi interessa. Mi basta una casa semplice. Con te.»

Il cuore mi sussultò nel petto. Come riusciva a farmi sentire sempre in quel modo? Non volevo che smettesse. «Allora è quello che avrai» dissi, intrecciando di nuovo le dita alle sue mentre camminavamo. «Ce ne sono un paio che ho in programma di visitare con te. Troverai un po' di tempo la prossima settimana, amore?»

«Sì. Fammi sapere quando così potrò chiedere la giornata libera a Kar.»

Mi incupii. «A proposito, lei dov'è?»

Red restò in silenzio per un istante. «Purtroppo non è riuscita a venire.»

«Oh. Come mai?»

Lei scosse la testa e mormorò: «Ne parliamo dopo».

Quindi anche quello rientrava nel discorso che doveva farmi.

Vidi uno stuolo di gente e sentii diffondersi una lieve musica e delle conversazioni pacate. Percepii l'ansia di Red dal modo in cui mi strinse la mano mentre camminavamo tra la folla.

«Hai fame? Andiamo a prendere qualcosa da mangiare prima di salutare mia madre. Non vede l'ora di vederti.»

Invece di rilassarsi, Red corrugò la fronte e iniziò a mordersi nervosamente il labbro.

«Ti andrebbero le lumache?» scherzai, conducendola lentamente verso la pista da ballo vuota.

Riuscii a farla ridere. «Preferirei mangiare dei pezzi di vetro. Comunque non ho fame.»

Quando puntò gli occhi nei miei, sussurrai: «Io invece sì».

Arrossì.

Gli ospiti la stavano fissando. E chi poteva biasimarli? Era la donna più bella della festa. Anzi, di tutto il mondo.

Non solo era attraente, ma possedeva uno sguardo vulnerabile e misterioso che suscitava la curiosità delle persone.

«Balla con me, Red.» Le rivolsi un sorriso rassicurante, presi la pochette e il sacchetto che aveva in mano e li sistemai su un tavolo.

Le luci si abbassarono mentre lei mi posava una mano sulla spalla. Guardai il suo bel viso e le tesi la mano con il palmo rivolto verso l'alto. Quando la prese nella sua, le cinsi la vita con il braccio, attirandola a me.

«Sei così bella che mi fa quasi male guardarti» mormorai, desiderando che fossimo da soli.

Una leggera brezza che profumava di rose si mescolò al seducente profumo della sua pelle. La sentii sospirare mentre appoggiava la guancia sul mio petto. Ci lasciammo trasportare dalla musica. Era un brano di Janáček. Doveva essere stato Ben a decidere la scaletta dell'orchestra. Chiusi gli occhi, facendo oscillare lentamente i nostri corpi.

«Credevo che non saresti arrivata» le sussurrai tra i capelli.

Feci scorrere delicatamente i polpastrelli lungo la sua schiena nuda. Era così liscia e calda. Quando la sentii rabbrividire, sorrisi con aria d'intesa. Volevo rimanere da solo con lei.

«Non mi sarei persa il tuo compleanno per niente al mondo.»

«Ancora mezz'ora e sarei venuto a prenderti. Non rispondevi neanche al telefono.»

«Mi dispiace, Caleb.»

I suoi occhi si riempirono di nuovo di tristezza. Desideravo solo farla sentire meglio.

«Se chiedessi di mettere la tua canzone, potresti fare quella cosa magica con i fianchi...»

Rise. Gliel'avrei ripetuto all'infinito e un giorno lo avrei raccontato ai nostri figli.

«Però quel ballo è riservato esclusivamente a me.»

Quando mi guardò, la malinconia era svanita dai suoi occhi. «Cos'hai detto a Beatrice-Rose? Sembrava molto arrabbiata.»

«Solo che sei la mia fidanzata.»

«Oh.»

«Ma adesso non voglio parlare di lei.»

«Indossa il mio stesso vestito.»

«Eh?»

«Ha un abito identico al mio.»

Mi allontanai un po' per guardarla in viso. «Davvero?»

«Non te ne sei accorto?»

«Non le prestavo attenzione.»

«Davvero non l'hai notato?»

«Ehm...»

Red fece una risatina. «Caleb.»

«Mi dispiace. Non è colpa mia.»

Avevo occhi solo per lei. Era forse un peccato?

«Signore e signori, potrei avere la vostra attenzione, per favore?»

L'orchestra smise di suonare. Sollevai la testa e scorsi Ben sul palco, davanti ai musicisti. Aveva in mano un bicchiere di champagne, pronto a brindare.

«Ho un lietissimo annuncio da fare.»

Scrutai il volto della sola ragazza che avessi mai amato e con cui desideravo passare il resto della mia vita. E, come succedeva ogni volta che la guardavo, fui certo che lei era quella giusta.

Red ricambiò lo sguardo, gli occhi che le brillavano di eccitazione, mentre Ben diceva: «Sono molto felice di annunciare il fidanzamento del mio unico fratello, Caleb Nathaniel Lockhart, con Veronica Strafford...».

Attorno a noi esplose uno scroscio di applausi. Ben aggiunse qualche altra parola, poi l'orchestra riprese a suonare. Ma tutta la mia attenzione era concentrata sulla ragazza che tenevo fra le braccia. Con le guance arrossate, era la donna più bella che potessi sognare. E incredibilmente apparteneva a me.

Red era mia.

Seguirono congratulazioni, inviti a feste e cene e pacche sulle spalle. Le donne volevano vedere l'anello. E in tutto questo l'unica cosa che riuscivo a pensare era quanto desiderassi rimanere di nuovo da solo con lei. Quando finalmente il trambusto si placò, la condussi verso un tavolo, afferrai due bicchieri di champagne da un vassoio e gliene porsi uno.

«Hai sete, amore? Posso prenderti dell'acqua se vuoi.»

«Signor Lockhart? Mi dispiace disturbarla, ma c'è una telefonata per lei dal signor Darcy. Ha detto che è urgente.»

"Maledizione." Mi rivolsi all'assistente di mio fratello. «Grazie. Arrivo fra un istante. Red? Devo andare a cercare Ben e occuparmi di questa cosa. Si tratta di un affare di una certa urgenza. Vieni con me?»

Lei scosse la testa e mi sorrise. «Ti aspetto qui.»

«Puoi cercare Cameron per me? Sta' con lui finché non torno. Mia madre probabilmente è impegnata a socializzare in questo momento.» Mi guardai intorno ma non la vidi. «La saluteremo al mio ritorno.»

«Bene.»

La abbracciai e le baciai i capelli. «Arrivo subito. Non andartene.»

«Non lo farò.»

29

CALEB

«Fra tutti i giorni in cui poteva uscire dalla sua caverna, doveva scegliere proprio questo?» mi lamentai.

Ben si rilassò contro lo schienale della sedia e appoggiò i piedi sulla scrivania. Avevamo appena comunicato la nostra offerta ai collaboratori del signor Darcy e stavamo aspettando che ci richiamassero. «Magari accetterà e ti farà un bel regalo di compleanno» osservò, rigirandosi tra le mani un cubo di Rubik. «Adesso chiudi la bocca e mettiti seduto. Lo staff di Darcy sta giocando secondo le regole.»

Gli occhi grigi di mio fratello luccicavano di sfida. Amava tutto quello.

Darcy era un eremita miliardario che possedeva un enorme terreno vicino alla città. Aveva un alto valore immobiliare e, se lo avessimo acquistato, sarebbe stato un grande investimento per la nostra azienda.

In precedenza Darcy aveva rifiutato innumerevoli offerte, dichiarando che non era intenzionato a vendere. Ma quando aveva soggiornato in uno dei nostri hotel, mio fratello era riuscito a convincerlo a intavolare una trattativa. Ben sapeva essere molto convincente quando desiderava ardentemente qualcosa. Era uno squalo nelle negoziazioni.

«Sai, ci so fare con le persone.»

Gli lanciai un'occhiataccia. Lui, con un'espressione divertita, appoggiò sulla scrivania il cubo di Rubik risolto. Era proprio un nerd. Si alzò, si tolse la giacca grigia dello smoking e la sistemò sulla sedia.

Riflettei per un istante sul fatto che sarebbe andato d'accordo con Red. Erano entrambi ordinati.

Siccome Ben viveva quasi sempre in albergo, nostra madre aveva insistito che avesse un ufficio a casa. Era spazioso e lussuoso, con librerie che occupavano tutte le pareti e un caminetto sotto un quadro di Van Gogh. La scrivania era antica e davanti c'erano due sedie dallo schienale alto.

Mio fratello si diresse verso il bar per preparare un paio di drink. «La tua Veronica mi ha colpito, mi pare una che sa badare a se stessa. Sbaglio?» Si avvicinò, porgendomi un bicchiere.

Bevvi un sorso e guardai fuori dalla finestra. Il battito del mio cuore accelerò quando vidi mia madre e Red parlare. «No, non ti sbagli» risposi. «È la persona più forte che conosca.»

«Allora perché la stai fissando come se qualcuno stesse per rapirla?»

Sbuffai. «Non sono...» Mi interruppi, rendendomi conto che in effetti aveva ragione. Mi allontanai con riluttanza dalla finestra e mi appoggiai alla parete. «Non voglio che Beatrice-Rose la infastidisca.»

«Ti preoccupi di Beatrice-Rose, ma cosa mi dici di nostra madre? Sai che se la mangerebbe viva se non le piacesse.»

Mi rabbuiai. «Red le piacerà. Perché non dovrebbe?» Siccome mi aveva insinuato il dubbio, mi riavvicinai alla finestra.

«Io voglio bene a nostra madre, eppure ne ho il terrore» affermò Ben.

Così non era d'aiuto. «Sì, ti capisco» concessi, sorseggiando il drink. «Ma sono sicuro al cento per cento che adorerà Red.»

Confidavo molto nel lato grintoso della mia ragazza. Poteva affrontare qualunque cosa. Ne ero certo.

I collaboratori del signor Darcy richiamarono per accettare la nostra offerta. Io e Ben ci eravamo assicurati che non potessero rifiutarla. Bene. Potevo tornare da Red. Sbirciai di nuovo dalla finestra, cercandola nello stesso punto di prima, ma non c'era. Scrutai il giardino senza riuscire a vederla. Doveva essere entrata in casa. Ero di buonumore quando scesi al pianoterra. Non vedevo l'ora di ballare di nuovo con lei. Magari dopo avremmo potuto defilarci dalla festa.

In casa però non la trovai. Uscii in giardino, tra la folla, poi tornai nella mia stanza e controllai in terrazza. Nessuna traccia di lei. Non rispondeva neanche al telefono. Dov'era finita?

Forse mia madre lo sapeva. Stavo per andare a domandarglielo quando sentii una voce familiare. «Caleb, figliolo.»

Il cuore mi balzò in gola prima di sprofondarmi nello stomaco. Davanti a me c'era mio padre.

Non lo vedevo da mesi. Aveva più rughe intorno agli occhi e alla bocca quando mi sorrise. Era a braccetto con la sua ultima amante, che doveva essere più giovane di me.

Lo fissai, combattuto tra l'affetto e il rancore. Cosa diavolo ci faceva lì?

«Buon compleanno.» Si avvicinò per abbracciarmi. Quando indietreggiai, il suo sorriso svanì.

«Grazie» dissi freddo. «Divertiti con la tua accompagnatrice.»

Mi girai e feci per allontanarmi.

«Caleb.»

Mi bloccai, digrignando i denti.

«Mi concedi un momento, per favore?»

Strinsi i pugni e mantenni un'espressione neutrale mentre aspettavo che parlasse. Come osava presentarsi alla mia festa con la sua amante? La stava sbattendo in faccia a mia madre? Sapeva quanto l'avrebbe ferita e umiliata?

«Figliolo?» insistette lui.

«Stai abusando di quella parola.» Notando la sua aria confusa, sospirai. «Hai smesso di comportarti da padre molto tempo fa.»

Il suo volto si indurì. Diedi un'occhiata alla ragazza che lo stava tirando per il braccio. Lei mi rivolse uno sguardo complice.

Trattenni una smorfia di disgusto: mia madre mi aveva insegnato l'educazione. «Non vorrei essere scortese» dissi in tono paziente, rivolgendomi di nuovo a mio padre. «Ma chi ti ha invitato?»

«Tua madre.»

Rimasi scioccato.

«Le ho chiesto io di farlo, Caleb. Volevo vederti.»

La rabbia mi risalì lungo la gola. «E ti ha detto di portare anche lei?»

Lui fece una faccia colpevole. «No, però...»

«Non ti è bastato il divorzio? Vuoi umiliarla presentandoti

con questa... ragazzina? Siamo onesti e smettiamola di sprecare il nostro tempo. Cosa vuoi?»

«Niente. Sono venuto per te.»

«Stronzate. Parla chiaramente. Anzi, meglio ancora, lascia perdere, tanto non sono interessato. Ci vediamo in giro. O magari no.»

Dopodiché me ne andai. Avevo il battito accelerato e mi sentivo il viso bollente mentre mi allontanavo quasi correndo.

Era venuto per me? Che assurdità.

Mio padre era un bugiardo egoista che usava la gente. Si ricordava della sua famiglia solo quando aveva bisogno di qualcosa. L'avevo capito da molto tempo, ma non significava che non mi facesse più soffrire.

«Cal.» Beatrice-Rose mi comparve davanti, bloccandomi la strada. E adesso cosa diavolo voleva?

«Adesso non ho tempo, Beatrice-Rose.»

«Stai cercando Veronica?»

Il suo viso era il ritratto dell'innocenza, però sapevo che si trattava solo di una facciata. Red mi aveva detto che indossava un abito uguale al suo. Doveva essersi cambiata, perché ora era vestita di bianco.

«È nel gazebo. L'ho appena vista.»

«Grazie.» Feci per andarmene.

«Aspetta! Caleb, non credo che tu voglia vedere cosa sta facendo in questo momento.»

«Perché?»

«È con un ragazzo.»

Se aveva intenzione di creare altri problemi a me e Red, non sapevo come avrei reagito... Respirai profondamente per calmarmi, pizzicandomi il naso.

«Sembrano molto a loro agio insieme» aggiunse con aria preoccupata. «È il tizio con cui hai fatto a pugni al campus. La stava abbracciando e...»

Mi allontanai prima che terminasse la frase. Mi ribolliva il sangue. Il mio umore, già pessimo per l'improvvisata di mio padre, peggiorò ulteriormente.

«Caleb?» mi chiamò Cameron, incrociandomi. «Dove diavolo sei...»

Lo ignorai e mi misi a correre.

30

VERONICA

Sapevo di avere addosso un certo numero di sguardi incuriositi e perplessi, perciò raddrizzai la schiena e camminai impettita, la faccia impassibile. Anche se dentro di me ero agitatissima.

Sentivo la gente sussurrare.

«Chi è quella?»

«Hai visto l'anello che le ha regalato Caleb? E la collana? Favolosi, vero? Strafford... La sua famiglia è nel settore alberghiero come i Lockhart? O in quello immobiliare?»

«Guarda che vestito e che scarpe indossa. Non credo che sia facoltosa.»

Seguirono altri commenti beffardi e, quando passai, due donne tentarono di soffocare una risatina sprezzante.

Le ignorai. Lo champagne che stavano sorseggiando costava più del mio abito. E allora? Se mi fossi lasciata intimidire, sarei corsa via con la coda fra le gambe. Ma mia madre mi aveva insegnato a comportarmi diversamente.

Caleb meritava molto di più.

Io meritavo di più.

Quindi mi assicurai di sfoderare un bel sorriso.

«Spero che tu ti stia divertendo.» La madre di Caleb praticamente fluttuava, con un meraviglioso vestito classico blu reale, i capelli e il trucco impeccabili.

«Buonasera, signora Lockhart.» La mia voce si incrinò. «Sì, molto, grazie. Sono Veronica.»

«Mi ricordo di te.»

Il suo tono era cortese, ma carico di sottintesi. Di sicuro stava pensando a quando ci eravamo incontrate in prigione. Con terrore crescente mi chiesi se rammentasse di avermi vista seduta fuori dall'appartamento del figlio ad aspettarlo come una stalker.

All'improvviso mi ricordai del regalo che avevo confezionato con cura in una bella scatola. Lo tirai fuori dal sacchetto e glielo porsi. «Questo è per lei. Complimenti, ha una casa bellissima.»

La madre di Caleb esitò prima di accettarlo. «Grazie.»

«Grazie a lei per l'invito.»

«Come avrei potuto non invitare la fidanzata di mio figlio?»

Avvertii una fitta allo stomaco.

I suoi occhi mi penetrarono mentre aggiungeva: «Interessante la scelta dell'abito».

Cosa dovevo dire? Dal tono non pareva un complimento. Aveva più l'aria di una sfida.

Ma no, probabilmente cercava solo di essere gentile. O forse... Strinsi gli occhi non appena vidi Beatrice-Rose scendere le scale. Si era messa un abito bianco.

«Beatrice-Rose mi ha detto di averti incontrata in un negozio, ieri, mentre provava il vestito che indossi ora. Deve averti colpito molto, dal momento che hai deciso di prenderne uno uguale per la festa di compleanno di mio figlio.»

Sbattei lentamente le palpebre, facendo un respiro profondo. Poi un altro. «Lei non mi conosce, signora, e non ci siamo incontrate nella migliore delle circostanze, ma sappia che amo moltissimo suo figlio. Non umilierei mai né lui né me stessa con un gesto così meschino come indossare lo stesso vestito di Beatrice-Rose. O di chiunque altro, se è per questo.»

Non doveva aspettarsi che mi sarei difesa perché sgranò gli occhi per lo stupore.

«Beatrice-Rose le ha raccontato l'opposto di ciò che è accaduto» proseguii. «Ero io che stavo provando questo abito quando lei è entrata nel negozio. E a quanto pare adesso si è cambiata.»

La signora Lockhart mi fissò per qualche secondo prima di replicare: «Sì. Mi ha chiesto in prestito qualcosa».

«Be', per fortuna non ha scelto un vestito uguale a quello che indossa lei ora.»

Oddio. L'avevo detto davvero?

«Presidentessa Miranda.»

Cercai di ricompormi non appena la segretaria della madre di Caleb si avvicinò e le sussurrò qualcosa all'orecchio.

«Mi scusi un istante, Veronica?»

Annuii. Non ne ero certa, però avevo avuto l'impressione di cogliere un'espressione di rispetto nel suo sguardo prima che si allontanasse. Mi cedettero le ginocchia.

Avevo bisogno di un drink.

«Ciao, Veronica.»

Chiusi gli occhi per un secondo prima di girarmi.

Perché diavolo non ero andata con Caleb quando me lo aveva chiesto?

Perché volevo provargli che potevo cavarmela nel suo mondo. Volevo renderlo orgoglioso e anche essere fiera di me stessa.

Beatrice-Rose mi rivolse un sorrisetto. Un uomo basso e tozzo con un paio di occhiali bifocali la teneva a braccetto.

«Non credo tu conosca Joe. Joe lei è Veronica, la... ragazza di Caleb.»

«Fidanzata» la corressi.

Fece una smorfia disgustata prima di guardare il suo accompagnatore. «Joe è uno dei maggiori investitori del Miranda Inn. La loro catena di hotel non sarebbe la stessa senza di te, Joe.»

«Beatrice-Rose, tu mi lusinghi.»

«Ma figurati.» Lei sbatté le palpebre prima di spostare gli occhi di nuovo su di me. «Gli stavo dicendo che avrei dovuto proseguire la mia carriera nella danza classica. Ho le gambe adatte. Non credi, Joe?» Si alzò il vestito per mostrargliele.

«Certo, tesoro.»

Beatrice-Rose ridacchiò. «Che adulatore! Joe possiede anche alcuni ristoranti molto redditizi disseminati in tutto il paese. Veronica è una professionista del campo. Non è vero?»

«Oh, sul serio?» Joe mi guardò con un certo interesse.

«Da quanto ho sentito, ha una notevole esperienza come cameriera. Giusto, Veronica?» aggiunse lei.

Joe si accigliò.

«In effetti, sì» risposi calma.

Beatrice-Rose sogghignò. «Siamo a corto di personale in questo momento. Saresti così gentile da riportarlo in cucina?» chiese dolcemente, porgendomi il suo bicchiere mezzo vuoto.

Sentii il sangue ribollirmi nelle vene. Avevo la tentazione di afferrarlo e gettarle lo champagne in faccia, ma tenni le braccia lungo i fianchi. «Sono certa che sei perfettamente in grado di farlo da sola. Perché non sfrutti le tue gambe da ballerina?» le suggerii con lo stesso tono mieloso.

Joe per poco non si strozzò con il drink. Il viso di Beatrice-Rose stava assumendo rapidamente un colorito rossastro.

Non mi importava. Se pensava che avrei subito passivamente i suoi insulti, si sbagliava di grosso.

«Ah, Beatrice-Rose, cerca di non rubare il vestito a qualche invitata mentre vai in cucina.»

Un movimento attirò la mia attenzione. Quasi gridai nel vedere la madre di Caleb che mi fissava.

"Maledetta Beatrice-Rose. Che vadano tutti all'inferno."

Quello non era il mio mondo. Non mi sarei mai ambientata. E non lo desideravo nemmeno. Mi voltai per andarmene.

«Veronica, aspetta!» esclamò Beatrice-Rose. Mi afferrò la mano, facendomi cadere la pochette. Il contenuto si rovesciò sul pavimento.

D'istinto feci un balzo indietro, colpendo accidentalmente Beatrice-Rose e rovesciandole il drink sul vestito.

Quando sussultò indignata, le ringhiai contro. Guardai le mie cose a terra e fui tentata di lasciarle lì, di allontanarmi da lei e da quella messa in scena. In quel momento il mio telefono si illuminò e vibrò. Sul display lessi il messaggio di Caleb.

Ho quasi finito, Red. Non vedo l'ora di ballare di nuovo con te.

Sospirai, frustrata, e mi accovacciai per raccogliere la roba. Restai impietrita quando notai una bustina di plastica trasparente seminascosta sotto la mia borsa. Conteneva della polvere bianca.

Il sangue mi pulsava nelle orecchie, mi sentii impallidire e il mio cervello si spense. Fissai nel vuoto senza né vedere né sentire ciò che avevo intorno. Poi qualcuno mi tirò per un braccio.

«Filiamocela, viso d'angelo.»

I gentili occhi azzurri di Damon mi stavano scrutando con comprensione. Cosa ci faceva lui lì?

Dal momento che non reagivo, insistette. «Coraggio. Non vorrai darla vinta a questi stronzi» mi sussurrò all'orecchio.

Le sue parole mi riscossero. Mi rialzai, cercando di tenere il mento sollevato e di camminare con passo sicuro. Tuttavia dovetti aggrapparmi saldamente al braccio di Damon.

Me ne resi conto solo quando ci fermammo e lui emise un lamento. «So di avere dei bicipiti duri come il marmo, ma non è che potresti allentare un po' la presa?»

Mormorai delle scuse mentre obbedivo. Mi guardai attorno e capii di essere nel gazebo dov'ero stata prima con Caleb.

Ancora scossa, mi appoggiai a un lampione e fissai l'oscurità che ci circondava. Avrei voluto che avvolgesse anche me. «Oddio» piagnucolai, coprendomi la faccia con le mani.

Damon me le spostò delicatamente e si chinò su di me. «È tutto okay, viso d'angelo. È stato un vero spettacolo vederti gettare il drink addosso alla bionda. Sembrava parecchio arrabbiata.» Rise, picchiettandomi il pollice sul mento. «Dimmi, l'hai fatto apposta?» Raddrizzò la schiena e si stiracchiò.

Notai che indossava la classica divisa bianca e nera da cameriere. Era molto attraente con i lunghi capelli scuri e l'orecchino d'argento al lobo.

Mi rivolse un sorriso e si appoggiò anche lui al lampione, dandomi un colpetto sulla spalla con la sua. «Ehi, lo sai che probabilmente mi hai appena fatto licenziare?»

Mi incupii.

Damon rise. «La musica qui fa schifo. Preferirei servire drink in un bar o suonare la chitarra. A essere onesti, stavo cercando un modo per svignarmela. Perciò mi hai salvato, in realtà.» Mi strizzò l'occhio. «Questa gente non è molto gentile.»

Mi morsi il labbro mentre ricordavo la scena di prima in mezzo agli invitati.

«Vuoi una gomma?» chiese lui sventolandomi un pacchetto di chewing gum davanti al viso.

Scossi la testa.

«Ne sei sicura? È al gusto cupcake.» Ne scartò una e se la mise in bocca. «Okay, niente gomma.» Tirò fuori qualcosa dalla tasca del grembiule e me lo mostrò: era la mia pochette. «L'ho recuperata. Non piangere, ti prego.»

«Damon! Oddio. Grazie.» La afferrai, lanciandogli uno sguardo riconoscente. La aprii e vidi che aveva raccolto tutta la mia roba. C'era anche la bustina di polvere bianca.

«Non c'è di che. Mi sono sempre chiesto come mai voi donne utilizziate queste borse minuscole. Non vi dà fastidio tenerle sempre in mano?» Si grattò la testa. «È così piccola. Cosa ci potrà mai entrare? Be', ora lo so.»

Mi resi conto che stava tentando di risollevarmi il morale, però al pensiero dell'accaduto provavo una gran rabbia. «La madre di Caleb probabilmente è convinta che io sia una tossica.» Poi mi venne in mente un'altra cosa. "Forse crede che sia stata io a mettere la droga nell'auto di Caleb."

«Qualunque sostanza sia quella, dubito che l'abbia vista. È davvero cocaina, viso d'angelo? Non avevo idea che avessi problemi di droga.»

«No, no! Oh, santo cielo. Questa giornata è ufficialmente un disastro. Non è roba mia, Damon. Qualcuno deve avermela messa nella borsa. Forse è stata Beatrice-Rose. Stavolta l'ammazzo!»

Respiravo a fatica. I miei occhi si riempirono di lacrime.

«Okay, riflettiamo» disse lui. «Hai qualche prova?»

«Non ne ho bisogno. Non capisci? Ha messo la droga nella macchina di Caleb e stasera mi ha volutamente fatto cadere la pochette... Oddio, le strapperò i capelli uno per uno...»

Damon sollevò le mani per invitarmi alla calma. «Ti capisco benissimo, però bisogna ragionarci sopra... Quindi perché non fai qualche bel respiro? Bene, così. Inspira, espira.»

Aveva ragione, dovevo tranquillizzarmi. Quando sentii di aver ripreso il controllo, gli rivolsi un'espressione di gratitudine. «Sei molto bravo» commentai.

Lui scrollò le spalle. «Ho fatto esperienza con Kar. Da bambini, sai quante volte ho dovuto intervenire per impedirle di uccidere qualcuno?»

«Kar! Oddio. Devo chiamarla per sapere come sta.»

Frugai nella borsa in cerca del cellulare.

«Credevo che foste venute insieme alla festa.»

«Damon...» iniziai con cautela. «Suppongo che tu non l'abbia ancora saputo, ma c'è stato un incendio all'officina.»

«Cosa?» fece lui con voce tremante.

Mi si contorse lo stomaco al ricordo di quel disastro.

«Dimmi che non è successo niente di irreparabile.»

Annuii. «Non preoccuparti. Stanno tutti bene.»

Lui apparve subito sollevato. «Com'è andata?»

«Secondo la polizia, ad appiccare il fuoco è stato un gruppo di ragazzini. Metà del locale è andata in fiamme...»

Sussultai quando avvertii una mano afferrarmi il braccio da dietro per farmi voltare. Mi ritrovai a fissare un paio di intensi occhi azzurri pieni di preoccupazione.

«Kara sta bene?» mi chiese Cameron.

«Sì. Sono tutti sani e salvi.»

Lui fece un sospiro di sollievo, liberandomi dalla sua presa. «Devo andare» disse, guardando oltre la mia spalla.

Mi girai e vidi Caleb. Aveva la mascella serrata per la collera e un'espressione distaccata. Stava fissando me.

31

VERONICA

Gli occhi verdi di Caleb sembravano pugnali roventi mentre inchiodava Damon con lo sguardo. Quando li spostò su di me, mi sentii sotto accusa.

Era bello come sempre, ma aveva un'aria pericolosa.

Si avvicinò e mi afferrò per il polso; poi si girò e mi trascinò via con sé.

Sentii Damon muoversi e a quel punto lo guardai, scuotendo la testa in segno di avvertimento. Trassi un sospiro di sollievo quando rimase immobile.

Caleb aveva le gambe lunghe: ogni suo passo corrispondeva a due dei miei.

Per giunta io avevo i tacchi.

«Caleb?»

Continuò a camminare.

«Caleb, aspetta!»

«Non provarci...» proruppe.

Era talmente arrabbiato che non riuscì a finire la frase.

Mentre arrancavo dietro di lui, pensai alle ragioni per cui poteva avercela con me. Credeva che stessi facendo qualcosa con Damon nel gazebo? Dalle occhiatacce che mi lanciava di continuo da sopra una spalla si sarebbe detto di sì. L'idea mi irritò.

Tentai di sottrarre il polso dalla sua presa, ma lui mi strinse ancora di più, accelerando il passo.

«Lasciami.»

Sapeva cosa mi aveva appena fatto quella pazza ossessionata da lui?

Immaginava quanto mi ero dovuta sforzare per sorridere e parlare a quella gente che mi guardava con aria di superiorità?

Aveva idea dell'inferno che avevo attraversato quel giorno prima di andare alla sua festa?

«Se non mi lasci subito, Caleb, giuro che...»

«Zitta» ringhiò.

Per un istante credetti di non aver sentito bene. Mi aveva appena ordinato di tacere?

Quel comportamento mi scioccò. Lui si era sempre dimostrato molto dolce con me, persino quando era adirato. Non sapevo come reagire a quel brusco cambiamento.

«Cos'hai detto? Chi diavolo credi di essere...»

Le parole mi morirono in gola quando all'improvviso si fermò per guardarmi, senza lasciarmi il polso. Il suo bel viso era una maschera di collera, gli occhi infiammati e sofferenti. Mi caricò sulla sua spalla.

«Mettimi giù subito.»

Iniziò a camminare molto veloce. Percepivo i muscoli forti della sua schiena tendersi per lo sforzo. Si stava dirigendo verso un piccolo cottage all'interno della proprietà.

«La principessa ha forse qualche altra richiesta?»

Per la seconda volta nell'arco di qualche minuto restai a bocca aperta.

Come osava parlarmi in quel modo?

Il sangue mi ribolliva per l'indignazione.

Mi dimenai furiosamente, colpendogli la schiena, le spalle e le braccia, ma il suo corpo non diede cenno di recepire le mie percosse. Però lui pareva sempre più furioso.

«Non è il momento di discutere, Red.»

Aprì una porta che sbatté con violenza contro il muro. Qualche secondo dopo mi buttò senza troppe cerimonie su un letto.

«Ma che diavolo fai?» esclamai, inviperita.

Quando mi misi a sedere, notai che si stava allontanando.

Aveva intenzione di lasciarmi lì?

Mi alzai dal letto. «Chi ti credi di essere?» urlai. «Torna qui!» Lo raggiunsi prima che arrivasse alla porta e lo afferrai per la giacca, strattonandolo.

Caleb si girò così rapidamente che indietreggiai.

Mi bloccò le braccia con le sue grandi mani, attirandomi a sé in modo che i nostri visi fossero solo a qualche millimetro di distanza. Potevo sentire il suo alito caldo che sapeva di menta.

«Sto cercando di controllarmi. Non mettere alla prova la mia pazienza» mormorò.

Suonava come un avvertimento.

O una minaccia.

Lo spinsi contro il muro, strappandogli un grugnito. Notai la sua espressione vulnerabile. Non potevo credere che si fosse ridotto in quello stato a causa di Damon. Caleb pensava davvero che lo avessi tradito con lui? Mi faceva male che, dopo tutto ciò che avevamo passato, avesse un'opinione simile di me.

Aveva il respiro affannoso, le guance arrossate. La sua bellezza non mi aveva mai lasciata indifferente, ma a conquistare il mio cuore era stato il fatto che lui mi mostrasse le sue vere emozioni.

Invece, da quando mi aveva trovata con Damon nel gazebo, non riusciva a trasmettermi nulla a parte la rabbia.

Ero sconcertata da quell'insolita mancanza di tatto. Poi a poco a poco mi calmai. Eravamo stati lontani solo per un paio di giorni, eppure mi sembrava un'eternità. Mi era mancato molto. L'incendio all'officina mi aveva costretta a riflettere su quanto la vita fosse effimera. Avrei potuto perdere Caleb in qualsiasi istante.

Tuttavia il suo comportamento mi faceva soffrire. Sapevo che anche lui ci stava male e mi sentivo frustrata perché eravamo entrambi troppo ostinati e orgogliosi per mettere fine a quel litigio.

«Qual è il problema, Caleb?»

Lui restò in silenzio, digrignando i denti. D'un tratto i suoi occhi si infiammarono. Si era chiuso in se stesso e non voleva un confronto aperto con me. Quell'atteggiamento mi fece infuriare ancora di più. Dovevo esternare la mia rabbia.

Caleb si allentò la cravatta, i muscoli delle braccia tesi sotto il tessuto della giacca. Era virile, attraente. Il fatto che lo desiderassi persino in quell'istante mi irritò.

Afferrai la sua giacca e gliela sfilai, gettandola a terra con noncuranza. Gli misi una mano sulla nuca e lo trascinai verso di me per un bacio punitivo.

Ebbi la sensazione di essere investita da un tornado. Se la sua collera non fosse stata identica alla mia, mi avrebbe spaventato.

Mi mancò il fiato quando mi costrinse a girarmi e mi spinse contro la parete. Vi appoggiai contro le mani mentre Caleb premeva il suo corpo massiccio contro la mia schiena. Percepii la sua erezione.

«Mi fai diventare matto, Red» mi bisbigliò all'orecchio.

Le sue labbra erano vicinissime alla mia bocca. Chiuse gli occhi per un istante e, quando li riaprì, erano pieni di desiderio.

«Ogni volta mi fai questo effetto, Red. Ogni maledetta volta. Per colpa tua sto perdendo la testa. Non hai idea...» Mi prese per i capelli mentre con l'altra mano mi accarezzava il collo e le spalle, per poi strizzarmi un seno. «Non sarò delicato con te stasera» aggiunse prima di premere la bocca contro la mia.

Afferrò l'orlo del vestito e lo strappò.

Ansimai. Ero così incredibilmente eccitata dal tocco delle sue dita che mi provocavano e mi stuzzicavano. Premetti il corpo contro il suo: volevo che continuasse.

«Fermami adesso se non vuoi, Red. Altrimenti...» Respirava affannosamente. Si sfilò la cintura e abbassò la cerniera dei pantaloni. «Ti prenderò proprio qui.»

«No.» Lo sentii irrigidirsi e sorrisi quando allentò la presa. «Non voglio che tu sia delicato» aggiunsi.

Mi girai e lo baciai con trasporto.

Ero dilaniata dal desiderio quando ci ritrovammo sul pavimento. Mi misi a cavalcioni sopra di lui. Con un gemito roco Caleb fece scivolare la lingua nella mia bocca. Poi sollevò i fianchi e si sfilò i pantaloni e i boxer. Con uno strattone gli feci saltare i bottoni della camicia e sentii l'urgenza di possederlo.

Lui mi sollevò il vestito fino alla vita e prese a strofinare le dita sulla mia parte più intima finché iniziai ad ansimare.

Mi morsi il labbro per impedirmi di gemere mentre mi prendeva per i fianchi e mi attirava fra le sue gambe. La sua erezione mi provocò una sensazione fantastica.

Appoggiai le mani sul suo petto nudo per tenermi in equilibrio. Era bollente e coperto da un velo di sudore. Mi sciocсò il fatto che desiderassi leccarlo.

Avevo il respiro corto. La mia pelle era tesa, sensibile in ogni punto.

«Solleva i fianchi per me, Red.»

Ero ancora arrabbiata con lui, volevo punirlo per le parole che mi aveva detto prima, per la sua stupida gelosia e per tutto ciò che era accaduto quella sera. Perciò lo ignorai, continuando a sfregarmi contro di lui.

«Red...» gemette. «Ho bisogno di te.»

Le sue forti mani mi strinsero il sedere per farmi aumentare il ritmo. All'improvviso il mio corpo fu pervaso da un desiderio bruciante. Alla fine lo guardai negli occhi e sollevai i fianchi.

«Sì» dissi ansimando. «Sì, Caleb.»

Le sue dita trovarono il lembo di pizzo delle mie mutandine e lo spostarono di lato. Gridai quando mi penetrò. Era così duro, così grosso che mi riempiva completamente.

Su e giù.

Avanti e indietro.

Su e giù.

«Solleva le braccia, tirati su i capelli. Cazzo, quanto sei bella. Sì, così.»

Quando mi afferrò per i fianchi, gettai la testa all'indietro e lo cavalcai.

L'amore e la brama mi sopraffecero nel vedere il suo sguardo offuscarsi per il piacere, il suo viso tendersi mentre lui cercava di controllarsi. Poi mi prese in mano i seni, strizzandoli e stuzzicando i capezzoli con il pollice.

Puntai gli occhi nei suoi. "Prendimi."

Volevo che venisse. Quell'urgenza mi spinse a muovermi più velocemente. Sentii lo schiocco della mia pelle sulla sua, i nostri corpi bagnati che scivolavano l'uno contro l'altro, l'odore inebriante del suo sudore.

Mi prese per la nuca e mi fece abbassare la testa per darmi un bacio disperato.

«Sì, così, Red.»

Mi premette le labbra sull'orecchio, sussurrandomi frasi sconce ed erotiche su quello che aveva sempre voluto farmi.

Stavo impazzendo dal desiderio.

Mi ritrassi e gli appoggiai le mani sul petto. Le mie unghie affondarono nella sua pelle mentre mi afferrava per i fianchi, penetrandomi prima con movimenti rapidi, poi lentamente e più a fondo.

Sempre più veloce.

Finché la testa cominciò a girarmi, trattenni il fiato e intorno a me ci fu un'esplosione di luce mentre raggiungevo l'orgasmo. Mi lasciai cadere sopra di lui, spossata.

«Non ho ancora finito con te» mi avvertì in un sussurro.

Ansimai e deglutii mentre mi spostava per montarmi sopra.

«Tieniti stretta a me» disse prima di portarmi di nuovo sull'orlo del piacere.

E poi ancora.

E ancora.

32

VERONICA

Caleb mi accarezzò delicatamente la schiena, sfiorandomi con i polpastrelli dal basso verso l'alto. Sentii il suo torace sollevarsi mentre faceva un respiro profondo prima di baciarmi i capelli.

Avevo la sensazione che i muscoli e le ossa si fossero liquefatti, ma il mio cuore si rifiutava di rallentare e continuava a martellare forte contro il petto.

Il rumore della pioggia sul tetto e il lieve sibilo del vento avrebbero dovuto rilassarmi, invece avvertivo ancora una stretta allo stomaco per la discussione di poco prima.

«Red» sussurrò piano lui, in tono sofferente. «Scusami.»

Il dolore e la sincerità nella sua voce mi colpirono profondamente, ma ero ancora in preda al dispiacere e alla collera. Rotolai sulla schiena.

Cosa diavolo mi era saltato in mente di fare sesso con lui? Perché non riuscivo a separare la rabbia dal desiderio?

Non sapevo cosa mi fosse preso.

Caleb si era comportato da stronzo. Mi sconvolgeva ammettere quanto potere avesse su di me, sebbene in un angolo della mia mente lo avessi sempre saputo.

Mi si chiuse la gola quando mi fissò con un'espressione tormentata, tuttavia non lasciai trasparire le mie emozioni. Restai impassibile.

Lui mi accarezzò il viso con una mano, poi sospirò e mi diede la schiena.

«Maledizione» mormorò.

Si chinò in avanti, e i muscoli della schiena e delle spalle si tesero. Appoggiò i gomiti sulle ginocchia e si prese la testa fra le mani. Sembrava così infelice! Provai l'impulso di allungare una mano verso di lui per confortarlo, ma mi trattenni ricordando il modo in cui aveva permesso alla gelosia di controllare le sue azioni.

"Adesso fai l'offesa" mi rimproverò una vocina nella mia testa. "Però quando eri sopra di lui non sembravi affatto risentita."

Chiusi gli occhi. Mi vergognavo di me stessa. Avevo ceduto al desiderio ed ecco il risultato: ci sentivamo ancora tutti e due con il cuore a pezzi. Il sesso aveva placato un po' la nostra aggressività, ma non aveva risolto nulla.

Forse la vecchia me sarebbe scappata nel preciso istante in cui Caleb mi aveva afferrato la mano, trascinandomi via dal gazebo. Però avevo imparato molto da quando lui era entrato nella mia vita.

Non esisteva la relazione perfetta: stava a noi farla funzionare, continuare a lottare per una persona speciale e non arrendersi, perché ne valeva la pena.

Tutti possiedono un parte oscura e una solare dentro di sé. Caleb mi aveva sempre mostrato la seconda, l'altra l'avevo solo intravista. Quella sera invece l'aveva svelata. Ma non era mia intenzione scappare via.

Amare non è mai facile: lo avevo sempre saputo. Caleb mi aveva dimostrato che lui meritava ogni mio sforzo.

Ciò non significava che gli avrei permesso di calpestarmi, ma semplicemente che ero disposta a restare con lui e a sistemare le cose.

Avrei litigato e discusso fino a sviscerare le ragioni della rabbia che covavamo. Stavolta non sarei fuggita.

«Quando ti ho vista con lui...»

«Stai molto attento alle parole che usi» lo avvisai. «Se credi che ti abbia tradito...»

Caleb si voltò a guardarmi. «Mai» disse con determinazione.

«Sarà meglio che ci pensi bene perché... Cosa?»

«So che non l'hai fatto» continuò lui. Aveva la mascella tesa, le labbra serrate per il disappunto.

«Allora che diavolo ti è preso?»

«Ti conosco, Red. So che non mi tradiresti mai. Mi dispiace di essermi comportato come uno stronzo. Meriti un trattamento migliore.»

La sua espressione indifesa e sofferente e il modo in cui incurvò la bocca in segno di rimorso mi commossero.

Chiusi gli occhi, respirando a fondo. Mi sentivo un po' più sollevata dopo quello che mi aveva detto, ma avvertivo ancora una stretta al petto. Caleb continuava a fissarmi, in attesa di una mia replica.

Quando lo sentii muoversi, aprii gli occhi. Si diresse verso la finestra, perfettamente a suo agio benché fosse nudo, e guardò fuori. Anche se mi dava la schiena, dalla rigidità delle spalle e dal modo in cui stringeva i pugni capii che era nervoso.

«Ti ho fatto male?» chiese con voce roca. «Sono stato di nuovo brusco, vero? Sembra che non riesca a trattenermi.» Si passò le mani tra i capelli e chinò la testa. «Io... ti desidero così tanto anche quando sono arrabbiato con te. Mi farai diventare matto. Perché ti sei confidata con lui e non con me?»

Nel suo tono colsi il dolore e la frustrazione. Io invece mi ero placata non appena avevo capito che il motivo della sua collera era il fatto che io avessi raccontato dell'incendio a Damon e non a lui.

Quella sera Caleb mi aveva chiesto più volte che cosa mi turbasse, ma mi ero rifiutata di parlargliene. Probabilmente nel sentirmi confidare tutto a Damon aveva perso il controllo.

Provai a mettermi nei suoi panni: se lui avesse fatto lo stesso con un'altra ragazza, anch'io mi sarei sentita ferita.

Questo però non giustificava il suo comportamento. Non aveva alcun diritto di trascinarmi via o di impartirmi ordini come se fossi un oggetto di sua proprietà.

Caleb si girò. Abbassai lo sguardo e mi sentii arrossire mentre lo scrutavo. Era incredibilmente a suo agio con il suo corpo. Perché non avrebbe dovuto? Era così tonico e asciutto.

Mi tornarono in mente i momenti che avevamo condiviso qualche minuto prima. Mi morsi il labbro per trattenere un gemito quando avvertii una fitta tra le gambe.

«Ti dà fastidio vedermi nudo? Ti senti in imbarazzo?»

«È solo che...» Mi schiarii la voce. «Mettiti i pantaloni, Caleb.»

Mi scrutò per un istante. «No.»

Lo osservai. Era ancora adirato. «Ti comporti in modo infantile» lo accusai.

«Ah, sì? E tu, allora, che continui a evitare di rispondermi?»

«Io non...»

Mi alzai dal letto per recuperare il vestito. Quando lo vidi, sospirai avvilita. Caleb lo aveva fatto a brandelli. Non potevo indossarlo.

Lo guardai: aveva un sorrisetto compiaciuto. Mi infastidì, così gli lanciai l'abito in faccia.

Lo prese al volo. «Un atteggiamento molto maturo» commentò con freddezza.

«Un'altra parola...» lo avvisai, incenerendolo con gli occhi.

Lui serrò le labbra e con aria insolente inclinò la testa, aggrottando le sopracciglia in segno di sfida.

Bene. Ero pronta. «Sai quanto è costato questo vestito?»

Quando scrollò le spalle con noncuranza, mi venne voglia di ficcargli quel costoso straccio in gola.

«Te ne comprerò uno nuovo.»

Chiusi gli occhi e contai fino a dieci. Non servì a calmarmi, allora cominciai a fare dei respiri profondi. "Ora va meglio" mi dissi.

Raccolsi la sua camicia, la indossai e allacciai rapidamente i pochi bottoni superstiti. Poi afferrai i suoi pantaloni e glieli lanciai, con la cintura ancora infilata nei passanti. «Mettili» ordinai. «Non intendo discutere con un uomo nudo.»

«Hai fatto ben altro con quest'uomo» mi sfidò.

Mi stava provocando. Sembrava rilassato ma, dalla luce nei suoi occhi e dal tono di voce capii che era ancora risentito.

Se avessi dato sfogo alla mia rabbia, mi sarei messa a gridare e non avremmo potuto discutere.

O magari l'avrei ucciso.

Incrociai le braccia al petto, mi appoggiai contro la parete di fronte a lui e lo guardai. Non avrei parlato finché non avesse indossato quei maledetti pantaloni.

Caleb mi scoccò un sorriso d'intesa mentre li gettava a terra, prendeva i boxer e se li infilava. Dopodiché mi fissò.

Gli restituii lo sguardo. Non avrei parlato per prima.

Al diavolo la maturità.

Quando l'allegria svanì dai suoi occhi, sostituita dal dolore, capii che era il momento di smetterla con quel gioco. Lo scrutai mentre si avvicinava con aria determinata.

Si fermò a poca distanza da me, sollevando lentamente la mano, con cautela, come per accarezzarmi. I suoi occhi verdi si riempirono di incertezza, come se fosse spaventato all'idea che potessi respingerlo. Alla fine lasciò cadere la mano lungo un fianco. «Ho visto mio padre alla festa» sussurrò.

Chiuse gli occhi, le lunghe ciglia che proiettavano delle ombre sulle sue guance.

«Non sapevo che mia madre lo avesse invitato. Perché avrebbe dovuto? Lo odia con tutto il cuore. È venuto con la sua amante. Credo che sia più giovane di me.» Il tono di voce era disgustato e pieno di vergogna. «L'ha portata nella casa in cui ha cresciuto i suoi figli, dove ha vissuto con mia madre. Che razza di persona può fare una cosa simile?» Lo aveva detto con voce dura, ma gli si incrinò quando aggiunse: «Quale padre si comporterebbe così?».

Sapevo bene che tortura fosse amare un genitore egoista e indifferente. Se in quell'istante Caleb non si fosse girato per appoggiarsi alla parete accanto a me, lo avrei abbracciato.

«Ero furioso» continuò. «Avevo la mente offuscata dall'odio. Ti ho cercata» disse in un sussurro.

Restammo in silenzio per un istante. Tantissimi pensieri ed emozioni mi attraversarono la mente, ma non sapevo come esprimerli. Perciò tacqui e attesi che lui riprendesse a parlare.

«Ero certo che mi avresti calmato, Red. Ci riesci sempre. Ma quando ti ho trovata... ti ho vista con lui. Con Damon. Ho sentito quello che gli raccontavi e finalmente ho capito perché ti eri comportata in modo così strano.»

Abbassai lo sguardo e lo vidi serrare i pugni.

«Non mi ha aiutato vedervi parlare come se vi conosceste da una vita, o che tu gli abbia permesso di starti tanto vicino. Credevo di essere l'unico che potesse farlo. Per questo ho perso la testa. Tu sei mia. Non voglio che nessun altro ti stia accanto in quel modo. Ero già turbato per via di mio padre e trovarti lì assieme a Damon, sentire che gli confidavi le tue preoccupazioni mi ha spinto a perdere il controllo. Non ha neanche dovuto chiedertelo, Red. Gli hai raccontato spontaneamente qualcosa che io ti avevo pregato di rivelarmi.»

Avvertii una stretta al cuore.

«Non volevo rovinarti questa giornata speciale, Caleb» mormorai quando si interruppe. «Per questo non te l'avevo detto.»

«Lo so, ma se hai un problema, devo essere la prima persona a saperlo e quella che lo risolverà.»

Avvicinò lentamente la mano alla mia, sfiorandomi il mignolo per poi intrecciarlo al suo.

Mi voltai e incrociai i suoi occhi verdi. Mi stava guardando come se io fossi l'unica ragazza al mondo.

«Ti desidero da impazzire, e provo sentimenti che mi erano sconosciuti. Ti chiedo molto, lo so, però ti prego, Red: non arrenderti con me.»

Sentii la gola chiudersi, poi finalmente Caleb mi prese il viso fra le mani.

«Scusa, piccola. Puoi perdonarmi?»

«Sì» risposi con voce strozzata. «È anche colpa mia. Avrei dovuto raccontarti tutto.»

Notai la sua espressione di sollievo mentre la tensione lo abbandonava.

«Posso abbracciarti? Posso essere delicato adesso?»

Mi tuffai tra le sue braccia, e Caleb mi strinse teneramente.

«Odio quando litighiamo» mormorò.

«Lo so. Però...»

Mi afferrò le spalle con delicatezza per allontanarmi da sé e studiarmi attentamente. «Però cosa, Red?»

«Non farlo più. Non maltrattarmi e non darmi ordini. Non mi piace.»

Lui abbassò la testa, vergognandosi. «Ti ho spaventata?»

Serrai le labbra. «No» risposi, sincera. «Sapevo che non mi avresti fatto del male. Fisicamente, intendo.»

I suoi occhi si riempirono di raccapriccio. «Mai! Non importa quanto possa essere infuriato...»

«Lo so, Caleb. Va bene. Mi hai fatto davvero arrabbiare e mi hai... scioccata. Non potevo credere che la persona che mi diceva quelle cose, che si comportava in quel modo fossi tu.»

Lasciò cadere le braccia lungo i fianchi.

«Red. Io...» Mi guardò con aria indifesa, incerta, come se avesse di nuovo paura di toccarmi.

«Capisco che qualcosa possa farti perdere completamente il

lume della ragione, Caleb. Però non voglio che usi la forza per ottenere ciò che vuoi da me.»

«No. Te lo giuro. Non accadrà più.»

Annuii, soddisfatta dalla sincerità che percepivo nei suoi occhi e nella sua voce. «D'accordo.»

«Non ti farei mai del male» ribadì lui. Si chinò per baciarmi la fronte, il naso e le labbra. Sorrise, piegandosi per sollevarmi da terra. Notai un lampo di malizia nel suo sguardo mentre gli cingevo il collo con le braccia. Aprì la porta sul retro con il piede e premette un interruttore per illuminare la veranda.

Era una grande stanza quadrata con una magnifica vista sul lago, con poltrone grigie e bianche posizionate davanti alle ampie vetrate, dell'attrezzatura da pesca appesa alle pareti, un paio di mountain bike in un angolo e un frigorifero portatile accanto a un tavolo dall'aspetto rustico.

Caleb mi portò fuori.

«Torniamo dentro. Qualcuno potrebbe vederci. Non sono... presentabile.»

Lui mi rivolse un sorrisetto eloquente. «Lo so. Ma la decenza è l'ultimo dei miei pensieri in questo momento.»

Le mie guance avvamparono.

Vedendo il mio rossore, Caleb fece una risatina. «Scommetto che sei d'accordo con me. Fammi indovinare a cosa stai pensando. Mmh... vediamo» mi prese in giro.

«No» squittii. «Non...»

Mi aggrappai al suo collo mentre raggiungeva un'amaca. Mi ci posò sopra e si sdraiò accanto a me, iniziando a dondolarsi. Si rilassò e mi attirò contro il suo petto.

Mi sentivo così serena! Anche se a poca distanza c'erano tante persone, restare accoccolata fra le sue braccia davanti alle acque tranquille del lago e all'orizzonte buio in fondo mi fecero dimenticare tutto il resto.

«Come vorrei poter rimanere qui con te» confessai piano.

Lui intrecciò le dita alle mie e mi baciò sulla tempia. «Allora resteremo.»

«Non verranno a cercarci?»

Scrollò le spalle. «Non mi importa.»

C'era una cosa che aveva detto prima che mi turbava ancora. «Caleb?»

«Mmh?»
«Ti capisco, sai.»
«Di cosa parli?» mormorò tra i miei capelli.
«Di tuo padre.»
Lo sentii irrigidirsi. Gli strinsi la mano per invitarlo a parlare. Mi rendevo conto di quanto fosse difficile affrontare un argomento che ti toccava così nel profondo.
Con un sospiro lui sollevò la mia mano per portarsela alle labbra e baciarla. «Lo so che mi capisci» sussurrò. «Ormai ho accettato la situazione, però questo non semplifica le cose.»
«Gli vuoi ancora bene.»
«Sì. Non l'ho mai detto a nessuno prima» rispose con voce roca. «Faccio perfino fatica ad ammetterlo con me stesso. Comunque non ha importanza, giusto? Non cambia nulla.»
Annuii. «Sai che non potrà mai tornare tutto come prima, e questo fa male.»
«Proprio così. Mi è molto d'aiuto che tu capisca, Red. Sono felice di averti qui con me.»
«Non prendertela con te stesso perché gli vuoi ancora bene, Caleb. È tuo padre. L'hai avuto accanto per gran parte della tua vita. Nulla potrà cambiare questo fatto. Si dice che non si possano scegliere le persone da amare e immagino che per certi versi sia vero. È una punizione eterna.»
Ripensai a mia madre, che non aveva mai smesso di amare mio padre. E a quanto anch'io gli fossi affezionata, nonostante la sua crudeltà; forse una parte di me voleva restare disperatamente aggrappata ai bei ricordi.
«E pur sapendolo non riusciamo a prendere le distanze» continuai. «Ma sono certa che il dolore che provi adesso prima o poi si attenuerà, che imparerai a conviverci, a non lasciare che ti divori o che ti controlli.» Gli baciai la guancia. «E io ti starò accanto, Caleb.»
«Ti amo, Red.»
«Anch'io.»
Mi appoggiai di nuovo a lui, che mi strinse forte. Sentii il battito del suo cuore, il rumore delle onde che si frangevano sulla riva del lago, la danza giocosa del vento fra gli alberi. Nonostante la serata fosse andata nel peggiore dei modi, la conclusione era perfetta.

«Puoi restare stanotte?» domandò Caleb.

«Sì.»

«Bene. Devo tornare a Regina martedì, perciò domani abbiamo tutta la giornata per noi. Ti porterò ovunque tu voglia. Magari andiamo a vedere qualche casa. Chiamerò l'agente immobiliare.»

Mi morsi il labbro. «Non posso. Vorrei, ma Kar ha bisogno di me. Ho detto a Beth di venire da noi domani per stare un po' insieme. Serata fra ragazze.»

«Non c'è problema.» Mi baciò i capelli. «Puoi raccontarmi cos'è successo all'officina? Dov'eri quando è scoppiato l'incendio?»

Mi irrigidii. «Io e Kar eravamo in ufficio e abbiamo sentito delle grida provenire dall'officina. Siamo corse a controllare e a quel punto c'è stata una forte esplosione.»

Lo sentii trattenere il fiato mentre mi stringeva più forte a sé. «Ma è tutto a posto?»

Annuii. «Sto bene, Caleb. Davvero. Dylan ci ha portate subito fuori. Poi sono arrivati i pompieri, la polizia e l'ambulanza. Nessuno si è fatto male, grazie a Dio. Dei testimoni hanno visto un gruppo di adolescenti fuori dal negozio poco prima dell'esplosione. C'era una tanica di benzina vuota buttata in un angolo. Non ci vorrà molto prima che i responsabili vengano presi.»

«È un sollievo sapere che non ti sei fatta niente e che anche gli altri stanno bene. Ecco perché sei arrivata in ritardo. Non potevo immaginarlo... Dovevi chiamarmi. E dopo quello che hai passato sei comunque venuta alla festa. Non ti ho certo reso le cose facili. Mi dispiace tanto. Spero che prendano quei bastardi» disse animatamente. «L'assicurazione coprirà i danni, ma l'officina perderà molto lavoro durante la ristrutturazione. Potrebbero avere bisogno d'aiuto. Vedrò che cosa posso fare» aggiunse.

La sua offerta mi emozionò. «Kar lo apprezzerà.»

«Forse dovresti venire a Regina a lavorare per me.»

Rimasi impietrita. Lo aveva detto con una tale disinvoltura e naturalezza. All'improvviso mi sentii irrequieta. Mi scostai da lui, mi alzai e camminai lentamente verso l'acqua. Era scura come l'inchiostro, punteggiata di ombre e luci.

Avvertii la sua presenza dietro di me. «Cosa c'è che non va, Red?»

«Non voglio i tuoi soldi, Caleb.»

«Ma di cosa parli?» Mi afferrò per le spalle e mi fece voltare.

«Non sto con te perché sei ricco» risposi.

Lui fece un sospiro e mi studiò per qualche secondo. Poi mi rivolse un sorriso malizioso. «Lo so. Stai con me perché sono in grado di soddisfare ogni tuo desiderio.» I suoi occhi brillarono al chiaro di luna. «Inoltre sono bello come un dio. Non è abbastanza?»

Mi scappò una risata.

«Qual è il vero problema?» mi chiese serio.

Sospirai e mi allontanai da lui, girandomi per osservare di nuovo l'acqua. Mi sentivo più a mio agio se non mi guardava mentre glielo confessavo.

Caleb dovette intuire che avevo bisogno di spazio perché non mi prese la mano come avrebbe fatto di solito.

«Prima di conoscere te sono stata da sola per un po'. Ho imparato a badare a me stessa. Ma questo già lo sai.»

Lui fece un cenno d'assenso.

«Per gran parte della mia vita mi ero appoggiata ad altre persone che provvedevano a me, ma quando ho iniziato a lavorare, mi sono sentita bene, perché ho capito di potermela cavare con le mie forze. Mi piace guadagnarmi da vivere, essere indipendente e avere degli obiettivi. Lavoro sodo per raggiungerli e non voglio rinunciarci.»

«Scusami, Red. La mia era solo una proposta» mormorò Caleb dopo un istante. Raccolse una pietra, la scrutò e la lanciò in acqua. Rimbalzò sulla superficie quattro volte prima di sparire. «Ma perché sei disposta ad accettare le offerte di lavoro di Damon e non la mia?»

«Perché non amo Damon e...»

«Sono felice di sentirtelo dire.»

«E lui non si mostrerebbe indulgente nei miei confronti. Se accettassi la tua proposta, mi parrebbe di approfittarne. Tu non devi darmi nulla, a parte te.» Gli lanciai un'occhiata e notai che aveva abbassato la testa e che si pizzicava il naso con le dita. Stava sorridendo. Quando tornò a guardarmi, sembrava felice.

Gettò un altro sasso nell'acqua. «Ti amo» disse. «Adesso ho capito. Mi dispiace di non esserci arrivato da solo.» La pietra rimbalzò sette volte sulla superficie del lago prima di affondare.

Caleb mi sorrise. Ricambiai, scelsi il sasso più piatto e rotondo che trovai e lo lanciai. Rimbalzò dieci volte.

«Incredibile!» La sua espressione sbalordita mi fece ridere.
Ne lanciai un altro, con aria compiaciuta.

Quando posai di nuovo lo sguardo su di lui, notai che era pensieroso.

«Da piccolo» mormorò, scrutandomi in viso come se fosse la prima volta che lo vedeva «ho conosciuto una ragazzina...»

Tutt'a un tratto dalla casa provenne un forte suono di corno.

«Caleb, la festa...»

«Non preoccuparti, Red. Non si accorgeranno neanche della nostra assenza. Specialmente ora che mio zio ha tirato fuori il suo olifante. Gli piace ostentarlo quando è ubriaco fradicio.»

«Il suo cosa?»

«È un corno da caccia ricavato dalla zanna di un elefante. Afferma di averlo avuto da uno stregone, ma sono sicuro che l'ha preso su eBay. Comunque, ti ho vista parlare con mia madre prima» disse Caleb con cautela. «Si è comportata gentilmente?»

Mi morsi il labbro. Vedendo che non rispondevo, mi tirò delicatamente una ciocca di capelli.

«È stata... educata.»

«Educata» ripeté lui. Percepii una certa disapprovazione nel suo tono. Mi prese per mano e mi condusse verso un punto nascosto in mezzo a un ammasso di rocce e alti alberi. Sulla riva del lago c'era un grosso tronco. Caleb si sedette e mi trascinò accanto a sé.

Non volevo rovinare quel momento, però sapevo che si sarebbe turbato se gli avessi nascosto quello che era successo prima.

«A tua madre ha dato fastidio che io indossassi lo stesso abito di Beatrice-Rose. A quanto pare la tua amica le ha detto che l'avevo fatto apposta.»

Caleb si lasciò sfuggire un'imprecazione.

«La verità è che ieri Beatrice-Rose è entrata nel negozio in cui eravamo io e Kar mentre mi stavo provando l'abito» spiegai. «E c'è dell'altro.»

Lui sospirò, abbassando la testa. Sembrava stanco.

«Mi ha fatto cadere la pochette, e tutte le mie cose si sono sparpagliate sul pavimento. Ricordi che prima che ballassimo l'avevi appoggiata su un tavolo?»

«Sì.»

«Dev'essere stato allora che ce l'ha piazzata.»

«Che cosa?»
«La droga.»
«Eh?»
«Una bustina con della polvere bianca» dissi con voce strozzata. «Sono sicura che è droga. Beatrice-Rose deve avermela infilata nella borsetta.»
Caleb mi strinse la mano. «Come quella che i poliziotti hanno trovato nella mia auto?»
Annuii. «Ha fatto cadere la pochette perché voleva che tua madre vedesse la droga. Ma Damon ha raccolto la mia roba e ha detto che non si è accorta di nulla. Però...» Mi interruppi. «Se non fosse vero?»
«Dov'è adesso la bustina?» chiese lui.
«Nella mia borsetta.»
«Puoi darmela? La farò avere all'investigatore privato. Potrebbero esserci delle impronte. Magari combaceranno con quelle ritrovate nella mia auto.»
«Okay.»
Mi spostò sulle sue ginocchia e posò le mani sulle mie cosce. «Stai bene, Red?»
Gli appoggiai il mento sulla spalla. «Sì, Caleb.»
«È stata Beatrice-Rose a riferirmi di averti vista nel gazebo con Damon. Mi ha detto che ti stava abbracciando. Ha insinuato che foste molto intimi.»
Digrignai i denti.
«Sapevo che mentiva. Non le ho creduto nemmeno per un istante. Anche se Damon ti teneva tra le braccia, ero certo che non mi stessi tradendo.» Mi guardò con aria imbarazzata. «Mi dispiace, Red. A quanto pare non faccio che scusarmi. Mi sento un gran coglione.»
Sorrisi. «Ti sei comportato come tale, ma adesso è tutto okay. Scusarsi aiuta.»
Caleb ridacchiò e con un movimento agile si alzò in piedi, sollevandomi tra le braccia. Mi aggrappai al suo collo mentre si avviava verso il cottage.
«Eri bellissima, stasera» osservò lui. «Grazie per aver sopportato questa farsa.»
«Come facciamo a tornare alla festa? Non posso indossare il mio abito. L'hai distrutto.»

Caleb mi guardò con aria mortificata. «Ti potresti nascondere sotto la mia giacca...»

«Caleb!» esclamai ridendo, ma poi pensai agli invitati e quell'ambiente elegante e avvertii una fitta allo stomaco. «Sei ricco da far schifo.»

Lui rimase sorpreso dal mio commento.

«Non io. Mia madre» mi corresse di nuovo.

«Ci sono un sacco di persone facoltose alla tua festa.»

Aveva un'espressione corrucciata. «Non ti lascerò mai più da sola a una festa.» Mi adagiò sul letto, allungandosi sopra di me mentre mi sistemava i capelli sul cuscino.

«Ci sono molte belle donne» aggiunsi.

Mi passò un dito sulla guancia. Sentivo il suo respiro delicato sulla pelle. «Non quanto te.»

«Non appartengo al tuo mondo, Caleb.»

Mi prese la mano e me la baciò prima di appoggiarsela sulla guancia. Mi fissò negli occhi e sussurrò: «Come puoi non appartenere al mio mondo? Tu sei il mio mondo».

33

VERONICA

«Dovevi vederla mentre faceva la camminata della vergogna, stamattina.»

Socchiusi gli occhi, colpita dal sarcasmo nel tono di voce di Kara. Era dietro il banco a preparare un drink e girava un cucchiaino in una brocca piena di rum e coca.

Lì accanto c'erano fettine di lime, una bottiglia di liquore mezza vuota, diverse lattine di Coca-Cola, tre sacchetti di salatini aperti, una ciotola di Oreo, un piatto di pierogi – i tipici ravioli polacchi –, panna acida e un vassoio di patatine fritte che Beth fissava con desiderio.

«Non stavo facendo la camminata della vergogna» ribattei, però mi sentii le guance avvampare. Chinai la testa, in modo che Kara non mi vedesse arrossire, e andai verso l'armadietto per prendere i bicchieri.

«Ah, no?» Beth alla fine cedette: agguantò una patatina e se la cacciò in bocca. «Ho visto il tuo uomo, Ver. È sexy. Come se la cava a letto?»

«Be', sappi solo che farai meglio a pulire ogni superficie della tua cucina con il disinfettante se lei e Caleb passeranno la notte a casa tua» commentò Kara.

«Kar!»

Lei mi fece l'occhiolino. «Beth è un membro della nostra cerchia ristretta. Ha il diritto di sapere.»

Mi coprii il viso per l'imbarazzo. Kara non avrebbe dovuto neanche sapere dell'episodio della cucina. Era successo solo una volta.

Beth si sventolò le mani davanti al viso. «Accidenti.» Rabbrividì. «Aspetta!»

Kara si bloccò, con la brocca sospesa sul bicchiere.

«Niente alcol per me. Sono a dieta.»

Kara arricciò le labbra. «Ti ho visto mangiare dei biscotti, prima, stronza.»

«Mezzo biscotto» precisò lei. «Non conta.»

«E le patatine» aggiunsi, più che felice di cambiare argomento.

«*Una* patatina.»

Con gli occhi che brillavano di malizia, Kara allungò una mano verso la ciotola di biscotti.

Beth la afferrò rapidamente. «Cosa fai?»

«Hai detto che sei a dieta.»

Beth strinse gli occhi. «Davvero?»

Si fissarono.

«Ti odio» ringhiò Beth, prendendo un biscotto dalla ciotola prima di lasciarla andare. Poi ebbe un ripensamento e ne afferrò un altro. «Okay. L'ultimo. Porta via questi maledetti cosi. Lontano, molto lontano.»

Kara mi rivolse uno sguardo d'intesa. «Ehi, Ver. C'è un po' di torta in frigorifero. Ne vuoi una fetta?»

«Sei proprio una stronza, Kar.» Beth fece una breve pausa prima di chiedere: «È al cioccolato?».

«Be', esiste forse un altro gusto degno della mia bocca?»

«La prendo» proposi, bevendo un sorso del mio drink prima di dirigermi verso il frigorifero.

«Allora, com'è andata la festa?» domandò Kara. «Non dovevi tornare per forza stamattina.»

«Non ti avrei mai lasciata ieri se...»

Lei agitò una mano per zittirmi. «Ti avevo detto che era tutto a posto. Per fortuna non è successo niente a mio padre e a Dylan...»

Beth le strinse la mano. Appoggiai la scatola sul banco della cucina e con il braccio cinsi le spalle di Kara, offrendole il mio sostegno.

«Sto bene» disse lei, tirando su con il naso e allontanandosi da noi. Le porsi un fazzolettino con cui si pulì con cura le sbavature di mascara sotto gli occhi. «Ver, sai che mio padre manda a casa prima il personale quando non c'è troppo da fare. Di solito sono lui e Dylan a occuparsi delle ultime cose. Perciò se fossero stati in fondo all'officina quando è scoppiato l'incendio... Se loro...»

«Adesso basta, Kar. Non si è fatto male nessuno, ed è questo l'importante.»

«Ver ha ragione» concordò Beth.

Kara annuì e fece un respiro profondo. «Qualche ora fa, mentre Ver si riposava dopo la maratona di sesso, mi ha chiamata Dylan. I ragazzi che hanno appiccato il fuoco al negozio sono stati arrestati stamattina.»

«Ottimo! Quegli idioti pensavano di farla franca.» Beth si interruppe. «Un attimo, ma chi sono?»

«Ricordi che ti avevo raccontato di quegli skater che continuavano a dare colpi sulla mia macchina mentre io e Ver uscivamo dal centro commerciale? Quelli a cui ho tirato il frullato?»

«Davvero sono stati loro?» Beth sembrava infuriata. «Hanno incendiato l'officina per quello?»

«Colpo di scena: qualcuno li ha pagati per farlo.»

«Un momento. Cosa?» scattai. Scioccata, afferrai il braccio di Kara.

Lei annuì con aria cupa. «Hanno riferito ai poliziotti che quel giorno, al centro commerciale, una donna li aveva avvicinati e aveva offerto loro cinquemila dollari per danneggiare il negozio mentre noi eravamo all'interno. Dovevano agire il giorno della festa di Caleb. Voi due furbe stronzette avete capito tutto, no?»

Un brivido ghiacciato mi percorse la schiena. «Beatrice-Rose» dissi con voce strozzata. «Kar, è stata lei.»

«Non ho dubbi. Il problema è che secondo i ragazzi indossava un cappello a tesa larga e occhiali da sole, perciò non sono in grado di fornire una descrizione accurata del volto.»

Beth scosse la testa. «Ma che problemi ha quella psicopatica? Avrebbe proprio bisogno che qualcuno le desse una bella lezione.»

«Mettiti in fila, amica» fece Kara. «Ver, devi stare attenta.»

Annuii. «Va bene. Anche tu.»

Nella mia mente si affollò un'infinità di pensieri mentre cercavo di ricostruire tutto ciò che era successo da quando Beatrice-

Rose era venuta nell'appartamento di Caleb. Se aveva pagato qualcuno per incendiare l'officina mentre noi eravamo dentro, allora sarebbe stata capace di qualunque cosa. Decisi che più tardi avrei chiamato Caleb per raccontargli tutto.

«Kar, Cameron è passato di qui ieri sera?» le chiesi.

Lei si adombrò.

«Mi ha sentito raccontare a Damon dell'incendio» le spiegai.

La vidi scrollare le spalle.

«Qualcuno sta reprimendo i suoi sentimenti» la prese in giro Beth. «Hai bisogno del Dr Phil, Kar?»

«Chiudi quella fogna, altrimenti ti do una mano io a farlo.»

«E come?»

«Con i miei stramaledettissimi poteri. Ecco come. Ma adesso cambiamo argomento.»

Beth fece un sorrisetto, avvicinò a sé la scatola della torta, la aprì e sgranò i suoi bellissimi occhi di colori diversi annusandone il profumo.

«Alla festa» iniziai, prendendo i piatti e le posate «Beatrice-Rose indossava un abito uguale al mio.»

«Stai scherzando!» esclamò Kara.

Scossi la testa e sistemai un piatto davanti a Beth.

«Sapevo che aveva in mente qualcosa quando l'ho vista girare nel negozio mentre provavi il vestito» commentò Kara.

«Ha convinto la madre di Caleb che l'avevo comprato apposta per metterla in imbarazzo.»

«Quella stronza meriterebbe di essere giustiziata!» osservò Beth, che stava tagliando la torta.

Strinsi le labbra, indecisa se proseguire. Scrutai le loro facce arrabbiate: quelle due ragazze erano diventate così importanti per me! Se un anno fa qualcuno mi avesse detto che un giorno mi sarei seduta in una confortevole cucina a bere qualche drink con le mie due migliori amiche, confidando loro i miei problemi, gli avrei riso in faccia.

«C'è dell'altro. Caleb ha dovuto rispondere a una telefonata di lavoro, quindi sono rimasta da sola per un po'. E Beatrice-Rose ha tentato di umiliarmi davanti agli ospiti...»

Beth mise con cura nel suo piatto una fettina di torta al cioccolato. «Avresti dovuto chiamarmi. Avrei portato Theo. Senza guinzaglio.»

«Be' grazie. All'inizio non faceva che vantarsi delle sue perfette gambe da ballerina classica e...»

«Può usarle per scappare lontano da me, maledizione» mi interruppe Kara «perché, se la rivedo, mi assicurerò che non possa più camminare.»

«La motosega la porto io» disse Beth. «La faremo a pezzi.» Io e Kara la fissammo sconcertate. «Che c'è? Ho esagerato? Okay, scusate.»

Raccontai il resto mentre mangiavamo i biscotti, la torta e le patatine e bevevamo il rum e coca che Kara continuava a versare, borbottando indignata. Beth invece minacciava torture.

Kara allungò una mano verso il suo bicchiere. «Allora, ieri sera hai fatto un buon uso della cucina della madre di Caleb?»

Le tirai un rotolo di carta assorbente.

«Ahi.»

«Non vi ho ancora detto tutto. Andiamo in salotto.»

Ci sedemmo su divano e raccontai cos'era successo dopo che Caleb mi aveva vista con Damon nel gazebo. Fornii una versione censurata di quello che era accaduto nel cottage e loro emisero una serie di squittii assordanti.

Ormai mi veniva naturale aprirmi con loro, condividere segreti che non avrei mai rivelato a nessuno prima di conoscerle. Un'intimità del genere poteva anche essere normale per molte ragazze, ma non per me. Amavo quei momenti di confidenze perché sapevo che non mi avrebbero né giudicata né derisa.

«Ti avrà scatenato ricordi di tuo...» La voce di Kara si affievolì, e lei si coprì la bocca con le mani. «Scusa! So che non ami parlare di tuo padre.»

«È tutto okay.» Avvertivo un senso di vuoto allo stomaco ogni volta che lo nominavo. Mi morsi il labbro e pensai a come replicare all'osservazione di Kara.

«Sì, immagino che il comportamento di Caleb avrebbe dovuto farmi ripensare alla violenza subita quando ero bambina.» Mi interruppi un istante per raccogliere le idee. «Più che altro, però, ero furiosa con lui perché mi aveva maltrattata. In ogni caso, sapevo che non mi avrebbe fatto del male.»

«Come potevi esserne certa?» domandò Beth.

«Gliel'ho letto negli occhi. Ho visto la crudeltà così tante volte... Conosco lo sguardo di chi vuole causarti danni fisici o emotivi, anche se cerca di dissimulare. Come Justin, per esempio. Beatrice-Rose è una brava attrice, ma se la osservi attentamente riesci a smascherarla. Caleb non ha dentro quella cattiveria» spiegai. «Altrimenti non potrei certo stare con lui. Se viene alle mani è perché qualcuno minaccia la vita delle persone che ama, e lui si sente in dovere di proteggerle. Non è come mio padre» conclusi. «E io non sono mia madre.»

«Ti credo» disse Kara con un singhiozzo, gli occhi vitrei per via dell'alcol. «Immagino che ognuno la veda a modo suo, ma per me un uomo che si comporta da cavernicolo per un intermezzo sessuale è maledettamente sexy.»

Mi sfuggì una risatina.

«Ver, dov'è tuo padre ora?» chiese Kara. «Ma se non ti va non sei obbligata a rispondere.»

Reagii irrazionalmente: il cuore mi si fermò per un attimo e il senso di vuoto allo stomaco divenne insopportabile. «Non saprei. Non ho mai provato a cercarlo» dissi sinceramente. «Potrebbe persino essere morto. L'ultima volta che mia madre lo aveva visto, anni fa, era molto malato. Soffriva di insufficienza epatica a causa dell'alcol e si rifiutava di farsi curare.»

«Spero che sia morto.»

«Kar!» esclamò Beth.

«Lo penso davvero.» Kara si girò verso Beth, le labbra strette in un'espressione di disgusto. «Il padre di Ver è un inutile figlio di puttana.» Fece un singhiozzo. «Non meritava...» Un altro singhiozzo. «... Ver e sua madre.»

Annuii. Kara aveva ragione, però non dissi che anch'io desideravo che fosse morto. Mi sentivo crudele perché, malgrado lui a un certo punto si fosse trasformato in un mostro, all'inizio era stato buono e mi aveva accolto in casa sua. Tuttavia ero abbastanza obiettiva da rendermi conto che era meglio che fosse uscito dalla mia vita. Non mi aspettavo assolutamente di rivederlo.

«E i tuoi veri genitori?» domandò Beth. «Non sei mai stata curiosa di scoprire chi fossero?»

«Sì, certo. Soprattutto quando a casa la situazione si è messa molto male. Avrei tanto voluto che venissero a salvare me e mia madre.»

Feci un respiro profondo, rammentando il periodo in cui

cercavo in segreto i miei genitori biologici. Quando mia madre l'aveva scoperto, si era messa a piangere ma aveva deciso di aiutarmi.

«Mia madre era un'immigrata e rimase incinta qualche mese dopo essere arrivata in Canada. L'uomo con cui mi aveva concepita la lasciò. Lei morì in seguito al parto e non aveva una famiglia.»

Avrei tanto voluto conoscere la donna che mi aveva dato alla luce, morta a soli diciotto anni. Non era mai stata una persona reale per me, ma pensare a lei mi intristiva.

«Be', gli uomini della tua vita sono stati tutti degli smidollati. Caleb deve riempire un grande buco» biascicò Kara. «Oddio, qualcuno mi resetti la mente perché ho appena detto una cosa molto sconcia. O sono semplicemente ubriaca persa?»

«La seconda, Kar.» Risi, versandomi altro rum e coca.

Ancora esausta dalla sera prima, mi appoggiai alla spalliera del divano, chiusi gli occhi e scivolai in un sonno leggero. Mi svegliai di colpo sentendo Kara e Beth che discutevano e ridacchiavano.

«Capitan America è noioso. Thor, invece, sembra uno con molta... energia. E io vorrei tutta quell'energia concentrata su di me» diceva Kara, sventolando una patatina davanti a Beth.

«Chiudi quella bocca!» ribatté lei. «Capitan America non è noioso. È dolce, buono e responsabile...»

«In altre parole, noioso. Sembra il tipo che ripiega perfettamente le mutande nel cassetto.»

«... e molto disciplinato. Mi viene da chiedermi com'è quando perde il... controllo.»

«Sii onesta» intervenni, prendendo il mio bicchiere vuoto. L'avrei riempito di tè freddo. Almeno una di noi tre doveva restare sobria, per ogni evenienza. «A te piace Capitan America perché ti ricorda un ragazzo dolce con i tatuaggi il cui nome inizia per T.»

«No!» esclamò Beth storcendo la bocca. «E poi questo ipotetico ragazzo dolce il cui nome inizia per T preferisce le stronzette pelle e ossa tipo Kara. Se non ti volessi bene, ti odierei, culo secco che non sei altro. Passami i biscotti, Ver.»

«Ma non eri a dieta?»

Mi fulminò con lo sguardo. «Inizio domani.»

«È quello che hai detto la settimana scorsa» commentò Kara con un sorriso malizioso.

«Non ho il diritto di ripensarci?» Beth le diede un'occhiataccia. «In questo paese è per caso in vigore la legge marziale per i grassi? Che problema c'è se una ragazza non è filiforme? Essere secche è forse uno dei dieci comandamenti?» sbottò Beth. «Il cibo non mi giudica mai. Il cibo mi ama e io amo lui.» Si alzò per andare a prendere i biscotti. «Non immagini cosa significhi avere due cosce enormi» continuò, risedendosi sul divano e guardando torva le lunghe gambe sottili di Kara. «Sai quanto è difficile trovare dei jeans che non ti facciano sembrare le gambe due grosse salsicce?»

«O il sedere un baule» aggiunsi per contribuire.

«È una cosa fantastica che i vostri culi riempiano i jeans» intervenne Kara, lanciandoci un'occhiataccia. «E che un vestito non vi balli addosso perché avete le tette. Ed è meraviglioso...»

Beth la interruppe, riprendendo con enfasi il suo discorso dal punto in cui era rimasta. «Oppure trovi dei jeans che contengono alla perfezione le tue cosce grasse e il tuo enorme sedere, ma sono larghi in vita.»

«Verissimo» concordai.

«'Fanculo!» proruppe Kara. «La sapete una cosa? Siamo tutt'e tre belle e toste. La dimensione dei nostri culi non conta niente. Dovremmo essere fiere dei nostri corpi perché sono opere d'arte.»

«Amen» concordai.

«Hai maledettamente ragione. E se uno sfigato non riesce a capirlo, peggio per lui» aggiunse Beth.

«Amen» ripetei.

«Anche se è tenero, premuroso e adorabilmente maldestro quando rovescia il caffè o si abbottona male la camicia o... Non sto affatto parlando di Theo, sia chiaro. Di ragazzi così ce n'è a bizzeffe.»

«Certo, Betty» replicò Kara facendole l'occhiolino.

«Non chiamarmi Betty. Theo mi ha affibbiato il nomignolo di Betty Boop.» Fece un verso avvilito e alzò gli occhi al cielo. «Fermatemi, vi prego. Tappatemi la bocca.»

«Mangia» suggerii.

Kara prese la caraffa di rum e coca, ma quando si accorse che era vuota sprofondò nei cuscini, abbattuta. «Sono troppo pigra per prepararne dell'altro.» Si girò verso di me con un'espressione supplichevole.

Sospirai. «Ci penso io. Torno subito.»

Kara mi scoccò un sorriso radioso. «Ti adoro.»

«Ver, puoi portarci anche degli altri biscotti, per favore? Per favore? Per favore? E le patatine» disse Beth in tono strascicato, gli occhi socchiusi. Era completamente sbronza.

«Ehi, zuccherino» la prese in giro Kara. «Metti un film.»

«Perché devo alzarmi io? Sto comoda. Questa è casa tua. Io sono un'ospite. Dovresti servirmi e...»

Scossi la testa e le lasciai discutere. Cinque minuti dopo sentii l'audio del televisore. Kara esultò. «Wow! Sì! Magic Mike, tesoro. Dammi un po' d'amore!»

Risi mentre finivo di preparare il cocktail. Tornai in salotto con la caraffa in una mano, tre sacchetti di patatine nell'altra e una confezione di biscotti nell'incavo del braccio piegato.

«Non mi alzo più, siete avvertite...» Mi interruppi sentendo il telefono vibrare sul tavolino. Sistemai tutto lì sopra e lo presi. C'era un messaggio di Caleb.

«Problemi?» domandò Kara, sporgendosi dal divano per guardarmi.

Mi accigliai. «Caleb si era dimenticato di dirmi che aveva fissato un appuntamento con l'agente immobiliare per stasera.» Controllai l'ora. «Adesso, per essere più precisi.»

«Credevo avesse rimandato la ricerca della casa a venerdì. Ma che ore sono?» chiese Kara.

«Sono le sei e mezzo. Stamattina eravamo rimasti d'accordo per venerdì» risposi. «Lo chiamo.»

Kara mi lanciò uno sguardo esasperato e si rimise a guardare il film. Mentre telefonavo, con la coda dell'occhio vidi che Beth stava già russando.

«Non risponde. Suppongo che stia parlando con l'agente immobiliare.»

«Be', vai. Scommetto che è una specie di sorpresa. Forse è una casa con un piano di lavoro enorme in cucina.» Kara rise fragorosamente. «Ti viene a prendere?»

«Mi sta mandando un taxi» risposi.

Kara mi strizzò l'occhio. «Credo che Lockhart abbia in serbo qualcosa per te.»

Il taxi mi lasciò davanti a una casa in stile Tudor, con grandi finestre illuminate da luci calde e un balcone panoramico.

Restai fuori per qualche istante ad ammirarla. Sorrisi, immaginando di vivere lì con lui e costruire una famiglia. Caleb mi aveva accennato di volere un cane. Magari avremmo potuto prenderne un paio e lasciarli scorrazzare in giardino.

Pensai a noi due che facevamo colazione insieme sul balcone o che, di sera, ce ne stavamo seduti in veranda a raccontarci le nostre giornate. Quando mi balenò alla mente l'immagine di un bambino con i capelli ramati e gli occhi verdi, sentii una stretta al cuore. "Sogni a occhi aperti" riflettei, sorridendo. Dovevo aver bevuto più rum e coca di quanto pensassi.

La luce del portico si accese non appena mi avvicinai alla porta principale per suonare il campanello. Nessuno venne ad aprirmi. Controllai di nuovo il numero civico. Era l'indirizzo giusto.

Presi il cellulare e chiamai Caleb. Non rispose. Misi la mano sul pomello e lo girai. La porta non era chiusa a chiave.

Se Caleb mi aveva dato l'indirizzo sbagliato e mi avessero arrestata per violazione di domicilio, lo avrei preso a calci nel sedere.

Per un istante mi fermai sulla soglia. Poi sentii un rumore dentro casa e con un sospiro entrai.

«C'è qualcuno?» gridai. La mia voce echeggiò nell'enorme salone.

L'interno era splendido. Non c'erano mobili, ma l'ampio spazio aperto aveva grandi finestre e un moderno impianto di illuminazione.

«Caleb?» riprovai, invano. Qualcosa non andava. All'improvviso provai una sensazione di disagio. L'istinto mi diceva di andarmene. Prima che potessi voltarmi, avvertii una presenza alle mie spalle.

Il rumore del grilletto di una pistola mi gelò il sangue.

«Girati» ordinò una voce familiare.

Trattenni il fiato, muovendomi lentamente. A qualche metro da me c'era Beatrice-Rose, un sorrisetto compiaciuto sulle labbra rosso fuoco.

«Ciao, Veronica.» Mi puntò la pistola alla testa, poi la abbassò sul cuore. «Ti sono mancata?»

34

CALEB

Girare in auto nella zona della città in cui la mia fidanzata passava la giornata con le amiche non significava che fossi uno stalker.

Assolutamente no.

Avevo preso appuntamento con il mio agente immobiliare per venerdì, ma non avrebbe guastato dare un'occhiata a qualche casa in un quartiere più familiare a Red.

Era una zona residenziale, piuttosto silenziosa. C'erano prati curati, coppie che portavano a passeggio i cani, famiglie che si godevano il barbecue in giardino. Quando una bella bambina su una bicicletta rosa di Barbie mi salutò con la mano, le feci un gran sorriso, ricambiando il gesto.

Un giorno io e Red avremmo avuto una figlia.

Il sorriso sul mio volto si allargò non appena notai un cartello con scritto VENDESI fuori da una grande casa in pietra. Parcheggiai lì di fronte, scesi dall'auto e rimasi a fissarla. Aveva un elegante tetto spiovente con due grossi comignoli e finestre con le inferriate. Era in buono stato, con una terrazza panoramica al secondo piano, splendidamente ombreggiata dagli alberi...

«Cal?»

La mia allegria svanì non appena mi girai e vidi Beatrice-Rose in piedi accanto alla sua macchina, parcheggiata vicino alla mia. Con un vestito rosso attillato e le labbra dipinte dello stesso colore sembrava più vecchia. O magari era per quelle occhiaie scure.

«Mi trovavo nei paraggi e ho visto la tua macchina. Devo fare un servizio fotografico con una cliente.» Si mise i capelli dietro l'orecchio con aria insicura.

Sarei dovuto restare a casa.

Lei sorrise, indicando l'edificio. «Tua madre mi ha detto che vuoi comprare una casa. È questa?»

Siccome non risposi si avvicinò, ma l'occhiata che le lanciai la indusse a fermarsi.

«Cal, possiamo essere di nuovo amici?»

Aprii lo sportello dell'auto. «Non credo.»

«Aspetta!»

«Cosa vuoi Beatrice-Rose?» chiesi freddamente.

«Prendiamo un caffè insieme, Cal. Devo dirti una cosa. Per scusarmi. Ti prego.» Mi guardò con occhi teneri e imploranti. «In nome dei vecchi tempi, okay?»

Esitai, poi pensai che anch'io avevo bisogno di dirle alcune cose. Le proposi di andare alla caffetteria in fondo alla strada.

Ci sedemmo in uno dei séparé e ordinammo.

Quando la cameriera se ne andò, Beatrice-Rose afferrò il ciondolo della catenina e lo strinse.

«Arrivo subito al punto. Voglio che tu la smetta.»

Lei sbatté lentamente le palpebre. «Di fare cosa?»

«Non offendermi fingendo di non sapere di cosa sto parlando. Ti conosco. O almeno lo credevo.»

«Certo che mi conosci! Siamo cresciuti insieme. Sai tutto di me, come io so tutto di te. So che Veronica ti ha raccontato tantissime bugie sul mio conto. Però, Cal, non ti farei mai del male. Non devi...»

«Basta.»

«... dar retta a quello che ti dice.»

«Basta» ripetei, avvertendo la freddezza nel tono della mia voce. «Un'altra cattiveria su di lei, e me ne vado immediatamente.»

«Ma Cal...»

La fissai stringendo gli occhi, e Beatrice-Rose si bloccò a metà frase. «Voglio che lasci in pace Veronica e anche me. So che sei stata tu a mettere la droga nella sua borsa ieri sera. Cosa mi dici di quella nella mia macchina?»

«No, Caleb! Non sono stata io, credimi!»

«Non credo più a niente di ciò che dici, ormai. Se non la smetti di molestare Veronica chiederò un ordine restrittivo nei tuoi confronti. Hai esagerato.»

Le lacrime cominciarono a rigarle il viso. «Ma io ho bisogno di te» sussurrò con voce rotta e flebile.

Non ero certo che quelle lacrime fossero autentiche, ma vederla seduta di fronte a me, le piccole spalle incurvate e il viso nascosto fra le mani mentre singhiozzava, mi impietosì.

«Ho bisogno di te, Cal.»

«E io ho bisogno di lei» replicai semplicemente.

Lasciò cadere le mani in grembo mentre sollevava la testa per guardarmi.

«Ho bisogno di lei» ripetei in tono più deciso.

«Non sai quanto ti amo. Non ne hai idea, vero?»

«Se davvero mi amassi, desidereresti che io sia felice. E nulla mi rende più felice che stare con Red. Nulla. So che sei malata. Ben mi ha raccontato di Parigi.»

Prima che potessi aggiungere altro, mi squillò il cellulare. Guardai il display e imprecai. «Scusa, torno subito» la avvertii mentre uscivo per rispondere a Clooney, l'investigatore privato che avevo assunto. «Pronto?»

«Lo hanno preso, Caleb.»

«Chi, Justin?»

«Proprio lui. Quel bastardo si nascondeva a casa di suo zio, a Devil's Lake.»

«La cittadina a sud di qui?»

«Sì. A quanto pare, lo zio è vecchissimo e non esce mai di casa. Non aveva idea di cosa avesse combinato il nipotino. Ecco perché non lo ha denunciato.»

«Come sono riusciti a trovarlo?»

Clooney fece un risolino di commiserazione. «Quell'idiota si è preso una sbornia solenne e ha distrutto la proprietà di un vicino. Adesso è in custodia. Se vuoi parlargli posso organizzare un colloquio. Conosco bene i poliziotti di qui.»

«Sì, voglio parlargli. Arrivo subito.»

«Sbrigati, prima che chieda un avvocato.»

Quando rientrai, le ordinazioni erano sul tavolo e Beatrice-Rose sembrava più calma.

«Mi dispiace, devo andare» la informai, stringendo forte il

telefono in mano mentre lei scuoteva la testa, gli occhi che si riempivano di nuovo di lacrime.

«Caleb, ti prego. Almeno mangia il tuo hamburger. Ti giuro che non ti infastidirò più dopo oggi.»

«Buonasera! È di vostro gradimento?» chiese una cameriera con aria confusa vedendo che non avevamo toccato cibo.

«Vorrei pagare, grazie» le dissi allungandole la carta di credito.

Lei la prese. «Certo. Torno subito.»

Annuii e mi sedetti.

«Ben ha ragione riguardo a Parigi. Ho bisogno di aiuto, Cal. Dopo quello che è successo nel parcheggio dell'università sono crollata. Ho avuto un esaurimento nervoso.» Si interruppe, osservandomi.

Stava cercando di farmi sentire in colpa?

«Mia madre mi ha mandata a Parigi. Non vuole che si sappia che la sua unica figlia ha problemi mentali. Sono stata in una clinica... Quando ho provato a chiamarti, non mi hai risposto.» Prese il bicchiere e bevve un sorso d'acqua. Le tremavano le mani. «Secondo il mio psicologo, per risolvere i miei problemi devo parlare con le persone a cui ho fatto del male e chiedere loro di perdonarmi. Però sostiene che ora sono in una fase di rifiuto. Mi rendo conto che ha ragione. Ho la mente confusa, Cal. Non riesco ragionare con lucidità perché mio padre sta morendo. Non ho nessun altro, lo sai: solo te e lui.»

La cameriera tornò con la ricevuta e mi ridiede la carta di credito. Ci alzammo per uscire dal locale.

«Capisco che non vuoi stare con me adesso, Cal» mormorò Beatrice-Rose, alle mie spalle. «Lei è il tuo coniglio.»

Mi voltai a guardarla e un brivido mi corse lungo la schiena.

«È il tuo coniglio, proprio come Atlante era il mio.»

«Di cosa parli?»

Lei sorrise. «Non è niente. Solo un ricordo. A presto, Cal.»

Mentre mi dirigevo alla stazione di polizia di Devil's Lake, non feci che pensare alla sua espressione e al tono della sua voce. Ero profondamente turbato. Quando vidi Clooney, scacciai quei pensieri dalla mente.

Mi aspettava fuori dall'edificio in compagnia di un agente anziano con una folta barba e gentili occhi castani. Stavano fumando una sigaretta.

«Justin Dumont è in una cella sul retro» mi informò l'agente Penner dopo essersi presentato. «Quel ragazzo era in cerca di guai. In una cittadina come la nostra è difficile combinare qualcosa senza essere colti in flagrante. E questo facilita molto il mio lavoro.» Inspirò una lunga boccata di fumo prima di spegnere la sigaretta e gettarla in un cestino dei rifiuti. «Venite con me.»

Io e Clooney lo seguimmo dentro il piccolo edificio.

«Sapevo che il ragazzo era venuto a stare dallo zio. Ero appena tornato da una vacanza alle Hawaii con mia moglie quando ho ricevuto una telefonata da Jim, il proprietario della White Beaver Farm, la fattoria davanti alla quale siete passati per venire qui» spiegò il poliziotto.

Feci un cenno d'assenso.

«Comunque, Jim al telefono si è messo a gridare che voleva ucciderlo. Aveva intenzione di fargli saltare il cervello se non lo avessi preso immediatamente in custodia. Lo avrebbe fatto sul serio se non fossi arrivato in tempo.»

Raggiungemmo la cella di Justin.

«Svegliati, figliolo.»

Lui era seduto a terra, la schiena contro la parete e il mento sul petto. Dormiva come un sasso. Aveva i capelli e i vestiti sporchi. Nel vederlo provai più disgusto che rabbia.

«Svegliati, figliolo!» ripeté l'agente Penner.

Justin sobbalzò e aprì gli occhi a fatica. «Che cosa vuoi?» proruppe. Quando il suo sguardo incontrò il mio, l'aria assonnata lasciò il posto a un'espressione d'odio. «Che cazzo ci fai qui, stronzo?»

«Hai un bel coraggio a parlarmi così dopo aver messo della droga nella mia macchina.»

Justin si alzò barcollando, con le mani sporche afferrò le sbarre della cella e avvicinò la faccia alla mia. «Che cazzo stai dicendo?»

«Lavati la bocca, ragazzo» lo interruppe l'agente Penner. «Nessuno impreca nella mia stazione.»

«Io parlo come mi pare, vecchio. In questa città di merda non c'è niente. Ero solo di passaggio.»

«Non insultare la mia città. Sei stato denunciato per effrazione, violazione di domicilio, danni a proprietà privata e disturbo della quiete pubblica. Che problemi hai? Stai sprecando la tua vita per niente. Sai quanto ti beccherai, figliolo?»

«Non sono suo figlio, cazzo.»
«No, grazie a Dio.»
«E non ho fatto nulla.»
«Senti, teppistello» intervenne Clooney «abbiamo un filmato in cui si vede che ti intrufoli nel parcheggio sotterraneo del palazzo dove abita il signor Lockhart. Ti ricordi?»
«Non ne so un cazzo.»
«Dove hai preso la droga?»
Davanti all'espressione impassibile di Justin, Clooney scosse la testa in segno di derisione. «Non peggiorare le cose. Ti sbatteranno dentro per vent'anni se non collabori.»
Gli occhi di Justin si accesero di paura. «Non è vero.»
«Magari anche venticinque. Che ne pensa, agente Penner?»
Il poliziotto si accarezzò la barba. «Molto probabile.»
«Possesso di droga, furto... e questo cos'è?» Clooney afferrò il polso di Justin e fece un fischio. «Un orologio Piaget.»
Il sangue mi ribollì di rabbia.
L'investigatore glielo slacciò velocemente dal polso e lo ispezionò. «Ma guarda qui. C'è un'incisione sul retro: "A mio nipote Caleb". Questo è possesso di merce rubata. Un orologio simile varrà cinquemila dollari, o sbaglio? Quest'oggetto le appartiene, signor Lockhart?»
Mi passò il Piaget. Guardai Justin. «È l'orologio che mio nonno mi ha regalato prima di morire.»
«L'ho comprato in un banco dei pegni!» Justin indietreggiò, ma la cella era talmente piccola che andò a sbattere contro il muro. «Non te l'ho rubato!»
«Come sei entrato nel mio appartamento?» domandai. «Meglio che tu confessi. Sai bene che la mia famiglia ha delle conoscenze. Ti farò rinchiudere a vita.»
Lui scosse la testa, deglutendo nervosamente. «È... è stata lei a darmi il codice. Beatrice-Rose. Mi ha pagato per sorvegliare la tua ragazza.»
«Sorvegliare la mia ragazza?»
«Ho i messaggi di Beatrice-Rose. Te li mostrerò. Sono una prova. Non è colpa mia.»
«Parla» sibilai. L'impulso di spaccargli la faccia diventava ogni secondo più forte.
«Dovevo seguire la tua ragazza mentre tu passavi la notte a

casa di Beatrice-Rose. Le ho riferito di averla vista comprarti un regalo, e lei mi ha ordinato di rubarlo.»

Un regalo. Red me ne aveva parlato. Era un portachiavi, mi aveva svelato Kara.

Justin si riferiva alla sera in cui Beatrice-Rose era venuta nel mio appartamento per cenare con me e Red. Quella notte orribile, quando avevo accompagnato a casa Beatrice-Rose pensando che avesse un attacco di panico e avevo lasciato Red da sola a casa mia, era stata l'inizio di tutto.

«Però non l'ho fatto. Allora lei è andata a prenderselo da sola. Lo ha rubato lei! Si era offerta di darmi dei soldi per spaventare un po' la tua ragazza.»

«Spaventare?» Allungai un braccio oltre le sbarre e lo presi per una spalla, tirando forte. Justin gridò di dolore quando lo mandai a sbattere contro le sbarre. «Prova solo a toccarla e ti taglio le mani» gli sussurrai all'orecchio.

«Mi sta minacciando! L'avete sentito? Ha detto che mi taglierà le mani! Fate qualcosa!»

«Io non ho sentito proprio nulla, figliolo. Adesso però diamoci una calmata.» L'agente Penner mi appoggiò una mano sulla spalla. «Lo lasci.»

«Cos'hai fatto a Veronica?»

«Non ho intenzione di dire nient'altro! Allontanatelo da me!»

«Lo lasci» insistette l'agente Penner. «Non mi costringa ad arrestare anche lei.»

Prima di obbedire sbattei di nuovo Justin contro le sbarre.

L'agente Penner si schiarì la voce per attirare l'attenzione di Justin. «Farò in modo di non lasciarti marcire in prigione se ci racconti tutto. Ma se non collabori, mi assicurerò che ci resti trent'anni. Non sto scherzando. Prendo il mio lavoro molto seriamente.»

Non sapevo se dicesse la verità o se la sua fosse solo una tattica per indurre quello stronzo a parlare, però non avevo certo intenzione di ostacolarlo.

Justin si spostò in un angolo della cella, il più lontano possibile da me. «Non ho fatto nulla. Le ho solo dato una spinta, e lei è caduta a terra. Non l'ho picchiata o roba simile.»

Strinsi le mani a pugno. «Pezzo di merda.»

L'agente Penner annuì. «E dopo cosa è successo?»

«Beatrice-Rose mi ha dato il codice. È piuttosto facile intrufolarsi nel palazzo. Il custode non è un tipo molto sveglio.»

«E la droga nell'auto del signor Lockhart?»

Justin abbassò lo sguardo verso il pavimento. «Ho sete. Posso avere dell'acqua?»

«Prima finisci di dirci quello che vogliamo sapere» intervenne Clooney.

«Mi hai rovinato la vita» gridò Justin mentre mi lanciava un'occhiata carica d'odio. «Mi hai fatto cacciare dall'università e dalla squadra di basket, mi hai portato via i miei amici. Dovevo fartela pagare in qualche modo, no? Ricco stronzo viziato.»

«Ti ha chiesto Beatrice-Rose di piazzare la droga nell'auto del signor Lockhart?» chiese Clooney.

Justin fece una risata di scherno. «Lei non torcerebbe neanche un capello a Lockhart. È ossessionata da lui, proprio come tutte le altre sue puttane. È stata una mia idea quella di mettere la droga nella macchina di questo stronzo. Non male, no? È finito in prigione. Ti sei divertito?» Sogghignò, poi aggiunse: «Pensi di essere molto intelligente, vero?».

«E la droga che ieri sera alla festa è stata piazzata nella borsetta della signorina Stafford?» continuò Clooney.

Justin scoppiò a ridere. «Quella è stata un'idea di Beatrice-Rose. Ucciderà la tua puttana, lo sai, vero, Lockhart? È matta. L'ultima volta che le ho parlato, ha detto che cancellerà la tua ragazza dalla faccia della terra. Adesso fatemi uscire. Vi ho raccontato tutto.»

«Andrai in galera. Me ne assicurerò personalmente» gli promisi.

Ero scosso e preoccupato. Volevo chiamare Red per assicurarmi che stesse bene. Se fosse stato necessario, mi sarei appostato davanti all'appartamento di Kara per impedire a chiunque di farle del male. Tuttavia, quando cercai il cellulare, scoprii di non averlo in tasca. Uscii per controllare in auto. Niente. Dove diavolo era finito?

Tornai dentro la stazione di polizia e chiesi di fare una telefonata, ma Red non rispose.

"È tutto a posto" cercai di rassicurarmi. Probabilmente aveva silenziato il cellulare perché si stava divertendo con le sue amiche.

Eppure un campanello d'allarme continuava a squillarmi nella testa. Con il cuore che batteva forte nel petto, chiamai il servizio informazioni, mi feci dare il numero di Kara e lo composi.

«Come dov'è?» biascicò Kara, alzando la voce. «Mi ha detto che le avevi mandato un messaggio per andare a vedere una casa e che ti avrebbe raggiunto. Cosa succede, Caleb?»

Un brivido mi percorse la schiena. «Quando è uscita?»

«Più di un'ora fa. Qual è il problema?»

«Adesso non posso spiegartelo. Devo andare.»

«Aspetta! Caleb!»

Cercai subito Clooney e il poliziotto. Diedi loro gli indirizzi delle tre case che io e Red dovevamo visitare venerdì e gli dissi di allertare le autorità di un possibile sequestro di persona. In teoria non sarebbero intervenute prima di ventiquattr'ore, ma mia madre aveva delle conoscenze. La chiamai immediatamente. Non mi fece domande. La gravità e l'angoscia nel mio tono di voce bastarono a convincerla a fare quello che le chiesi.

Salii in auto, misi in moto e partii. Premetti il piede sull'acceleratore. Non c'era tempo da perdere.

"Resisti, Red. Sto arrivando."

Ero a metà strada rispetto al primo indirizzo quando inchiodai. La macchina dietro di me suonò forte il clacson. C'era qualcosa che non quadrava. Come faceva Beatrice-Rose a conoscere quegli indirizzi?

Mi tornò in mente lo sguardo inquietante sul suo viso quando l'avevo incontrata fuori dalla casa che stavo ammirando poco prima.

Magari mi sbagliavo, però il mio istinto mi spinse a recarmi lì. Se fosse successo qualcosa a Red... Accelerai, pregando Dio che non fosse troppo tardi.

35

VERONICA

Quando Beatrice-Rose mi puntò la pistola al cuore, mi si gelò il sangue nelle vene.

«Non sei più così spavalda, eh?» Sogghignò.

La guardai in faccia. Aveva un'espressione selvaggia, folle.

«Caleb. Oddio, dov'è? Ti giuro che se gli hai fatto del male...»

«Del male?» Lei arricciò il labbro superiore, come se l'avessi insultata. «Fare del male al mio Caleb?»

«Dov'è?»

«Dov'è?» mi fece il verso in tono beffardo e infantile, avvicinandosi.

Gridai di dolore quando mi colpì con la pistola su uno zigomo.

«Fa male, vero?» Stavo per reagire, ma lei indietreggiò scuotendo il capo e puntandomi l'arma alla testa. «Un altro movimento e ti faccio saltare il cervello. Allora sì che sarai davvero Red.» Negli occhi aveva un'espressione ferina e divertita. «L'hai capita, la battuta?» Fece una risata da pazza. «Sarai degna del tuo nome quando il tuo sangue sarà sparso sul pavimento. Red. Red. Red!»

«Sei fuori di testa.»

Lei si bloccò, e l'espressione divertita le sparì dal volto. «Che cos'hai detto?»

Nella sua voce c'era un tono di avvertimento che mi spinse a procedere con molta cautela. «Lasciami andare. Ti prometto che non dirò niente a nessuno.»

Beatrice-Rose socchiuse gli occhi. «Mi hai presa per una stupida? Non uscirai mai da qui.»

Un'ondata di terrore mi travolse. Stava per uccidermi.

«Dov'è Caleb?»

«Non pronunciare il suo nome! Non lo meriti. Muoviti!» mi ordinò, spalancando una porta, che sbatté. Il rumore riecheggiò nella casa vuota. «Scendi da quelle scale.»

Era buio, l'odore della trementina e della pittura fresca mi assalirono le narici. Beatrice-Rose si spostò dietro di me, spingendomi. Mi aggrappai al corrimano per evitare di inciampare, graffiandomi le nocche contro le ruvide pareti in pietra.

«Muoviti ho detto!»

Era la mia unica possibilità. Potevo coglierla di sorpresa e spingerla giù dalle scale.

D'un tratto le luci si accesero, accecandomi. Prima che potessi riprendermi, avvertii la pressione delle sue mani sulla schiena e ruzzolai giù, urlando. Mi coprii la testa e urlai di dolore quando atterrai sulla gamba sinistra. La sentii ridere.

Il cellulare mi vibrò in tasca. Dovevo trovare il modo di prenderlo senza farmi vedere, ma lei mi stava già venendo incontro con un sorriso trionfante.

«Non sei così bella adesso. Magari dovrei sfregiarti la faccia prima di ucciderti. A quel punto non gli piacerebbe più così tanto, giusto?»

La rabbia mi ribolliva dentro, scacciando la paura. Un tempo ero debole, mi lasciavo paralizzare dal panico se mi ritrovavo alla mercé di una persona malvagia.

Adesso però era diverso.

Avrei combattuto con tutte le mie forze. L'avrei uccisa prima che lei uccidesse me.

Mi tirai su con la schiena e sentii il coltellino premere contro la pelle. Se Beatrice-Rose si fosse avvicinata, sarei balzata in piedi e l'avrei accoltellata.

Mi guardai intorno, in cerca di qualcos'altro con cui difendermi. Evidentemente in quella casa era in corso una ristrutturazione. C'erano dei mobili ammassati su un lato della stanza e tavoli ricoperti di plastica. Forse lì avrei trovato degli arnesi, ma ero troppo lontana.

«Per tutta la vita non sono mai stata abbastanza brava in niente» ringhiò Beatrice-Rose. «Ma con Caleb era diverso. Lui mi faceva sentire bella e importante. Dovevi lasciarlo in pace. Lui è mio e tu me l'hai rubato. Però me lo riprenderò. Caleb torna sempre.»

«Non stavolta. Non se mi uccidi.»

«Vedremo. Papà ha ucciso Atlante, no? Eppure io l'ho perdonato. Anche Caleb mi perdonerà, proprio come io ho fatto con mio padre quando ha ammazzato il mio coniglietto. Tu sei l'Atlante di Caleb. Sei il suo coniglio. Capisci?»

Restò lì in piedi, puntandomi la pistola alla testa e grattandosi un braccio con aria assente, finché non iniziò a uscire il sangue. I suoi occhi quasi mi imploravano di comprenderla.

"Continua a farla parlare. Distraila."

Quando cominciò a camminare su e giù, borbottando sottovoce, con cautela allungai una mano verso il cellulare nella tasca posteriore e premetti il tasto delle chiamate di emergenza. Posai il telefono sul pavimento, nascondendolo dietro di me. L'operatore avrebbe sentito tutto, e presto sarebbero arrivati i soccorsi.

«Metti giù la pistola, Beatrice-Rose. Ti prego.»

Aveva lo sguardo annebbiato. «Papà ha ucciso Atlante con un martello. Lo sapevi? Gli aveva rovinato il vestito. Aveva ferito i suoi sentimenti. Tu hai ferito quelli di Caleb. Gli hai fatto del male!»

«Capisco quello che vuoi dire.»

Beatrice-Rose annuì, sorridendomi come un'insegnante orgogliosa del fatto che una sua studentessa ha risposto bene a una domanda difficile. «Però, ssh.» Si portò l'indice alle labbra. «Non devi raccontarlo. Non puoi dirlo a nessuno, okay?»

Feci cenno di sì.

«Mi sono sforzata così tanto di comportarmi bene, ma Caleb non riesce a capirlo perché ci sei tu fra i piedi! Hai rovinato tutto, Red. Hai rovinato Caleb.»

«Mi dispiace, Beatrice-Rose.»

Presi il coltellino dalla tasca posteriore e lo aprii.

«Volevo concederti qualche altro giorno con Caleb prima di sbarazzarmi di te, ma quell'idiota di Justin si è fatto arrestare. Non c'è più tempo. Devo farti fuori. È stata tutta colpa di Justin, era suo il piano.» Beatrice-Rose si avvicinò, facendo oscillare la pistola lungo il fianco come se fosse un giocattolo.

Strinsi il coltellino nel palmo sudato. «È stata una sua idea piazzare la droga nella macchina di Caleb e nella mia borsetta?»

Lei rimase in silenzio per qualche istante. «Non farei mai nulla per danneggiare Caleb! È stata opera di Justin! Per poco non l'ho ammazzato, quel cretino, per il casino che ha combinato. Però se l'è data a gambe. La droga nella tua borsa, invece, l'ho messa io.» Rise. «Non è stata una trovata molto originale, lo ammetto, ma volevo che Miranda la vedesse! Che pensasse che quella nell'auto di Caleb fosse tua. Così ti avrebbe detestata.»

Quindi avevo ragione.

«Hai presente quel ridicolo portachiavi che gli hai comprato? L'ho bruciato.» Fece un risolino. «Non c'è più. Sai che sono entrata nell'appartamento di Caleb, vero? Conoscevo il codice. Mi ama così tanto che me l'ha dato lui. Si fida di me. Tu, invece, sei inattendibile. Sei falsa.» Strinse gli occhi in preda alla rabbia. «Ma come fai a cavartela sempre? Ora perfino Miranda è dalla tua parte! Come osa accusarmi di averle mentito riguardo a te? Sei proprio brava a nascondere la tua vera personalità. L'hai presa in giro. E anche Caleb.»

«Hai ragione. Lasciami andare. Parlerò con Caleb.»

«Bugiarda» proruppe lei. «Mi credi un'ingenua?»

«Certo che no. C'è il tuo zampino anche nell'incendio al negozio, giusto? Hai pagato tu quei ragazzi.»

«È ovvio. Idioti. Che perdita di tempo! Non sono neanche riusciti a impedirti di venire alla festa.»

«Per poco non hai fatto uccidere Kar e la sua famiglia!»

«Avrei dovuto dirgli di bruciarle anche la casa. Ma sistemerò io la tua amica dopo che mi sarò occupata di te.»

«No!» La rabbia mi ribolliva nelle vene. Balzai in piedi, appoggiandomi con tutto il peso sulla gamba illesa, e le trafissi una mano. Persi l'equilibrio e finii a terra con un tonfo.

Lei gridò. La pistola cadde, scivolando sotto un divano.

«Maledetta puttana!» imprecò, il sangue che le colava dalla ferita profonda.

Dovevo prendere la pistola.

Il cuore mi batteva all'impazzata mentre strisciavo sul pavimento. Il dolore lancinante alla gamba mi strappò un urlo. Beatrice-Rose fece un gran sorriso, più sicura di sé adesso che aveva visto che ero ferita. Si diresse verso la pistola.

Digrignai i denti, mi alzai e zoppicai per lanciarmi contro di lei, accoltellandola alla schiena. Percepii la raccapricciante sensazione del metallo che affondava nella sua carne.

Lei strillò, si girò e mi diede un pugno in faccia. La accoltellai di nuovo. La gamba ferita cedette e caddi sul pavimento, sbattendo la nuca. Un conato mi salì in gola.

«Ucciderò tutte le persone che ami, maledetta!» minacciò lei.

Ingoiai la bile e mi tirai su. Mi girava la testa. Sbattei gli occhi per schiarirmi la vista e scorsi Beatrice-Rose accovacciata accanto al divano, il coltello che le sbucava dalla schiena. Aveva appoggiato il braccio destro al cuscino per sorreggersi, e con la mano sinistra stava cercando la pistola.

Spinta dalla collera e dall'adrenalina corsi verso di lei e le estrassi il coltello dalla schiena. Lei strillò di dolore. Senza esitare glielo affondai nella mano sinistra. Sentii la punta che la trapassava fino a trafiggere il cuscino. Era in trappola.

Ululò come un animale, dimenandosi. Quando l'altra mano sbucò da sotto il divano, vidi un bagliore metallico. Gliel'afferrai, e Beatrice-Rose mi lanciò un'occhiata carica d'odio.

Un sordo colpo d'arma da fuoco mi risuonò nelle orecchie.

CALEB

Inchiodai, balzai fuori dalla macchina e corsi verso la casa davanti alla quale avevo incontrato Beatrice-Rose. E in quel momento sentii uno sparo.

Fui invaso da un'ondata di panico che mi offuscò la mente e mi fece rabbrividire mentre correvo verso la porta principale, aprendola a calci. Gridai il nome di Red, precipitandomi dentro.

Doveva stare bene. Per forza.

«Red!»

Dal seminterrato provenne un urlo. Sfrecciai verso la porta e poi giù per le scale. Quando arrivai in fondo, rimasi impietrito da ciò che vidi.

Oddio. Oddio. La mano di Red era piena di sangue. Lei si proteggeva il petto con un braccio. Beatrice-Rose la fissava con odio mentre le puntava la pistola alla testa. Aveva una mano bloccata sul divano, trapassata dalla lama di un coltello.

«Ti ucciderò. Poi ammazzerò tutti quelli che ami. Tutti, maledetta puttana!» gridò, rivolgendosi a Red.

«Beatrice-Rose» sussurrai. «Metti giù la pistola.»

Lei girò la testa per guardarmi, gli occhi sgranati per il terrore, e spostò l'arma verso di me. «Caleb! Non è come pensi. Veronica ha cercato di uccidermi...»

Red lasciò uscire un urlo raccapricciante mentre le balzava addosso, facendole cadere di mano la pistola, che atterrò a qualche metro di distanza. Poi le torse il braccio ed estrasse il coltello prima di spingerla sul pavimento.

Beatrice-Rose atterrò sulla schiena. Red si mise a cavalcioni sopra di lei e iniziò a prenderla a pugni in faccia con il braccio illeso, fino a farle uscire il sangue dal naso. Continuò a colpire e a lottare ferocemente, come un animale selvaggio.

«Basta, Red.» La afferrai per la vita e la trascinai via.

Lei scalciava e gridava, dimenandosi, anche se ormai Beatrice-Rose giaceva a terra svenuta.

La costrinsi a guardarmi mentre la stringevo tra le braccia. «Adesso puoi smetterla. È finita. È finita.»

Solo allora si calmò, e io l'abbracciai ancora più forte, facendole appoggiare la testa sotto il mio mento.

«Caleb?»

«Sono qui, tesoro. Sono qui.»

«Ti aveva puntato la pistola contro... Stava per spararti...»

«Ssh, piccola. Va tutto bene. Non l'ha fatto. Non è successo.» Quando le accarezzai il braccio destro, sussultò. «Sei ferita!» esclamai.

«Non preoccuparti. La pallottola mi ha beccato di striscio.»

Quando le cedettero le gambe, la presi in braccio. A quel punto udimmo il suono delle sirene.

«L'hai fatta nera, Red.»

«Proprio così.»

«Mi sono spaventato da morire. Credevo...» Mi si chiuse la gola. Lei mi posò le labbra sul collo, e sprofondai il viso tra i suoi capelli. «Ti amo così tanto.»

«Ti amo anch'io, Caleb. Voglio tornare a casa.»

Premetti la fronte contro la sua e la baciai. «Per sempre.»

36

VERONICA

Erano passate due settimane dall'incidente con Beatrice-Rose, e quasi ogni giorno Caleb mi aveva svegliato accarezzandomi dolcemente una guancia.

«Ciao, Red» sussurrò. «Buongiorno.»

Era seduto sul bordo del letto e, quando si avvicinò per chinarsi su di me, una ciocca di capelli gli cadde davanti al viso.

«Mi stavi sognando?»

Mi misi una mano davanti alla bocca. Potevo avvertire il calore emanato dalla sua pelle. I suoi occhi verdi mi scrutavano attraverso il ciuffo.

Gli sorrisi. Lui si raddrizzò, scostandosi i capelli dalla faccia con aria distratta. «Ti ho baciata così tante volte al mattino che conosco bene l'odore del tuo alito appena sveglia.» Tentò di togliermi la mano dalla bocca.

«Caleb!»

«Non capisco quello che dici» mi prese in giro lui con una risata. «Se vuoi qualcosa, devi parlare chiaramente» aggiunse.

Quando era in vena di scherzare, lo trovavo irresistibile. Iniziò a farmi il solletico. Accidentalmente mi sfiorò il braccio, facendomi sussultare.

Si allontanò subito, preoccupato. «Scusa, Red. Ti ho fatto male?»

Scossi la testa e gli presi la mano per trascinarlo di nuovo vicino a me.

Dopo l'incidente era ancora più premuroso del solito. Mi baciò i capelli, poi con le labbra sfiorò delicatamente il braccio colpito di striscio dalla pallottola. Alla fine si sedette sul pavimento.

«Me ne resto qui buono buono, così non ti faccio male di nuovo» disse in tono di scuse.

«Sto bene, Caleb. Davvero.»

Con la schiena contro il comò, piegò una gamba e appoggiò un braccio sul ginocchio. I suoi occhi verdi continuarono a studiarmi. Come al solito, aveva percepito che avevo cambiato umore.

«Eri piuttosto silenziosa ieri sera, quando siamo arrivati qui» osservò.

Ci trovavamo nel cottage della sua famiglia, fuori città. Dopo il viaggio in aereo dal Saskatchewan, mi aveva portata lì per un periodo di riposo.

«Non dirmi che ti manca mia madre. Dopo aver passato una settimana insieme, siete già diventate amiche per la pelle?» scherzò.

Non era esattamente così, ma sua madre si era scusata molto per aver creduto a quello che le aveva raccontato Beatrice-Rose e iniziava a mostrarsi più affettuosa con me. Caleb ne era molto felice. Anch'io lo ero.

«In effetti mi manca» risposi. «E avrei passato più tempo con lei se tu non fossi così appiccicoso.»

«Io appiccicoso?» esclamò mettendo il broncio.

«Volevi portarmi a tutte le tue riunioni per potermi tenere d'occhio. Ricordi?»

Mi alzai dal letto e con cautela andai in bagno per lavarmi i denti. Caleb mi seguì.

Non poteva sapere che effetto mi facesse rivedere quella città. Mentre passavamo in auto davanti al cartello di benvenuto ero stata assalita dalla nausea.

Sollevò la maglietta e si grattò la pancia, appoggiandosi contro lo stipite. «La gamba ti fa ancora male?»

Scossi la testa ma non lo guardai. «No.»

Caleb sospirò e mi diede un bacio sulla spalla. «Ho preparato i pancake.»

Mi conosceva abbastanza bene da capire che, qualunque cosa mi turbasse, gliene avrei parlato quando mi fossi sentita pronta.

Le sue labbra si soffermarono sulla mia pelle mentre sollevava lo sguardo e incontrava il mio nello specchio. «Ti aspetto in cucina, Red.»

Gli sorrisi. «Okay.»

Quando lo raggiunsi, stava mettendo un piatto di uova con il bacon accanto a una torretta di pancake. Allargò le braccia in un ampio gesto per mostrarmi il cibo che aveva preparato.

«La colazione per la mia regina. Il suo fedele servitore non merita forse un bacio di ricompensa?»

Feci una risatina e lo baciai sulla guancia.

«Un momento. Tutto qui?» Si picchiettò le labbra con le dita.

Lo baciai sulla bocca.

Caleb scosse la testa. «Hai trascurato un punto.»

Risi e gli diedi una spintarella.

Mi sedetti su uno sgabello davanti al banco e osservai la cucina. Era spaziosa e accogliente, come il resto del cottage. La luce naturale penetrava dalle ampie finestre. Caleb le aveva aperte per lasciar entrare la brezza mattutina che soffiava tra le tende, diffondendo il profumo dei fiori e dell'erba.

«Ha davvero un bell'aspetto. Grazie per aver preparato la colazione.»

Versò il tè in una tazza e me la mise davanti. «Voglio farlo tutti i giorni. Un po' di uova?»

Mi si sciolse il cuore. Annuii.

«Pancake?» domandò indicandoli.

Annuii di nuovo.

«Ne ho fatto uno perfettamente rotondo. No, anzi, due» commentò lui, felice come un bambino. «Ecco, prendili tu.»

Mi si strinse la gola. «Ti amo» sussurrai.

«Red.» Mi baciò sulla fronte. «Ti amo.»

Mentre facevamo colazione, mi raccontò degli aneddoti divertenti accaduti al lavoro. Ero contenta che fosse soddisfatto di quello che stava facendo.

«C'è un insetto nel tuo piatto?» chiese a un certo punto.

Mi resi conto di essere sovrappensiero. Sollevai lo sguardo e notai che mi osservava, un'espressione paziente negli occhi verdi. «Ti va di fare una passeggiata?»

«Sì» rispose Caleb automaticamente. Poi mi fissò, sbattendo le palpebre. «Sono nei guai?»

Riusciva a farmi ridere persino ora che la mia mente era attraversata da pensieri cupi. «Non lo so. Perché non mi dici cosa puoi aver combinato per cacciarti nei pasticci?»

«Ah-ah.» Mi rivolse un sorriso adorabile, mostrando le fossette. «Non farò questo gioco con te.» Poi sgranò gli occhi. «Un momento. Non è che sei tu a essere nei guai?»

Risi, stavolta in modo un po' forzato. Sì, c'era qualche problema. «Andiamo?» lo esortai.

«Certo. Prendo le chiavi.»

«Non ce n'è bisogno» dissi con disinvoltura. «La gente non chiude a chiave la porta da queste parti.»

Caleb mi guardò con curiosità e un sorriso incerto, senza commentare.

Fuori il cielo era limpido. Faceva piacevolmente caldo e le gocce di rugiada brillavano come diamanti sugli alberi e sull'erba. Non c'erano strade asfaltate, sono un sentiero e il bosco che ci circondava; gli uccelli e i grilli cantavano.

Caleb camminò accanto a me, insolitamente silenzioso. Teneva la testa china, strofinandosi il pollice e l'indice sul labbro inferiore.

Gli presi la mano e intrecciai le dita alle sue. Lui mi sorrise, scacciando l'espressione pensosa dal volto.

«Dove mi stai portando?» mi chiese, scrutandomi.

«In nessun posto particolare. Camminiamo un po'.»

«Tutto quello che vuoi» disse lui mentre mi stringeva la mano. Sentii i muscoli del suo braccio tendersi. «Non mi hai ancora raccontato com'è andata quando le hai fatto visita in quella... struttura.»

Caleb non mi aveva mai chiesto di Beatrice-Rose dopo l'incidente perché sapeva che non ero pronta a parlarne. Ma siccome il giorno prima ero stata da lei, adesso potevamo affrontare l'argomento.

«L'ho vista solo per poco tempo.»

«Perché l'hai fatto?» Sembrava confuso e frustrato.

Gli avevo chiesto di venire con me, ma si era rifiutato, affermando che non se la sentiva.

«Ben mi ha raccontato la storia del coniglietto e mi ha detto che Beatrice-Rose era vittima di abusi psicologici da parte della madre. Forse è questo che mi ha spinta ad andare a trovarla in clinica» spiegai. Non volevo che Caleb si lasciasse dominare dalla rabbia. «Ho provato compassione per lei, dopo quello che ha passato, perché so cosa significa essere vittima di violenze da parte di un genitore. Dio solo sa cosa ne sarebbe stato di me se mia madre non mi avesse amata e protetta da un padre violento. Forse Beatrice-Rose desidera essere perdonata per le sue malefatte. Mi premeva che sapesse che sono disposta a farlo.»

«È questo che le hai detto?»

Annuii, rammentando quel breve istante di vicinanza tra noi. «Mi ha chiesto di te» lo informai.

«Io non so se riuscirò mai a perdonarla. Se lei... se tu...» Caleb fece un respiro profondo. «Non so come avrei reagito se...»

Gli accarezzai il braccio. «Va tutto bene, Caleb. Adesso sono al sicuro.»

«Se fosse stato per me, l'avrei spedita in prigione per ciò che ti ha fatto.»

«È malata. Ha bisogno d'aiuto. E comunque la clinica è una specie di prigione.»

Chinò la testa, come se si vergognasse di ciò che aveva appena detto. «Lo so. Sono ancora arrabbiato, immagino. Quando ho capito che ti aveva sequestrata» continuò a voce più bassa «non ricordo neanche come sono arrivato fin lì. Ero confuso. Poi l'ho vista puntarti contro la pistola, tu sanguinavi...» Si strofinò le mani sul viso.

«Caleb...»

Si fermò e mi attirò a sé come se avesse paura di lasciarmi andare. «Non permetterò mai a nessuno di farti del male di nuovo. Non posso perderti, Red. Non lo sopporterei.»

Chiusi gli occhi, sprofondandogli il viso nel collo e avvolgendogli le braccia attorno al torace. Il tono addolorato della sua voce mi stringeva il cuore. «Non vado da nessuna parte» sussurrai.

Sembrò calmarsi, perciò riprendemmo a camminare. Volevo solo passeggiare senza una meta, ma a un certo punto mi resi conto che i piedi mi stavano portando in un posto preciso.

Il cuore prese a battermi forte non appena vidi una curva della strada che mi era familiare. In qualche modo, mi parve più inquietante di quanto ricordassi. Dal terreno spuntava una roccia enorme. Ricordai che una volta c'era un cartello.

Iniziarono a sudarmi le mani e cercai di liberarmi dalla presa di Caleb, ma lui mi trattenne saldamente.

«Sono sempre qui, Red» mi rassicurò.

Gli sorrisi, annuii e continuai a camminare. Ci fermammo davanti alla casa in cui vivevo con i miei genitori. Nel vederla trasalii, colpita dalla bruttezza di quell'edificio fatiscente. Il giardino di mia madre era pieno di erbacce e immondizia. Gran parte delle finestre erano rotte, nei muri c'erano grossi buchi e il tetto era completamente distrutto.

Sentii freddo e mi avvolsi le braccia attorno al corpo, vacillando.

«Red?»

Deglutii, ma avevo la bocca asciutta. Mi sentivo le gambe di piombo, ogni passo mi costava fatica, tuttavia continuai a procedere verso la casa.

«Fermati» disse Caleb allarmato. «Cosa c'è?»

Chiusi di nuovo gli occhi. Forse stavo sognando, magari non mi trovavo davvero davanti all'incubo della mia infanzia. Per un istante fui sommersa dai brutti ricordi.

«Torna da me, piccola.»

Quando riaprii gli occhi, mi ritrovai davanti il viso di Caleb. Nel suo sguardo colsi una grande gentilezza, sincerità e soprattutto amore.

«Dov'eri?» domandò.

«Persa nei... ricordi.»

«Ti va di parlarmene?»

«Non sono belli.»

«Non importa.»

Guardai di nuovo la casa. Sbattei le palpebre per non mettermi a piangere. «Ricordo la sensazione dei polpastrelli di mia madre che mi asciugava le lacrime. La sua voce rotta che mi faceva coraggio. Lui ci aveva già lasciate, allora. Eravamo state costrette ad abbandonare la nostra casa perché mia madre non poteva pagare il mutuo. Lei credeva che io fossi triste perché ci saremmo trasferite in città. Non aveva capito che le mie erano lacrime di sollievo. Ero felice perché lui non sarebbe più stato in grado di trovarci e di farci del male.»

«Tuo padre» sussurrò Caleb.

«Sì. Mia madre aveva un'amica in città che ci ha ospitate finché lei ha trovato un lavoro. È pazzesco, ma lo aspettava ancora. Sperava che lui tornasse.»

«E lo ha fatto?»

«Sì, ma ero a scuola quando è successo. Aveva scoperto dove abitavamo e ha fatto irruzione in casa dell'amica che ci ospitava. Ha rubato tutto ciò che poteva. In seguito lei ci ha cacciate via. E malgrado tutto mia madre ha continuato a struggersi per lui. Non l'ho mai capita.» Feci un respiro profondo. «Finché non ho conosciuto te.» Lo guardai. I suoi occhi erano intensi, pieni di domande. «Non avevo mai capito quanto l'amore possa consumarti finché non ti ho incontrato. Sei stato tu a dimostrarmelo, Caleb. Tuttavia desidero che tu sappia che non starei mai con qualcuno come mio padre.»

«Non sono come lui.»

«Lo so.» Gli sorrisi, toccandogli il viso. «Oddio, lo so. Tu sei unico, Caleb.»

Lui chinò la testa, appoggiando la guancia alla mia. Sentii il calore della sua pelle, il profumo di menta del sapone con cui si era lavato quella mattina e l'inconfondibile, meraviglioso aroma che apparteneva solo a lui.

«Ti amo, Caleb.»

«Anch'io, Red. Nessuno ti farà mai più del male. E ricordati sempre che hai avuto la meglio su chi ci ha provato.» Mi sistemò una ciocca di capelli dietro l'orecchio, accarezzandomi il viso. «La mia forte e brava ragazza. Puoi affrontare qualunque cosa, e ci sarò io al tuo fianco, piccola.»

Gli strinsi la mano mentre guardavo di nuovo l'edificio. «Questa è la casa dove abitavo assieme a loro. Con mia madre e mio padre.»

Caleb restò in silenzio. Volevo guardarlo, ma provavo un po' di imbarazzo.

«È un posto terribile» commentò lui dopo un istante.

Scoppiai a ridere.

«Sai cosa penso di questo posto?» mi chiese.

«Sì, e sii sincero.»

Caleb mi rivolse un bel sorriso, infilò le mani in tasca e si allontanò fischiettando.

Mi accigliai. Se ne andava via così? Stavo aspettando di conoscere la sua opinione sulla mia vecchia casa.

Ero sul punto di chiamarlo quando si fermò all'improvviso. Guardò a terra e si chinò a raccogliere qualcosa, poi si girò verso di me. In mano aveva un sasso grande la metà di una palla da basket.

«Guardami, Red» disse con aria sfrontata. Afferrò il sasso con entrambe le mani, sollevando le braccia come per prepararsi a un lancio. «Tre punti per Lockhart!»

Il rumore del vetro che si infrangeva per me era quello della libertà.

Dalla gola mi sfuggì un verso che era una via di mezzo tra una risata e un singhiozzo.

«Wow! Sono ancora il migliore.» Caleb sorrise con orgoglio prima di chinarsi a raccogliere un'altra pietra. «Ecco. È il tuo turno, Red.»

"Al diavolo." Gli strappai di mano il sasso, presi la mira, sollevai il braccio più in alto che potei e lo scagliai contro una finestra. Stavolta il suono del vetro che si rompeva risvegliò dentro di me qualcosa di cupo e pesante che mi ribolliva nell'anima e premeva per uscire fuori. A quel punto non volevo più fermarmi. Più tiravo pietre contro quella casa decrepita e più mi sentivo sollevata. Continuai finché iniziai a respirare affannosamente. Allora lanciai l'ultimo e percepii una piacevole sensazione di leggerezza che mi fece sentire in pace. Era come se mi fossi liberata da un pesante fardello che mi opprimeva il petto.

«Questa sì che è la mia ragazza.»

Sorrisi, pulendomi le mani. «Grazie.»

«È solo una casa, Red. Non può farti del male. E neanche tuo padre.»

Gli rivolsi un'occhiata interrogativa.

«Ho chiesto a Clooney di cercarlo.»

«Cosa?»

«Non volevo che ti infastidisse di nuovo.»

«Caleb...»

«È morto qualche anno fa. Tua madre probabilmente lo sapeva. Ormai viveva in strada, era un senzatetto. Commetteva furti, spacciava droga e ne abusava.»

Davanti al mio silenzio, Caleb si accigliò. Avevo la gola secca.

«Come ti ho spiegato, non permetterò più a nessuno di farti del male, dopo l'incidente con Beatrice-Rose. Se sei arrabbiata con me...»

Lo interruppi e gli gettai le braccia al collo. Volevo ringraziarlo e ricoprirlo di baci, ma se avessi parlato mi sarei messa a piangere.

«Non ce l'hai con me?» mi chiese lui.

Scossi la testa, stringendolo più forte. Non poteva capire quanto significasse per me tutto questo. Mi ero chiesta infinite volte dove fosse mio padre e se sarebbe tornato per farmi del male. Allo stesso tempo avevo paura che non avrei mai saputo cosa gli era successo. Da allora in poi non avrei più vissuto nel dubbio.

«Ti proteggerò sempre.»

«Oddio, Caleb.» Mi bloccai. «Ti amo così tanto.»

Mi accarezzò delicatamente i capelli, inclinandosi un po' all'indietro per prendermi il viso tra le mani e darmi un bacio sulla fronte. «È quello che voglio sentirmi dire da te ogni giorno, Red.»

«Lo farò.»

«E io mi impegnerò per meritarlo.» Caleb mi baciò sulle labbra. «Torniamo indietro. Ti va di vedere un horror?»

Tornammo al cottage e ci accomodammo sul divano davanti al televisore. Caleb scelse *La casa*, *The Discent – Discesa nelle tenebre* e *Jeepers Creepers*.

Era spassoso vederlo mettersi una mano sugli occhi durante le scene più spaventose. Neanche a metà del primo film prese una coperta e ci coprì entrambi, il braccio avvolto intorno alla mia vita per tenermi incollata a sé.

Nei momenti più carichi di suspense, durante i quali ero completamente concentrata sullo schermo, gridava o mi dava dei colpetti sulla schiena, spaventandomi a morte e ricevendo in cambio qualche schiaffetto.

Al termine del primo film Caleb aveva le guance rosse, il corpo lungo e magro appiccicato al mio. Finito il terzo, balzai su dal divano e minacciai di ucciderlo con una scarica elettrica nel sonno.

Scoppiò a ridere e mi trascinò in cucina. Dopo aver saccheggiato il frigorifero mi condusse in giardino, dove mangiammo sulla coperta che aveva sistemato sull'erba.

Era una bellissima giornata. Caleb si era tolto la maglietta e mi aveva attorcigliato i capelli in una specie di coda di cavallo.

Ci sdraiammo fianco a fianco sulla coperta a osservare il cielo. Quando mi girai, notai che mi stava fissando. I suoi occhi avevano un colore incredibile alla luce del sole, le labbra erano più rosse del solito. Si puntellò su un gomito per guardarmi meglio, soffermandosi sulla mia bocca. Automaticamente mi leccai le labbra.

«Mi sento già sposato» mormorò Caleb.

Mi mancò il respiro. Era così bello!

«Perché non scappiamo e basta?»

«Kar ci ucciderebbe» risposi senza fiato. «Sta organizzando tutto.»

«È vero» concordò, scoccandomi un sorriso furbo.

Quella canaglia sapeva che effetto mi faceva.

«Cos'altro fanno le coppie sposate?» continuò con voce bassa e profonda. Mi accarezzò il braccio con i polpastrelli.

Deglutii. «Dovremmo lavare i piatti.»

«No, intendevo qualcosa di divertente.»

Gridai quando mi afferrò per la vita, attirandomi sopra di sé. «Qualcosa di molto, molto divertente» ribadì.

«Caleb!» Appoggiai le mani ai lati del suo corpo e mi tirai su. «È... giorno!»

«Sì, l'ho notato.» I suoi occhi verdi brillarono di una luce maliziosa. «Sai cos'altro ho notato?»

Il suo petto era caldo, il suo profumo inebriante. Mi fece impazzire quando mi sfiorò la schiena per poi scendere fino alla coscia.

«Caleb...»

Lui non si fermò. «Ho notato che riesco a percepire come sei persino in sogno. Il tuo odore. I tuoi occhi che si illuminano quando mi vedi.»

Mi afferrò per i fianchi e mi fece stendere sotto di lui.

«Conosco il tuo viso meglio del mio, i tuoi sbalzi d'umore, quello che ti piace e ciò che invece detesti. Sono irresistibilmente attratto da te. Desidero continuare a conoscerti per il resto della vita, Red.»

«Oh, Caleb.»

«Ora voglio mostrarti una cosa. Facciamo un'altra passeggiata?»

Quando annuii, si alzò e mi aiutò a tirarmi su.

Camminammo in silenzio. Non sapevo dove mi stesse portando, ma sarei andata ovunque con lui.

Sentii il rumore dell'acqua ancora prima che raggiungessimo il lago. Ero già stata lì. Quello era il bosco in cui andavo a giocare da bambina.

Come faceva Caleb a conoscerlo? Era nascosto, un'oasi segreta nota solo agli abitanti del posto.

Lo guardai incuriosita. Lui mi lasciò la mano e mi precedette fino a un ponte di legno che attraversava il lago. Iniziò a percorrerlo lentamente. Giunto a metà, si fermò e sorrise fissando un punto in basso.

Non avevo idea del motivo per cui il mio cuore avesse cominciato a battere forte, però quel posto mi sembrava familiare.

Caleb si accovacciò per togliersi le scarpe e si sedette sul bordo del ponte, le gambe penzoloni, i piedi nell'acqua. Fissò l'orizzonte, con un'espressione assorta.

Sentii le farfalle nello stomaco mentre mi sedevo accanto a lui. Quando si voltò verso di me, il sole era così luminoso che non riuscii a guardarlo in viso, ma capii tutto.

«Ti ricordi, Red?»

Sì, ricordavo.

Lo conoscevo.

«Ehi, Batgirl.»

Mi sfuggì un singhiozzo soffocato e mi coprii la bocca con le mani.

«Ero attratto da te anche da bambino» sussurrò lui, scostandomi le mani per baciarle.

«Eri tu» mormorai.

Caleb annuì.

«Il ragazzino che mi ha dato il sandwich al burro di arachidi.»

«Ho sempre avuto la sensazione di conoscerti, però ne ho avuto la certezza solo quando, alla Nuit Étoilée Tree House, ti ho vista sul ponte, proprio come quando eravamo bambini. Allora ho capito. Ho capito e basta.»

«Sei... sei stato il mio primissimo amico.»

Caleb mi sorrise. «E tu sei il mio primo amore.»

Guardai l'acqua e notai una grossa roccia sul fondo al lago. Dietro, due pesci muovevano pigramente la coda, protetti dalla corrente. Ripensai al ragazzino con il sandwich al burro di arachidi.

«Red?»

Il cuore mi martellava contro il petto.

«Nella mia vita non sono mai stato sicuro di niente finché non sei arrivata tu. Grazie per avermi fatto il più bello dei regali. Il tuo cuore è la cosa più preziosa che potessi ricevere. Mi prenderò cura di te, ti proteggerò, ti amerò per il resto dei miei giorni. Te lo prometto, Red.»

Premetti lentamente le labbra sulle sue, per fargli capire quanto lui fosse importante per me. «Non credevo che avrei mai avuto un compagno. Invece è successo. Sei tu, Caleb.»

Sbattei le palpebre e le lacrime che trattenevo presero a rigarmi le guance. Lui me le asciugò con le dita.

«Non pensavo di trovare una persona come te, Caleb. Sei la cosa migliore che mi sia mai capitata. La migliore.»

Sospirò e rilassò le spalle, come se si fosse liberato di un peso enorme. «Ti amo, Red.» Si alzò e mi porse la mano con il palmo rivolto verso l'alto. «Pancake?»

Mentre fissavo il viso del mio amato, ebbi la certezza di aver trovato la persona perfetta per me. Gli sorrisi e misi la mano sulla sua.

«Pancake.»

Ringraziamenti

Prima di trasferirmi con la mia famiglia in Canada, sono nata e cresciuta nelle Filippine, dove le serie televisive sono molto popolari. Ricordo che io, i miei genitori, mio fratello e mia sorella – a volte anche i nostri cugini e le zie – passavamo cinque giorni su sette a guardarle e riguardarle, dalle sei alle nove di sera.

Credo sia una delle ragioni che mi hanno spinta a scrivere. I personaggi di questo libro hanno vissuto nella mia testa per così tanto tempo che non è stato faticoso raccontare la loro storia. Ho iniziato a buttare giù diverse versioni dei protagonisti di *Chasing Red*, come una sorta di esercizio, e a poco a poco è nato il romanzo.

Vorrei ringraziare i miei lettori di Wattpad: siete così tanti! Sappiate che non avrei mai raggiunto questo risultato senza la vostra positività, il vostro sostegno e il vostro amore. Grazie per l'amicizia, per l'incoraggiamento infinito e per essere fan sfegatati di Caleb e Red. *Chasing Red* non esisterebbe senza di voi. Per merito vostro, ogni mattina mi sveglio con un senso di gratitudine.

Alla mia cara amica Lianne: grazie per tutte le telefonate a tarda notte e per gli appuntamenti davanti a un caffè mentre discutevamo il capitolo successivo della storia di Caleb e Red. Abbiamo parlato così tanto di loro che a noi sembrano reali. Sei insostituibile, ti voglio bene.

Grazie alla straordinaria squadra di Wattpad, specialmente Caitlin O'Hanlon: sei il mio drink energetico. Lo sapete, ragazze. Ashleigh Gardner: quanto spesso mi hai spiegato le cose con chiarezza, impedendomi di andare nel panico? Aron Levitz, ti sono molto grata per il duro lavoro e gli occhiali superfighi. Grazie, a ognuno di voi, per essere stati il mio supporto e per aver lavorato così tanto da permettermi di essere dove sono ora.

Grazie alla squadra della Sourcebooks, specialmente alla mia editor Cat Clyne. Lo devo a te se *Chasing Red* è un libro migliore. Ti ringrazio per avermi guidata e per aver capito la mia visione del romanzo. Ho imparato moltissimo da te, e te ne sono grata! Un grande ringraziamento a Laura Costello, che mi ha aiutata nell'editing, e grazie anche a Heather Hall! Beth Sochaki: indosso ancora la mia spilla, ragazza. Dawn Adams: sei un genio e adoro le copertine!

Tatay e Mama: avete faticato duramente per crescerci tutti, e il mio unico desiderio è rendervi felici. Vi amo tantissimo entrambi.

Al mio Adam: quando ti ho confidato i miei sogni, sapendo che sembravano impossibili, tu hai creduto in loro perché credi in me. Grazie per i pancake. Sei il mio Caleb.

Infine ringrazio Dio per aver reso possibile tutto questo. Perché mi ama nonostante i miei difetti e non mi permette di dimenticare cosa è davvero importante.

Grazie per avermi donato le persone della mia vita. E per esserci sempre.

Con amore,

Isabelle

Mondadori Libri S.p.A.

Questo volume è stato stampato
presso ELCOGRAF S.p.A.
Stabilimento - Cles (TN)

Stampato in Italia - Printed in Italy